Lotte Römer

Leuchtturmliebe

Montlake
Romance

Das Buch

Nina ist schwer enttäuscht, als ihr Freund sie betrügt – gerade jetzt, wo sie erfahren hat, dass sie keine Kinder bekommen kann. Doch sie ist kein Mensch, der einfach aufgibt. Sie lässt alles hinter sich und eröffnet ihr eigenes Süßwarengeschäft auf Norderney. Künftig sollen köstliche Pralinen, Leuchttürme aus Marzipan und zarter Blätterkrokant ihr Leben bestimmen. Von Männern hat sie die Schnauze voll!

Dem sportlichen Surfer Finn ist Nina ein Dorn im Auge. Er hätte sich für den Laden eine ganz andere Bestimmung gewünscht. Doch als Finn zu Ninas Lebensretter wird, funkt es gewaltig zwischen den beiden. Alles könnte so schön sein – würden da nicht plötzlich Finns Frau und das gemeinsame Kind auftauchen …

Die Autorin

Lotte Römer, Baujahr 1979, lebt mit zwei Kindern und einem Auto namens »Wanderdüne« im südlichen Bayern. Hier versucht sie, Familie und Schreiben unter einen Hut zu bringen und dem täglichen Chaos Paroli zu bieten. Und manchmal klappt das sogar. Dann entstehen Bücher und Geschichten.

LOTTE RÖMER

Leuchtturm-liebe

ROMAN

Montlake Romance

Deutsche Erstveröffentlichung bei
Montlake Romance, Amazon Media EU S.à r.l.
38, avenue John F. Kennedy, L-1855 Luxembourg
Januar 2019

Umschlaggestaltung: bürosüd° München, www.buerosued.de
Umschlagmotiv: © HAPPY_PICTURE / Shutterstock; © emka74 / Shutterstock; © Somboon Bunproy / Shutterstock; © urfin / Shutterstock; © Santibhavank P / Shutterstock; © Roman Sigaev / Shutterstock; © jamesrossphoto / Shutterstock; © YakyCorbalan; © Sebastian Gora Photo / Shutterstock
Lektorat und Korrektorat: Verlag Lutz Garnies, Haar bei München, www.vlg.de
Gedruckt durch:
Amazon Distribution GmbH, Amazonstraße 1, 04347 Leipzig /
Canon Deutschland Business Services GmbH, Ferdinand-Jühlke-Str. 7, 99095 Erfurt /
CPI books GmbH, Birkstraße 10, 25917 Leck

ISBN 978-2-91980-432-0

www.montlake-romance.de

Kapitel 1

Sie hatte das Meer riechen können, bevor sie es gesehen hatte. Das platte Land, schwarz-weiß gefleckte Kühe, die Bauweise der Häuser und die Windmühlen verhießen Urlaubsstimmung – nur, dass das hier kein Urlaub war. Dieses Mal würde sie bleiben. Nina lauschte in sich hinein, aber da war nicht viel Emotion, noch immer fühlte sich alles dunkel und sie sich ein wenig verloren an. Sie nahm einen weiteren tiefen Atemzug der frischen Meeresbrise, die sie umfing. Hoffentlich würde der Wind auf Norderney es schaffen, die Trübsal einfach aus ihrem Kopf zu blasen.

Die *Frisia 3* war schon eingelaufen und gerade gingen die letzten der Passagiere, die die Insel verlassen hatten, von Bord des Fährschiffs. Gleich würde sie inmitten der unüberschaubaren Flut anderer Inselhungriger einsteigen dürfen und auf Norderney übersetzen. Alle Altersklassen waren vertreten, vom Baby im Kinderwagen bis zu alten Menschen im Rollstuhl. Nina hätte wetten können, dass die älteren Leute schon seit Jahren auf die Insel kamen und dass bei den Kindern gerade der Grundstock zu einer ausgeprägten Inselsucht gelegt wurde. So war es bei ihr schließlich auch. Sie kam seit vielen Jahren immer wieder gern nach Norderney und wenn sie einmal ein Jahr aussetzen musste, packte sie eine ziehende Sehnsucht, die sich exakt wie Heimweh anfühlte. Jahrelang hatte sie versucht herauszufinden, was dieses Stück Erde für sie so besonders machte, aber es war ihr nicht gelungen, es an etwas festzumachen. Vielleicht würde es ihr jetzt gelingen, wo sie dem Festland den Rücken kehrte, um auf *ihrer* Insel ein neues Leben zu beginnen.

Endlich setzte sich die Menschentraube in Bewegung. Nina hatte es eilig. Die Sonne durchbrach immer wieder die schnell ziehenden, vom Wind vorangetriebenen Wolken und sie wollte den Ausblick auf Norderney in vollen Zügen genießen.

Am Bug des Schiffes stellte sie sich an die Reling und ließ sich die Sonne aufs Gesicht scheinen. Eine Möwe flog ganz knapp über Ninas Kopf hinweg. Sie hörte den Flügelschlag und machte die Augen auf. Der Vogel hatte sich längst wieder in die Luft geschwungen und zog einen weiteren Kreis über dem Schiff – mit Sicherheit, um auf der Suche nach etwas Essbarem nach irgendjemandem Ausschau zu halten, der nicht mit dem gierigen Tier rechnete und sich sein Fischbrötchen klauen ließ. Ninas Blick fiel auf ein Pärchen, das eng umschlungen ein paar Meter von ihr entfernt an der Reling lehnte. Eingewickelt in die Jacke des Mannes schmiegte die Frau ihren Kopf an seine Brust. Ihre Augen waren geschlossen und auf ihrem Gesicht lag dieses selig-dümmliche Lächeln, das Verliebte so oft an sich hatten. Nina verdrehte innerlich die Augen. Er senkte seinen Kopf und küsste sie auf den Scheitel. Er tat es vorsichtig, aber es war unverkennbar, dass die beiden einander vertraut waren. Vermutlich befanden sie sich irgendwo zwischen noch verliebt und Gewohnheit, kurz bevor es endgültig abwärts ging und die große Liebe im Nichts verlief. Oh, wie bitter sie geworden war, wie unglaublich bitter!

Über den Kopf seiner Freundin hinweg erwiderte der Mann Ninas Blick und lächelte ihr zu. Dazu kaute er erstaunlich gelangweilt auf einem Kaugummi herum.

Aha! Selbst in diesem vermeintlich innigen Moment hatte er noch ein Auge für eine andere Frau. Nina schnaubte. Dann wandte sie sich ab. Die Kerle waren wirklich alle gleich! Vermutlich waren die beiden schon eine Weile ein Paar. Sie liebte ihn, das blinde Huhn, und er wartete nur darauf, eine andere Frau kennenzulernen, eine jüngere vermutlich, eine mit vollen, dunkelrot geschminkten Lippen und dunkelbraun gelockten Haaren, so eine süße Kleine mit naivem Blick, eine, die nicht zu klug war oder zu unbequem und …

Nina schüttelte den Kopf, wollte die unangenehmen Gedanken abschütteln, den Schmerz, den sie mit sich brachten, die Erinnerungen, die sie am liebsten ganz ausgelöscht hätte und die sich so sehr in ihr Hirn eingebrannt hatten. Sie würde wegen Peters Verrat für immer gezeichnet sein, sie wusste, dass es so war. Wer sich auf Liebe einließ, entkam offenbar dieser Art Verwundung nicht, davor gab es kein Entkommen, nur die Hoffnung, dass das offene Fleisch irgendwann vernarbte und unempfindlicher wurde.

Sie warf dem Kaugummikauer den wütendsten, bösesten Blick zu, zu dem sie fähig war, und wandte sich dann ab. Vielleicht tat sie ihm ja Unrecht. Sie wünschte es der Frau in seinen Armen zumindest von ganzem Herzen. Niemand sollte das fühlen müssen, was sie gerade fühlte. Niemand sollte so enttäuscht werden und so leiden. Niemand.

Wieder sog sie die frische Seeluft ein, schloss kurz die Augen und ließ sich die frische Nordseebrise um die Nase wehen. Ja, hier war ihre zweite Heimat. Sie spürte, wie sie zur Ruhe kam, wie die Erinnerungen, diese bösen Geister, sich zurückzogen und wie sie wieder ganz im Moment ankam. Ja, auf die Insel zu fahren, war genau die richtige Entscheidung gewesen.

Hier würde sie sich wiederfinden und genesen. Der Wind würde einfach all die trüben Gedanken, all die schmerzhaften

Erinnerungen aus ihrem Kopf vertreiben und sie würde neu anfangen.

Sie dachte an ihr Geschäft, den hübschen Laden direkt in der Fußgängerzone, schräg gegenüber der Waffelbäckerei, wo sie ihre Pralinen und ihre hübschen kleinen Marzipanleuchttürme verkaufen wollte. Das würde ihr Markenzeichen werden – herrlich leckere Leuchttürme aus Marzipan in verschiedenen Größen, allen voran der Norderneyer Leuchtturm, dessen Dunkelrot der Ziegel mit Lebensmittelfarbe nachzuempfinden sich als echte Herausforderung erwiesen hatte. Es war eine lange Tüftelei gewesen. Aber Nina hatte es geschafft – und sie würde noch mehr schaffen, da war sie sich einfach sicher!

Früher, bevor sie Peter kennengelernt und angefangen hatte, in seiner Praxis zu arbeiten, war sie schließlich mit ihrer kleinen Confiserie sehr erfolgreich gewesen. Sie hatte ihre Tätigkeit geliebt, besonders wenn Kinder im Laden gewesen waren, mit blitzenden Augen, wenn sie in das große Bonbonglas hineingreifen durften.

Wieder einmal verfluchte sie Peter dafür, dass sie das alles aufgegeben und ihre Karriere der seinen untergeordnet hatte. Wobei er sie natürlich nicht gezwungen hatte, nein, sie selbst war dazu bereit gewesen und hatte damit im Grunde genommen auch sich einfach aufgegeben. Im Rückblick war es ihr unerklärlich. Der kleine Laden mit den mintgrünen Wänden, der Duft nach Schokolade, die Arbeit mit den Lebensmitteln, die sie so mir nichts, dir nichts gegen einen Sauger in einer Zahnarztpraxis eingetauscht hatte.

Und jetzt? Jetzt war sie dreißig Jahre alt und fing bei null wieder an, weil sie Peter wichtiger genommen hatte als sich selbst. Sie hatte sein Bedürfnis vorangestellt.

Nina holte tief Luft. Sie schmeckte die salzige See auf ihren Lippen, sah die Weite um sich herum. Längst waren die beiden Hochhäuser sichtbar, die Bausünden auf Norderney.

Die *Frisia 3* fuhr mittlerweile an der Insel entlang, vorbei am Hochseilgarten und dem Weststrand, wo der Spielplatz mit dem Piratenschiff von Kindern nur so wuselte. Die Strandkörbe säumten die gesamte Uferlinie, umrahmten den Spielplatz und zogen sich bis hinauf zur Promenade, hinter der vereinzelt auch noch ein paar von ihnen standen. Ein Stück weiter vorne befand sich schon die Anlegestelle. Gleich würde sie Inselboden betreten. Vorfreude stieg in ihr auf und ein Lächeln schlich sich auf ihre Lippen. Sie würde sich später ein Krabbenbrötchen holen, zum Einstieg auf der Insel.

Gleich würde sie ihre Freundin wiedersehen, die gute, alte Antje, ihre Freundin seit Kindertagen. Sie war es gewesen, die sich bei dem Vermieter des Geschäfts mit der begehrten Lage dafür stark gemacht hatte, dass Nina, jemand vom Festland, eine Fremde, den Laden als Erste besichtigen durfte. Sie und Herr Aue waren sich von Anfang an sympathisch gewesen. Dazu kam seine Vorliebe für Süßes. Und dass Antje ein gutes Wort bei Herrn Aue eingelegt hatte, war sicher auch von Vorteil gewesen. Schließlich lebte ihre Familie seit Generationen auf der Insel und vermietete Ferienwohnungen. Früher waren es Gästezimmer gewesen, aber dann hatte die Familie umgebaut.

Die Zimmer – und später die Apartments – waren immer das Domizil der Wahl von Ninas Familie gewesen. So kam es, dass Antje und Nina sich seit früher Kindheit kannten. Und die Chemie zwischen den beiden gleichaltrigen Frauen hatte vom ersten Tag an gestimmt, schon damals, als sie noch mit Puppen spielten. Sie waren vom ersten bis zum letzten Tag der Ferien unzertrennlich gewesen. Ihre Sandburgen waren immer die größten, ihre Hasenjagden, auf denen sie durch die Dünen getobt waren, die wildesten.

Auch jetzt würde Nina wieder in einer der Ferienwohnungen am Damenpfad wohnen. Antje hatte ihr angeboten, ihr dauerhaft eines der Apartments zu vermieten, was sie dankend angenommen hatte.

Das Fährschiff wurde langsamer und der Kapitän manövrierte perfekt in die Anlegestelle. Es kam Bewegung in die Menschen an Bord, von denen es den meisten nicht schnell genug gehen konnte. Nina hielt Ausschau nach Antje, aber sie konnte die Freundin in der Menschentraube am Anleger nicht ausmachen. Sie trat von der Reling zurück und stieg wie alle anderen Passagiere die Metallstufen hinunter in den Schiffsbauch, um ihren Koffer aus einem der langen Regale zu nehmen und die Fähre zu verlassen. Plötzlich wollte auch sie schnellstens Land unter den Füßen spüren, Antje umarmen, ankommen. Leichtfüßig lief sie bis zum Ende der Menschentraube, die sich vor den Ausgängen formiert hatte.

Es war an der Zeit, wieder zu leben.

Kapitel 2

»Hier, bitte!«

»Danke dir.« Finn nahm den Teller heiße Kartoffelsuppe mit Krabben dankbar entgegen. Er war den ganzen Vormittag beim Surfen gewesen und total ausgehungert. Außerdem war ihm trotz der heißen Dusche noch immer relativ kühl, ein sicheres Zeichen dafür, dass er etwas zu essen brauchte. Er griff nach dem Löffel, noch bevor seine Mutter sich selbst Suppe in den Teller gefüllt hatte.

»War es gut da im Meer?« Er hörte ihren leicht missbilligenden Ton. Natürlich wusste Finn, was seine Mutter von seiner Leidenschaft fürs Meer an sich und fürs Surfen im Speziellen hielt. Sie war besorgt, wann immer er im Wasser war – kein Wunder allerdings bei der Geschichte ihrer Familie.

»Danke sehr.« Er grinste sie an. »Es gab wirklich ganz ordentliche Wellen heute, fast wie im Winter. Ich war schließlich auf keinem Boot.« Sein Grinsen war nicht ganz echt gewesen, aber anscheinend merkte Maria Schuette es nicht.

Finn führte einen Löffel Suppe zum Mund, während seine Mutter sich umständlich setzte. Sie war jetzt neunundsechzig und ihr Rheuma machte ihr massiv zu schaffen. Oft waren ihre Hände fast steif und jede Bewegung bereitete ihr Mühe.

»Geht es?«, fragte er besorgt nach, als er sah, wie ihre Gesichtszüge sich verhärteten. Sie hatte Schmerzen. Er wusste das.

»Nein. Aber es muss.« Sie mühte sich mit einem tapferen Lächeln ab und dann saß sie endlich auf ihrem Stuhl. »Guten Appetit, mein Junge. Schön, dass du da bist.«

Er lächelte. Das sagte sie an jedem einzelnen Mittag, seit er zurück zu ihr in die Pension gezogen war und mithalf. Dabei war das für ihn wirklich eine Selbstverständlichkeit gewesen. Er hatte für sie da sein wollen und wenn sein Vater nun mal nicht da war ...

Schnell schob Finn den Gedanken von sich und aß einen weiteren Löffel Suppe. Sie schmeckte köstlich, mit einer feinen Note Dill und Sauerrahm, dazu die würzige Meeresnote der Krabben. Aber mit dem Gedanken an seinen Vater konnte er die Suppe nicht genießen.

»Was steht am Nachmittag an?«, fragte er, um sich abzulenken.

»Na ja, wir kriegen neue Gäste, in die Friesenruhe und in den Strandkeeker. Und Sarah ist noch immer krank.«

Finns Mutter betrieb eine kleine Frühstückspension. Diese gehörte nicht zu den modernsten Häusern vor Ort, aber die Stammgäste gaben sich nach wie vor die Klinke in die Hand, denn die Zimmer waren blitzsauber, die Preise moderat und Maria Schuette mit ihrer herzlichen, liebevollen Art war ein Inseloriginal. Außerdem war Norderney im Sommer so ausgebucht, dass es fast schon an ein Wunder grenzte, wenn im Juli oder August irgendwo auf der Insel ein Zimmer frei blieb.

Sarah arbeitete schon seit Jahren als Reinigungskraft für die Familie. Doch schon seit Wochen fiel sie wegen eines Bandscheibenvorfalls aus und da Maria sich mit körperlichen Arbeiten so schwertat, sprang Finn öfters ein.

»Ist gut, ich kümmere mich drum.«

»Danke. Das ist lieb von dir. Ich weiß, dass du das nicht so gern machst.«

»Ist kein Problem, ehrlich.« Finn löffelte seinen Teller leer. »Dann fahre ich eben zur Fähre, oder? Ich hole die Leute ab.«

»Würdest du das machen?«

»Na klar.« Finn griff kurz über den Tisch nach der Hand seiner Mutter. Der Abholservice an der Fähre war für eine Unterkunft ihrer Klasse sehr ungewöhnlich, wurde aber gerade deshalb von den Gästen besonders geschätzt.

»Übrigens, ich habe wegen Linda angerufen …«

»Mama!« Dieser Mittag hatte es wirklich in sich. Eine Hiobsbotschaft nach der anderen.

»Es tut mir leid.« Maria zerknüllte ihre Serviette. »Ich konnte nicht anders.«

Tränen füllten die Augen seiner Mutter und Finn tat sein unwirscher Tonfall von gerade eben schon wieder leid. »Ist ja gut. Wenn ich dich nicht verstehen würde, wer dann? Es tut nur so weh, weißt du. Immer noch.«

Maria nickte und wischte sich resolut mit dem Serviettenknäuel über die Augen. »Ich weiß, mein Junge. Ich weiß.«

»Und?«, fragte Finn nach. Die Spur von Hoffnung war unverkennbar, Hoffnung, dass …

Aber seine Mutter antwortete nicht. Sie schüttelte nur den Kopf und ein weiteres Mal an diesem Mittag spürte er nichts als Schwere.

* * *

Als Finn am Fähranleger den letzten freien Parkplatz ergatterte, hatte die *Frisia 3* schon angelegt. Er schaute zu dem Schiff hinüber und wie immer, wenn er die Fähre sah, hatte er gemischte Gefühle. Da war Sehnsucht, Sehnsucht nach dem Festland, nach Portugal, nach Fuerteventura, nach all den Plätzen, an die das Surfen ihn gebracht hatte, wo er als Semiprofi auf der Jagd nach der besten Welle gewesen war, wo Wärme und Sonne als Selbstverständlichkeit empfunden wurden. Da war aber auch der Berg aus Angst, der die Sehnsucht niederdrückte und alles überlagerte.

Der Wind hatte aufgefrischt und trieb dunkle Regenwolken vor sich her. Wenn man raus aufs Wasser sah, konnte man erkennen, dass es auf dem Festland regnete. Ein grauer Schleier vernebelte die Windräder drüben. Hier dagegen schien es vorerst noch trocken zu bleiben, wobei man das nie so genau vorhersagen konnte. Klassisches Inselwetter, man wusste so oft nicht, was man bekam. Ganz selbstverständlich zog Finn eine rote Windjacke vom Rücksitz und schlüpfte hinein. Ohne Jacke ging er nie aus dem Haus. Und im Kofferraum wartete ein riesiger Regenschirm auf seinen Einsatz. Das Ehepaar Höllwart aus dem Salzburger Land kam jedes Jahr und würde sich freuen, nicht gleich nass in der Pension einzutreffen. Mit dem Schirm in der Hand hielt Finn Ausschau nach den beiden. Ihm persönlich gab ein Regenschirm nichts. Meistens hielt er ihn für relativ sinnfrei – wegen des Windes. Außerdem musste es schon ordentlich gießen, damit er sich an Regen störte. Er mochte das unstete Inselwetter, die Winterstürme, den Wind im Sommer, der selbst heißeste Tage auf ein erträgliches Maß herunterkühlte, die Sandstürme, die unerwarteten Wetterumschwünge. Heute war so ein Tag, wo der Wind die Wolken vor sich hertrieb und Sonne und Regen sich rege abwechselten. Er schaute zum Himmel hinauf. Nein, vermutlich würde es wirklich nur ein kurzer Schauer werden.

Wo blieben die beiden denn? Normalerweise war die dicke Susanne Höllwart neben ihrem sehr schlanken Gatten schon von Weitem sichtbar. Mit ihren Partnerlook-Jacken stachen die beiden jedes Jahr wieder aus der Menge heraus. Der Gedanke amüsierte Finn. Obwohl er von Haus aus groß war, stellte er sich auf die Zehenspitzen, um noch besser nach ihnen Ausschau zu halten, aber er sah nur eine undefinierte Menschentraube.

»Hallo, Finn.«

»Oh, hey.« Er hatte so aufmerksam die Menge sondiert, dass er Antje, die von hinten an ihn herangetreten war, gar nicht bemerkt hatte.

Sie kannten sich seit Kindertagen, waren aber nie enge Freunde gewesen. Sie wartete mit Sicherheit auch auf Touristen, wie er selbst.

»Geht's gut?«

Er nickte ihr zu und grinste. »Na, auch auf Gästefang?«

Antje lachte. »Ganz so kann man es nicht ausdrücken. Ich warte eigentlich auf eine sehr alte Freundin von mir.«

»Ach schön. Inselurlaub, oder? Das Wetter soll ja gut werden die nächsten Tage, da hat sie Glück.« Finn zeigte mit seinem Schirm nach oben und Antje musste erneut lachen.

»Nein, eigentlich macht sie keinen Urlaub. Sie hat … Ah, da hinten kommt sie ja! Nina! Hier rüber! Nina!«

Finn starrte der Frau entgegen, die auf sie beide zukam. Er konnte nicht anders, er musste sie einfach anstarren. Diese Nina strahlte Antje an wie die Sonne. Ihre kinnlangen hellblonden Haare waren zerzaust vom Wind, ein großer Rucksack hing auf ihrem Rücken wie ein überdimensionales Schneckenhaus. Außerdem schleppte sie eine riesige Tasche, die bestimmt mindestens eine Tonne wog. Trotzdem lief sie auf Antje zu – in beachtlichem Tempo. Ihre Augen blitzten vor – ja, vor was? Finn hätte es wirklich nur zu gern gewusst. Aber da war auch etwas Ernstes in ihren Zügen, etwas, das er ebenfalls nicht zu deuten vermochte, eine gewisse Schwere. Ihre leicht geröteten Wangen, ihre hohen Wangenknochen, die kräftig roten Lippen, ihre herrlichen Kurven, dazu einfache Sneakers, alles trug dazu bei, dass ihm die Frau auf Anhieb sympathisch war. Außerdem hatte diese Nina Sommersprossen. Finn gefiel die Natürlichkeit, die von dieser Frau ausging.

Antje war ebenfalls auf ihre Freundin zugerannt, die sofort, als sie bei ihr war, die Tasche fallen gelassen hatte. Die zwei Frauen schlossen einander fest in die Arme. Ninas Augen waren zu, sie schien richtig in diese Berührung hineinzuspüren. Täuschte er sich, oder hatte sich tatsächlich ihr Gesichtsausdruck verändert, war weicher geworden, verletzlicher?

Einem Impuls folgend setzte er sich in Bewegung. »Darf ich die schwere Tasche eben in dein Auto werfen, Antje?«

»Wie lieb von dir. Sehr gern, oder?« Sie schaute zu Nina, die Finn dankbar anlächelte.

»Das hier ist meine Freundin Nina!« Antje hatte noch immer einen Arm um sie gelegt.

»Hey, Nina.« Finn deutete eine Verbeugung an. »Freut mich.«

Er streckte ihr seine Hand hin. Ein fester Händedruck, warm und sicher. So, wie er es mochte.

»Mich auch.« Nina wandte sich an Antje. »Sind alle Männer auf der Insel so nett?«

»Oh. Bau nicht drauf. Es gibt eine ganze Menge verschrobene, dickköpfige Typen hier, mit einer ganz eigenen Lebensauffassung und Bärten bis zum Boden.«

»Also, ich muss schon sehr bitten!« Finn hievte die Tasche in Antjes Auto und drehte sich zu den beiden Frauen um, nachdenklich seinen Bart kraulend, der selbstredend nicht bis zum Boden reichte, sondern ordentlich gestutzt war, wie sich das gehörte. Die beiden Frauen grinsten einander verschwörerisch an.

Ein kleines Stück weiter hinten tauchten jetzt endlich auch die Höllwarts auf. So ungeduldig Finn vorher noch auf die beiden in ihren neongrünen Jacken gewartet hatte, so sehr verfluchte er jetzt innerlich ihr Auftauchen, er wünschte, er hätte noch mehr Zeit für die beiden Frauen gehabt. Widerwillig winkte Finn in Richtung der Gäste, was zu einem überengagierten »Juhuuu!« von Susanne Höllwart führte, die es tatsächlich geschafft hatte, noch ein paar Kilo auf ihr ohnehin schon beachtliches Volumen zu packen.

»Ihr entschuldigt mich, aber da hinten kommen meine Gäste. Vielleicht sieht man sich ja mal die Tage?«

Er tippte sich an den nicht vorhandenen Hut. Wie auf Kommando begann es zu regnen. Also spannte er den Regenschirm auf und ging in Richtung der wild winkenden Frau Höllwart, die mit ihrem Rollkoffer und einem breiten Lächeln, den Gatten im Schlepptau, auf ihn zusteuerte.

»Ach, Finn, wie schön, Sie wiederzusehen, von so einem strammen Burschen, wie Sie einer sind, lässt man sich gern chauffieren.«

Finn amüsierte sich über den österreichischen Dialekt von Susanne Höllwart und begrüßte sie mit einem flotten »Hey«. Er wusste, dass der typische Inselgruß der Urlauberin ein gutes Gefühl geben würde und wie erwartet wurde ihr Lächeln noch breiter. Nachdem er Frau Höllwart den Rollkoffer abgenommen hatte, drehte er sich rasch zu Nina und Antje um. Aber die blonde Schönheit war schon im Auto ihrer Freundin verschwunden, wie er zu seinem Bedauern feststellte. Bei dem Betrieb, der gerade auf der Insel herrschte, konnte es gut sein, dass er sie so schnell nicht wiedersah – wenn überhaupt. Warum nur hinterließ der Gedanke bei ihm ein dumpfes Gefühl des Verlustes? Schließlich war diese Frau eine komplett Fremde … Finn schüttelte den Kopf über sich selbst. Dann besann er sich der österreichischen Gäste und begrüßte auch den spargeldünnen Ehemann von Susanne, an dessen Vornamen er sich partout nicht erinnern konnte. Sosehr er sein Gedächtnis bemühte, vor seinem inneren Auge befand sich immer nur das Bild einer Frau mit Sommersprossen, hellblonden Haaren und strahlenden Augen, das sich nicht vertreiben ließ.

Kapitel 3

Das Meer war dunkelblau und glitzerte im Abendlicht, weiße Schaumkronen zierten die Wellenkämme. Ganz Norderney schien auf den Beinen zu sein und am Deich unterwegs, der das Städtchen zur Seeseite hin begrenzte.

Um diese Tageszeit war es gar nicht so einfach, einen freien Stuhl in der *Milchbar* zu bekommen, denn in dem Selbstbedienungsrestaurant direkt am Strand wollte natürlich jeder einen Platz mit Blick auf den Sonnenuntergang ergattern. Dennoch war es Antje gelungen, einen kleinen Tisch nebst zwei Stühlen für Nina und sich auf der Sonnenuntergangsseite zu beschaffen. Jetzt saßen sie, in Decken gekuschelt, in der ersten Reihe und tranken Aperol Spritz. Loungemusik drang aus den Lautsprechern und sorgte für die richtige Chill-Stimmung. Am Himmel über ihnen schwebte ein Ungeheuer – ein riesiger Flugdrachen, der wie ein Drache aussah. Außer ihm tanzten noch ein paar kleinere Schmetterlinge und sogar ein Auto im Wind. Auch weiter unten am Strand ließen Kinder ihre Drachen steigen, ein Vater spielte im roten Abendlicht mit seinem Sohn Fußball. Menschen schlenderten vorbei, fuhren oben auf dem Deich auf ihren Rädern vorüber, zwei Jungen lieferten sich auf ihren Rollern ein Wettrennen. Jeder schien zu lächeln, alle wirkten entspannt, es herrschte Urlaubsstimmung pur.

Nina lehnte sich auf ihrem Stuhl zurück und schloss für einen Moment die Augen, um zwischen den Klängen der Musik die Geräusche des Meeres herauszufiltern. Ob sie jetzt jeden Abend das Gefühl haben würde, Ferien zu machen? Vermutlich nicht. Doch selbst wenn sie sich nur einmal pro Woche so gut fühlen würde wie in diesem Moment – dann war schon sehr viel gewonnen.

»Wie geht es dir, Süße?«

Nina öffnete die Augen und horchte in sich hinein. »Ich weiß es gar nicht so genau, wenn ich ehrlich bin«, sagte sie zu Antje, die sie ernst musterte.

»Hast du noch Kontakt zu Peter?« Antjes Frage entsprang nicht etwa Neugierde, sondern echtem Mitgefühl. Die Freundin mit den kurzen braunen Haaren stützte dazu ihr Kinn in die Hand und betrachtete Nina weiter, während sie auf die Antwort wartete. Nina wusste von vielen Gesprächen her, was für eine außergewöhnlich gute Zuhörerin Antje war und wie viel Zeit sie sich mit einer ehrlichen Antwort lassen konnte. Aber für diese Antwort war überhaupt kein Überlegen nötig.

»Hör mir mit dem auf. Ich will nicht mal seinen Namen hören.«

»Noch immer so schlimm?«

»Ja, so schlimm. Ich kann gar nicht fassen, dass ich so viele Jahre mit ihm zusammen war. Was für eine Verschwendung!« Nina trank einen großen Schluck aus ihrem Glas. Die Sonne war unaufhaltsam weitergewandert und färbte die Landschaft rotorange. Die magische Stunde hatte begonnen.

»Du hast ja gesehen, wie es mir ging, als ich ihn mit dieser Schickse ertappt habe. Ich werde dir übrigens ewig dankbar sein für das, was du da für mich getan hast.«

Ihre Gedanken wechselten trotz der herrlichen Abendstimmung nach Wuppertal. Sie war sieben Jahre mit Peter zusammen gewesen. Kennengelernt hatten sie sich auf der

Party irgendeines Bekannten, zu dem ihr Kontakt bald darauf abbrach. Nicht dagegen der zu Peter. Er schien all das zu sein, was Nina sich wünschte, sah gut aus mit seinen dunkelblonden, sehr korrekt geschnittenen Haaren, war groß, breitschultrig und gebildet. Und er war kurz davor, seine Doktorarbeit zu vollenden und beruflich voll durchzustarten. Das Studium der Zahnmedizin hatte er bereits abgeschlossen. Sein Vater, ebenfalls Zahnarzt, würde bald in den Ruhestand gehen und dann würde er dessen Praxis übernehmen.

Nina war damals in einem Alter, wo Geld sie noch beeindruckte. Als Peter sie auf die Malediven einlud, schmolz sie förmlich dahin – und das nicht, weil es dort heiß war. Sie schloss ihr kleines Pralinengeschäft für zehn Tage und ließ sich von Peter in den Urlaub mitnehmen.

Sie verbrachten herrliche Tage am Strand, schnorchelten, hatten Sex, frühstückten im Bett, lagen in ihrem privaten Pool und schauten aufs Meer hinaus. In Peters Armen hatte Nina das Gefühl, am Ziel all ihrer Träume zu sein, den Mann gefunden zu haben, mit dem sie eine Familie gründen wollte und bis an ihr Lebensende glücklich sein würde.

»Weißt du was? Du könntest doch bei mir mitarbeiten.« Er sagte das beim Galadinner, aus dem Nichts heraus. Und Nina, bis über beide Ohren verliebt, von den Sternwerfern auf der Torte verzaubert, konnte einfach nur nicken. Sie dachte in dem Moment nicht einmal an ihren geliebten Pralinenladen. Das Einzige, was galt, war Peter, Peter, Peter. Der Mann, der ihr versprach, ihr Leben an seiner Seite zu einem nie endenden Traum werden zu lassen, den sie in Saus und Braus leben würden. Der Mann, der ihr Cocktails an die Liege servierte und sie auf Händen zu tragen schien. Sie wollte bei ihm sein. Das war alles, was sie wirklich wollte – was war da schon ein kleiner Süßigkeitenladen?

Aber dann, ja dann … war alles anders gekommen.

Nina trank erneut von ihrem Spritz, nahm einen großen Schluck. »Weißt du, eigentlich will ich Peter nur vergessen, sonst gar nichts. Ich bin noch immer tief enttäuscht. Drum hab ich ja den Laden hier auf der Insel gemietet. Weiter weg von ihm geht kaum. Ich muss mich den neuen Umständen stellen, akzeptieren, dass mein Leben anders verläuft, als ich es mir erträumt habe.«

Während sie das sagte, brannten Tränen in ihren Augenwinkeln und ihr Gesicht lief rot an. Sie konnte es nicht aussprechen. Sie war viel zu beschämt, auch wenn es keinen Grund dafür gab. Sie fühlte sich nicht vollwertig als Frau. Und Antje verstand sie eh, auch ohne dass sie es in Worte fassen musste. Antje wusste alles über Nina, und ihr einfühlsamer Blick, die Hand, die ihre drückte, sagten alles, was notwendig war.

»Weißt du noch, wie er sich angestellt hat wegen des Wetters auf der Insel?«, fragte Nina, um das Gespräch in eine andere Richtung zu lenken.

Die Insel. Als ob es nur die eine gäbe. So formulierte Nina es seit Jahren. Norderney war *die* Insel, der Platz, an dem sie sich am wohlsten fühlte. Wenn sie zwischen den Malediven und Norderney hätte wählen müssen – dann hätten die Malediven mit Sicherheit nicht gewonnen.

Antje lachte und nickte. »Weißt du noch, wie er sich angestellt hat wegen des bisschen Winds und der paar Regentropfen?«

»Oh ja.« Noch jetzt war es Nina peinlich, wie bescheuert sich ihr Freund aufgeführt hatte. Er war tagelang in der Ferienwohnung geblieben und hatte nichts als gemosert, um wie viel lieber er auf die Seychellen geflogen wäre, statt Urlaub in heimischen Gefilden zu verbringen. Selbst der winzigste Windstoß, der seine zarte Gesichtshaut traf, veranlasste ihn, Nina das zum gefühlt tausendsten Mal vorzuhalten.

Einzig das Essen auf der Insel, das hatte ihm selbstredend geschmeckt. Gourmetrestaurants gab es auf Norderney schließlich zur Genüge.

»Ja, er war furchtbar. Hat sich aufgeführt wie ein Snob. Na ja. Vermutlich *ist* er ein ziemlicher Snob«, gab Nina zu.

»Dem kann ich leider nicht widersprechen.« Antje fuhr mit dem Zeigefinger über den Rand ihres Aperol-Glases.

»Na, ich habe mich bemüht, es damit zu entschuldigen, dass die Insel vielleicht nicht jedermanns Sache ist, aber …« Sie zuckte mit den Schultern. Rückblickend hatte sie sich wohl viel schöngeredet. Hätte er als Mann an ihrer Seite nicht wenigstens versuchen können, ihre Begeisterung zu teilen? Für sie, seine Partnerin, den Menschen, den er angeblich so sehr liebte? Nina seufzte. Jetzt war es ja eh vorbei. Die Grübeleien brachten sie auch nicht weiter.

»Ich kann bis jetzt nicht fassen, dass er das gemacht hat mit dieser Rothaarigen, noch dazu unter den Umständen …«

Nina unterbrach ihre Freundin. Sie wollte es nicht hören. Es tat jedes Mal wieder weh und sie wurde schlagartig zurückkatapultiert in all ihren Schmerz, den sie so mühsam beiseitegeschoben hatte.

»Bitte, lass uns über was anderes reden, ja? Komm, wir stoßen an. Auf meinen Neuanfang!« Nina hob Antje ihr Glas entgegen. Das leise Klirren fügte sich geradezu perfekt in die Geräuschkulisse um sie herum ein.

»Auf andere Zeiten!« Beide Frauen tranken und lächelten einander in stummem Einverständnis zu.

Und Nina spürte tief in sich, dass alles gut werden konnte.

* * *

Der erste Montagmorgen. Noch vor dem Klingeln ihres Weckers sprang Nina aus dem Bett. Ihre innere Anspannung war die ganze Nacht nicht von ihr gewichen, denn heute war ein besonderer Tag. Heute war ihr erster Arbeitstag, der erste Tag als ihre eigene Chefin, der Tag, an dem sie auf der Insel anfangen würde, ihre Pralinen herzustellen, um den Laden zu füllen, den sie kommende Woche für ihre künftigen Kunden öffnen würde.

Hoffentlich klappten die Leuchttürme so, wie sie es sich vorstellte, hoffentlich waren alle Formen, sämtliche Schokoladensorten und die hochwertigen Marzipanprodukte richtig geliefert worden. Später wollte sie auch das Marzipan selbst herstellen, aber bis das so weit war, griff sie auf einen Feinkosthersteller zurück.

Antje hatte die Lieferungen überwacht, während Nina ihren Hausstand in Wuppertal in Kisten verpackt und eingelagert hatte. Ob allerdings die passenden Zutaten in den Paketen waren, ob sie auch bei den Küchenutensilien nichts zu bestellen vergessen hatte – all das würde sich jetzt gleich zeigen.

Voller Tatendrang fuhr Nina mit einem Fahrrad, das sie sich von Antje geliehen hatte, in Richtung Innenstadt. Gestern Nachmittag hatte sie bei ihrem Vermieter Gustav Aue, dem reizenden alten Herrn mit dem Hang zu Süßigkeiten, die Schlüssel abgeholt.

»Ich komme dann mal vorbei, die Tage.« Nina hatte ihm bei der Ladenbesichtigung scherzhaft angeboten, dass er so viele ihrer Pralinen und anderen Süßigkeiten essen dürfe, wie sein Herz begehrte – offenbar hatte genau dieser flapsige Spruch dafür gesorgt, dass sie als Mieterin des Geschäfts ausgewählt wurde. Es habe nämlich viele Bewerber gegeben, wie Herr Aue angedeutet hatte. Ein wenig hatte Nina sich geehrt gefühlt, weil dieser alte Einheimische ihr, der Zugereisten, den Vorzug gab – schließlich wurde auf der Insel zusammengehalten, das wusste Nina. Man stand Fremden, die keine Touristen waren, nicht immer besonders aufgeschlossen gegenüber. Umso dankbarer war sie dem alten Herrn für die Chance.

Nina radelte durch die kühle Morgenluft hinüber in die Fußgängerzone. Um diese Zeit war noch so wenig los, dass sie es wagte, trotz Radfahrverbots bis zur Ladentür auf dem Sattel zu bleiben. Es war ja nur ein kurzes Stück von ihrem Apartment bis zu dem Laden, da durfte man schon mal ein Auge zudrücken, fand Nina und strampelte schnell durch den Fußgängerbereich.

Vorgestern, bei ihrer Ankunft, war sie einfach nur platt gewesen und den gestrigen Tag hatte sie Antje gewidmet und sich in der Ferienwohnung eingerichtet und daher nur die Ladenschlüssel geholt – aber heute würde sie durchstarten. Im Rucksack hatte sie einen ganzen Stapel diverser Rezepte für Eigenkreationen, die sie umzusetzen gedachte. Wenn sie ihren Laden am kommenden Freitag eröffnete, würde sie ihre Kunden mit einer ganzen Reihe Köstlichkeiten verwöhnen können.

Nina erkannte ihr Geschäft von Weitem. Über dem Ladenlokal hing nämlich schon das Schild, das sie frühzeitig in Auftrag gegeben hatte: »Süße Träume – Feinste Schokoladen von der Insel«. Die Schrift war in Pink auf weißem Untergrund gehalten. Verschnörkelte Buchstaben, umrahmt von Blümchen, genau auf die richtige Art kitschig. Es anzusehen ließ ihr Herz höherschlagen. Ihr Laden. *Ihr* Laden! Niemand würde mehr ihr Chef sein und ihr vorschreiben, was sie zu tun hatte. So weit würde sie es nicht mehr kommen lassen, auf keinen Fall.

Nina parkte ihr Fahrrad und holte den Schlüsselbund aus der Hosentasche. Er lag warm in ihrer Hand und sie hielt einen Moment inne. Das war er also: der endgültige Schritt in ihr neues Leben. Sie steckte den Schlüssel ins Schloss under drehte sich ohne irgendeinen Widerstand. Als sie die altmodische Türklinke der weiß gestrichenen Tür hinunterdrückte, quietschte sie leise und Nina musste sich ein wenig gegen die Tür lehnen, damit sie aufschwang. Ein Glöckchen ertönte. Das war bei ihrem letzten

Besuch noch nicht da gewesen. Nina schaute nach oben. Eine funkelnagelneue Glocke, die silbern glänzte, hing über dem Eingang. Ein kleiner Zettel war daran befestigt. »Viel Glück mit deinen süßen Träumen – deine Antje«. Ihre Freundin war einfach ein Schatz! Nicht nur hatte sie irgendwann letzte Woche zusammen mit dem Lieferservice die Kisten in das Ladenlokal geschafft – unter den wachsamen Augen von Gustav Aue, der anschließend die Schlüssel wieder mitgenommen hatte, wegen der Handwerker, die Telefon und Internet freischalten sollten, und weil er sie Nina gern persönlich übergeben wollte –, nein, Antje hatte auch noch eine so hübsche Überraschung für Nina vorbereitet, dass sie jetzt vor Rührung fast weinte.

Lächelnd trat Nina über die kleine Schwelle in ihr Geschäft und schloss die Tür. Erneut erklang das helle Bimmeln, ein fröhlicher Ton, der genau zu ihrer Stimmung passte.

Sie verriegelte die Tür hinter sich, lehnte sich innen mit dem Rücken dagegen und ließ die Atmosphäre auf sich wirken. Stapelweise Kisten, die ausgepackt gehörten, der Geruch frischer Farbe, eine leere Theke und leere Regale an den Wänden, im selben Pink wie das Türschild. Sie hatte förmlich vor Augen, was aus dem kleinen Geschäft werden konnte, wenn sie es richtig anging. Es würde ein Kleinod werden – vorausgesetzt, ihre Marktidee mit den süßen Türmen würde von der Kundschaft gut angenommen werden.

»Na, dann wollen wir mal!«

Entschlossen stieß sich Nina vom Türrahmen ab und ging nach hinten in den angrenzenden kleinen Raum. Früher war das Ladenlokal eine Eisdiele gewesen. Eine Theke war also schon vorhanden, sie musste keine anschaffen, und auch eine kleine Küche gab es, mit viel Arbeitsfläche, genau wie Nina sie benötigte. Prüfend strich sie mit der Hand über die Arbeitsplatte.

Dann ging sie zurück und öffnete die erste Kiste. Lübecker Marzipan. Ein einzigartiger Duft.

Hätte Peter sie so sehen können, er hätte … Ja, was? Sie stellte fest, dass sie es gar nicht wusste. Vielleicht hatte sie Peter nie richtig kennengelernt.

Nina lauschte in sich hinein. Aber nein, da war nichts, außer vielleicht ein wenig Bitternis. Die Insel schien schon ihre Wirkung zu entfalten. Sie riss einen weiteren Karton auf und Lebensmittelfarbe kam zum Vorschein. Nina fuhr fort, Kiste um Kiste aufzureißen, Lebensmittel in die Küche zu schleppen, ein System für sich zu entwickeln. Schnell war sie eifrig bei der Sache und vergaß alle düsteren Erinnerungen.

Es war Zeit für *Süße Träume*.

Kapitel 4

»Du musst zum Leuchtturm rüber, irgend so ein Spinner hat mit Sprühfarbe Herzen draufgemalt. Unglaublich. Auf den Leuchtturm, kannst du dir das vorstellen?«

»Herzen?« Finn starrte seine Mutter für einen Augenblick an, als ob sie nicht mehr alle Tassen im Schrank hätte. Aber – natürlich konnte er sich das vorstellen. Nach dem Hakenkreuz bei der Aussichtsplattform konnte er sich leider so ziemlich jeden Mist vorstellen.

»Mich darfst du nicht fragen. Ich käme nicht auf diese Idee.« Maria Schuette zog die Schultern hoch. Sie war dabei, einen Kuchen zu backen, und schlug gerade umständlich die Eier auf. Ihre Finger gehorchten ihr nicht so gut, wie sie sich das gewünscht hätte.

Finn lächelte sie an. »Das ist mir schon klar. Sonst noch was?«

»Ja, hinten am Parkplatz beim Weg zum Wrack steht seit Tagen ein und dasselbe Fahrrad und die Gemeinde vermutet, Fred hätte es gern zurück. Vielleicht rufst du ihn aber vorher an.« Fred war ein Bekannter von Finn, der eine Fahrradvermietung betrieb.

Finn war auf der Insel so was wie ein Mann für alle Fälle, eine Art Inselhausmeister, der bei der Gemeinde für alle möglichen Tätigkeiten als Gemeindemitarbeiter angestellt war. Er mochte diesen Job, auch wenn er als Ingenieur eigentlich unterbezahlt war. Aber auf der Insel gab es wenig Arbeit für Maschinenbauingenieure – genau genommen überhaupt keine. Zusätzlich zum Familienbetrieb bot der Job in der Gemeinde jedoch viel Abwechslung und Finn war gern draußen unterwegs.

»Ach, und dann könntest du mich noch zum Einkaufen begleiten. Ich …« Maria wurde rot, während sie eine Schublade aufzog und das Handrührgerät hervorholte. »Nun, ich glaube, ich könnte jemanden brauchen, der mir tragen hilft. Und Sarah …«

»… ist noch krank, ich weiß«, vollendete Finn den Satz. »Das ist schon in Ordnung. Aber lass uns das dann gleich machen. Wer weiß, wie lange ich für den armen Leuchtturm und die Herzen brauche. Letztens hat einer ein Hakenkreuz bei den Thalasso-Plattformen hingeschmiert. Es hat ewig gedauert, bis ich den Mist entfernt hatte.«

Die Plattformen waren eine Stelle mitten auf der Insel, von wo aus man einen wunderbaren Rundumblick auf Dünen und Meer hatte. Finn fuhr selbst gern mit einem Buch raus, um in einem der korbgeflochtenen Sessel Ruhe und Entspannung zu finden.

Es hatte ihn sehr geärgert, dass jemand einen dieser ganz besonderen Orte auf der Insel verschandelt hatte. Glücklicherweise war es ihm gelungen, alles wieder in den Originalzustand zurückzuversetzen.

»Du müsstest schon kurz warten, bis ich den Kuchenteig fertig habe. Danach muss er eh erst einmal kaltgestellt werden. Linzer Torte, weißt du?«

Finn hatte eine Schwäche für die nussige Marmeladentorte, drum backte seine Mutter sie umso häufiger. Als sie jetzt die Knethaken in das Rührgerät steckte, setzte er sich an den Tisch und griff nach der Zeitung. »Sehr gern.«

»Da liegt übrigens ein Brief für dich.« Maria Schuette war an den Esstisch herangetreten und schob Finn den Brief zu. Gespannt schaute sie über den Rand ihrer Lesebrille zu Finn, der stirnrunzelnd nach dem Umschlag gegriffen hatte. Ein Blick auf den Absender reichte ihm.

»Nein, danke!«

»Wie bitte?«

»Ich habe gesagt: Nein, danke!«

Achtlos warf er den Brief auf die Küchenanrichte und schaute auf seine Armbanduhr. »Wenn du dann so weit bist, können wir los.«

»Aber …«

»Nein, Mama. Wir brauchen gar nicht drüber sprechen, okay?«

Doch Maria war nicht so leicht abzuwimmeln. Natürlich nicht.

»Du kannst nicht ewig hierbleiben.«

»Wer sagt das?« Seine Stimme klang schneidend.

»Ich sage das. Dein Vater hätte es auch gesagt.«

»Pft.« Finn fuhr sich durchs Haar.

»Pft mich nicht, mein Junge!« Maria zeigte mit dem Finger auf ihn und machte eine drohende Geste. Da sie noch immer die Lesebrille aufhatte, wirkte sie mit ihren grauen Locken eher schulmeisterlich als bedrohlich und Finn musste unweigerlich grinsen. Allerdings wurde er sofort wieder ernst.

»Lass mich einfach selbst entscheiden. Ich mach das schon. Ich bin sehr zufrieden mit meinem Leben und dem Job hier.«

»Das sehe ich.« Maria nahm die Lesebrille ab. »Ich sage ja nur, dass …«

»Ich weiß, was du sagst. Danke.«

»Ich verstehe es sowieso nicht. Surfen ist ein so gefährlicher Sport, aber den treibst du schon. Dagegen …«

»Das ist was anderes. Darüber haben wir schon so oft diskutiert. Kannst du es jetzt bitte gut sein lassen? Ich will wirklich nicht darüber reden, ja?« Finn war laut geworden. Wie immer bei diesem Thema. Er konnte sich einfach nicht beherrschen, hatte sich nicht mehr im Griff, wenn seine Emotionen derart hochkochten.

»Na schön. Für heute.« Maria stand auf und ging zurück zu ihrer Teigschüssel. Das Rührgerät fand keine Beachtung, energisch begann sie den Teig mit den Händen zu kneten, ihre ständigen Gelenkschmerzen ganz offensichtlich ignorierend. »Jan Weer sagt, dass es heute noch regnet und Wind gibt.«

»Jan Weer ist ein Genie.« Finns Stimme triefte vor Ironie. Jan Weer war eine erfundene Figur, eine Art personalisierte Wettervorhersage, die die Titelseite des *Norderneyer Morgens* zierte und oft so vage war, dass man genauso gut einfach zum Himmel hochschauen konnte.

»So, der Teig ist fertig.« Zufrieden begutachtete Maria Schuette ihr Werk, dann stellte sie die Schüssel samt Inhalt in den Kühlschrank.

»Dann können wir jetzt.« Sie wusch sich rasch die Hände und ging in Richtung Hausgang.

Finn half seiner Mutter in die Jacke, eine Geste, die sie natürlich missbilligte, aber er wusste, dass sie sich so mit dem Anziehen leichter tat. Dann waren sie auch schon zur Tür hinaus und saßen auf ihren Rädern. Denn wenn Maria Schuette sich eines nicht nehmen ließ, dann ihr Fahrrad. Außerdem war man ohne Drahtesel auf der Insel sowieso nur ein halber Mensch.

* * *

»Warum? Du weißt genau, was ich von dem Laden halte!« Finn war sauer. Seine Mutter hatte ihn durch den Supermarkt geschleppt. Dabei hatte sie drei ältere Damen getroffen, die sie gut kannte. Während die Frauen ihren Klönschnack hielten, war er blöd zwischen Marmelade und Mehl gestanden und hatte gewartet. Das war auch noch irgendwie okay. Aber jetzt auch noch in diesen dämlichen neuen Süßigkeitenladen zu müssen, das war einfach zu viel! Noch dazu, weil Jörn noch hätte da sein können, wenn der alte Aue nicht so ein sturer Bock gewesen wäre! Sein Sohn, Wim, war mit Finn und Jörn zur Schule gegangen. Wäre der schon am Ruder gewesen, er hätte das Geschäft selbstverständlich an Jörn vermietet. Aber so war Jörn weggezogen, aus reiner Not heraus, weil sich auf der Insel kein Ladenlokal fand, und Finn hatte einen wichtigen Menschen ziehen lassen müssen – schon wieder.

»Wegen Jörn, ne?«

Finn brummte einen unwilligen Laut. Seine alte Mutter kannte ihn zu gut. »Ich mag einfach nur nicht in diesen kitschigen Pralinenshop. Schon wieder so ein Touriladen!«

Jörn hatte ein Geschäft mit Anglerbedarf und Farben eröffnen wollen. Das wäre mal etwas Handfestes gewesen. So aber verkam die Insel zu einer einzigen Fressmeile.

»Na, jetzt denk mal kurz darüber nach, von was die Insel lebt, mein Junge.« Maria war unerbittlich wie immer. »Komm jetzt. Das bringt dich nicht um.«

Doch Finn war nicht so leicht zu besänftigen, wenn er erst mal sauer war. Dazu kam, dass er das Gefühl hatte, von seiner Mutter ausgetrickst worden zu sein. Und wer auch immer den Laden angemietet hatte, den mochte er schon aus Prinzip nicht, geschweige denn, dass er plante, jemals etwas in einem Geschäft zu kaufen, das *Süße Träume* hieß. Denn ganz unabhängig davon, dass dort Tourimüll verkauft wurde, war das ja wohl der dümmste Name für einen Laden, den man sich überhaupt vorstellen konnte. Er triefte vor Kitsch.

Außerdem quoll der Korb auf dem Gepäckträger seines Rads eh schon über. Keine Ahnung, wer das alles essen sollte …

Wobei – Frau Höllwart und ihr geradezu unglaublich hoher Brötchenverschleiß fielen Finn plötzlich wieder ein.

Dann konzentrierte er sich wieder auf seine Mutter.

»Wir brauchen keine Pralinen, Frau Höllwart explodiert, wenn wir sie noch besser füttern.«

»Darum geht es doch gar nicht. Es geht darum, dass es hier auf der Insel etwas Neues gibt. Und das passiert schließlich nicht alle Tage, wie du am allerbesten weißt.«

Natürlich hörte Finn die Stichelei in der Stimme seiner Mutter ganz genau, aber er entschied sich, die Spitze zu überhören.

»Ja, und das macht den Reiz der Insel aus. Wenn Jörn den Laden bekommen hätte …«

»Malerfarbe in der Fußgängerzone. Eine Bombenidee. Und die Anzahl der Hobbyangler auf der Insel ist ja auch gewaltig.«

Finn gab nicht gern zu, dass seine Mutter im Recht war. Nur leider – sie war es. Keine Frage. Jörns Vorhaben war gewagt gewesen. Doch vermutlich hätten die Einheimischen ihn unterstützt, egal wo er ein Geschäft eröffnet hätte. Ganz sicher wäre es so gewesen! Außerdem war er in seinen Fachbereichen eine Koryphäe.

Jetzt war er drüben am Festland, notgedrungen. Schließlich wuchsen leer stehende Ladenlokale auf der Insel nicht gerade wie Pilze aus dem Boden. In Finns Magen zog sich alles zu einem Klumpen zusammen.

»Jörn sagt, sein Laden läuft gut.«

»Na, dann fahr hin und überzeug dich davon. Im Übrigen ist das Festland wohl kaum repräsentativ für die Insel, nicht wahr?« Maria lächelte ihn an. Wie man so durchtrieben sein und so unschuldig lächeln konnte! Wo sie genau wusste, dass er …

Der Stein in seinem Magen wog gleich noch mal ein Pfund mehr.

»Also gut, wir gehen in die Pralinenhölle, wenn du unbedingt musst«, grummelte er, um von sich abzulenken, und schaute hinüber zu dem Süßwarenladen, der gleich gegenüber dem Supermarkt lag. Immerhin war es kein Umweg. An zwei kleinen Stehtischen wimmelte es von Menschen, die bei Sekt und aufgetürmten Pralinen den sonnigen Nachmittag genossen. Zugegeben: Wer auch immer den Laden betrieb, hatte gute Arbeit geleistet. Die Tische waren mit Rosen dekoriert, das rosa Schild war durchaus geschmackvoll, wenn auch sehr mädchenhaft, und auf das Schaufenster war mit roter Farbe so deutlich »Neueröffnung« geschrieben, dass man es nicht übersehen konnte. Eine kleine Tafel vor dem Geschäft wies auf Einführungspreise und Marzipanleuchttürme hin. Leuchttürme aus Marzipan, tatsächlich. So ein Schwachsinn! Wer würde denn so was kaufen? Schadenfroh lachte Finn in sich hinein. Das war mit Sicherheit zum Scheitern verurteilt.

»Mama, hast du das gesehen?« Er schaute über seine Schulter, aber Maria hatte ihr Fahrrad schon weitergeschoben und parkte es neben dem Ladenlokal an der Hausmauer, wo schon mindestens zehn Fahrräder standen.

Er schob sein Rad zu ihr hinüber. »Mama, hast du das gesehen?«, wiederholte er seine Frage.

»Was denn?«

»Leuchttürme aus Marzipan gibt es hier.« Er erwartete, dass seine Mutter das auch für die blödeste Idee aller Zeiten hielt.

»Was? Es gibt hier Marzipanleuchttürme? Das ist ja wunderbar!«, rief Maria stattdessen aus. Ohne sich nach ihrem Sohn umzudrehen, drängelte Maria Schuette sich an den sekttrinkenden Pralinenessern vorbei in den Laden, keine Spur ihres Gehtempos ließ erkennen, dass sie an Rheuma litt. Sie war offensichtlich schon in einem totalen Zuckerrausch, noch bevor sie den Laden überhaupt betreten hatte.

Finn verdrehte die Augen gen Himmel. Ob er einfach hier draußen warten sollte? Andererseits: Neugierig war er schon. Schließlich half er Jörn kein bisschen, indem er hier draußen stehen blieb und protestierte.

Leise fluchend lehnte er sein Fahrrad gegen das seiner Mutter, sperrte es ab und ging ihr missmutig hinterher.

Im Laden roch es herrlich nach Schokolade und Amaretto, wenn ihn nicht alles täuschte. Widerwillig genoss er den Duft, sog ihn ein, fast gebrochen von so viel süßer Köstlichkeit. In dem kleinen Verkaufsraum drängten sich Einheimische und Touristen gleichermaßen, um einen Blick in die Regale zu erhaschen. Finn war groß genug, dass er über die meisten Köpfe einfach hinwegblicken konnte. Das zarte Rosa der Blüten auf dem Schild fand sich hier drinnen wieder. Dazu bestach ein dunkler Holzboden, der dem Raum Gemütlichkeit verlieh. Durchaus stilvoll, das stand außer Frage.

Es gab diverse Marzipanleuchttürme zu bewundern, nicht nur dem Norderneyer Leuchtturm nachempfunden, sogar der von Pilsum in Rot-Gelb, dieses herrliche Wahrzeichen Ostfrieslands, und der Amrumer Leuchtturm fielen Finn ins Auge. Zugegeben: Es waren perfekte kleine Nachbildungen. Die Ladenbetreiber verstanden ihr Handwerk.

Weiter vorne in Thekennähe stand seine Mutter mit beiden Händen voll Süßigkeiten.

Von wegen, nur mal schauen. Ha! Sie hatte voll zugeschlagen. Gut, dass sie so kleine Hände hatte.

Finn trat näher an ein Regal und nahm eines der Leuchtturm-Kunstwerke in die Hand, das eine perfekte Nachbildung des Norderneyer Leuchtturms war.

»Gefällt er Ihnen?« Finn schaute auf und wurde sofort von hellblauen Augen gefangen genommen. Die Frau vom Fähranleger!

»Oh, hallo, Nina!« Er strahlte. Er konnte es nicht verhindern. »Schön, Sie zu treffen!«

Die blonde Schönheit, die ihn schon neulich ohne Umweg gefesselt hatte, allein durch ihre Anwesenheit. Sie war nicht perfekt, nein, aber – sie war es eben doch so sehr, dass Finn erst mal keine Worte fand. »Ich bin nicht so der Mann für Süßes.«

Was für ein saublöder Satz!

»Das wollte ich gar nicht wissen. Ich habe nur gefragt, ob der Leuchtturm gelungen ist, Ihrer Meinung nach.«

Finn schaute sich den Marzipanturm genau an. »Doch, schon. Die Farbe ist exakt getroffen. Jedenfalls noch.« Er dachte daran, dass er heute noch eine Flut Herzen von den Wänden des Turmes entfernen musste.

»Wie bitte?« Die Frau schaute ihn irritiert an.

»Ach, nichts. Ich habe nur eine Reinigungsaktion am Norderneyer Leuchtturm vor, weil jemand Graffiti an die Wände gesprüht hat. Natürlich wird der Turm seine Farbe behalten. Das war eher Galgenhumor – diese Schmiererei geht immer extrem schwer ab.«

»Sie sind der Leuchtturmwärter?« Ihre Augen hatten sich geweitet.

Finn schüttelte lachend den Kopf. »Heutzutage wird der Leuchtturm zentral vom Festland gesteuert. Die alten Zeiten sind schon lange vorbei. Ich kümmere mich für die Gemeinde um Reparaturarbeiten auf der Insel – und der Leuchtturm gehört in diesem Fall dazu.«

»Schade eigentlich. Die Vorstellung, dass jemand die Nacht dort verbringt und das Leuchtfeuer in Gang hält – das hätte mir gefallen. Allein die Aussicht da oben muss ein Traum sein.«

»Nun, direkt gewohnt hat dort nie jemand, dafür gab es ja ein Wärterhaus.«

»Ja. Aber man stelle sich das vor: Wann immer man will, in den Leuchtturm hinaufzusteigen.« Die Augen der Frau bekamen einen verträumten Ausdruck.

»Das stimmt natürlich«, räumte Finn mit einem Lächeln ein. Die Begeisterung der Frau war geradezu mitreißend.

»Ich fürchte, ich habe eine Schwäche für Leuchttürme.« Ninas Wangen erröteten leicht, was Finn irgendwo tief drinnen berührte.

»Fällt kaum auf.« Finn lachte.

Die Röte auf Ninas Wangen vertiefte sich.

»Aber ich kann Sie gut verstehen. Die Aussicht ist schon etwas Besonderes. Immer wenn ich oben im Turm bin …«

»Sie sind Nina?« Finns Mutter war herangetreten und hatte das Gespräch zwischen ihrem Sohn und der fremden Frau einfach unterbrochen. Typisch! Er wollte gerade ärgerlich etwas einwenden, als Nina sich schon an sie wandte.

»Ja. Wie kann ich Ihnen helfen?«

»Also. Ihr Geschäft ist wundervoll. Ich möchte Leuchttürme bestellen, regelmäßig, meine ich. Für meine Gäste. Das wird *das* Highlight schlechthin auf den Kopfkissen.« Maria klang mehr als entzückt.

Langsam dämmerte Finn, mit wem er sich da gerade so nett unterhalten hatte. Diese Frau hier war der Grund, dass Jörn die Insel hatte verlassen müssen, dass er ihn, Finn, verlassen hatte. Diese … Person war es, der er noch mehr Einsamkeit verdankte, als er ohnehin schon verspürte. Es war, als hätte jemand eine Herdplatte unter seiner Stimmung entzündet. Ihm wurde heiß und er spürte, wie Wut nach oben kochte, wie sie zu schäumen begann und gleich überlaufen würde. Diese Nina war der Grund dafür, dass Jörn weg war, und seine Mutter hatte nichts Besseres zu tun, als sie sofort in ihrem Geschäftsgebaren zu unterstützen.

Finn war so wütend, so wahnsinnig wütend, dass er gar nichts mehr sagen konnte. Seine Mutter war eine elende Verschwörerin und diese Nina, diese Nina … da wollte ihm nichts dazu einfallen, aber – es war nicht richtig, dass sie den Laden bekommen hatte. So! Es war schlicht falsch. Und …

»Einen Augenblick, ja?«, wandte Nina sich indessen an Finns Mutter, die noch nicht gemerkt hatte, dass die Stimmung ihres netten Gesprächspartners gekippt war. »Ich habe mich gerade mit diesem Herrn unterhalten …«

»Oh nein. Wir brauchen uns nicht weiter zu unterhalten. Wir sind fertig miteinander. Sie, Ihre dämlichen Türme und ich!« Finns schneidende Stimme durchdrang den Raum wie ein Messer, die Leute um sie herum verstummten. Finn, der noch immer nichts als Rot sah vor Wut, konnte sich nur noch umdrehen und zur Tür hinausstürmen, in der Hand noch immer das perfekte Minireplikat des Norderneyer Leuchtturms, dem er im Gehen die Aussichtskanzel und das Leuchtsignal abbiss, ohne auch nur einen Hauch dessen zu schmecken, was er da wütend zerkaute.

Kapitel 5

Was für ein Rüpel war das denn? Nina starrte dem Kerl hinterher, der soeben aus dem Laden gestürmt war. Was hatte der denn für ein Problem?

Alle Gespräche um sie herum waren verstummt, dabei war gerade noch alles gut gewesen. Dieser Klotz brachte es fertig und ruinierte ihr die Eröffnung ihres Geschäfts. Dabei hatten sie sich doch vor zwei Sekunden noch wirklich gut unterhalten! Und am Fähranleger war er auch ganz freundlich gewesen. Um ehrlich zu sein, war er Nina sogar sehr positiv aufgefallen dort, so positiv, dass Antje sie hinterher scherzhaft aufgezogen hatte.

Nina wühlte in ihren Erinnerungen … Hatte Antje jenseits eines neckenden Spruches irgendwas über den Typ gesagt? Sie musste sie später unbedingt fragen.

Jetzt starrte sie ihm fassungslos hinterher. Er war sogar mit dem Norderneyer Turm in der Hand davongestürmt.

Nina war um vier Uhr morgens aufgestanden, weil an Schlaf einfach nicht mehr zu denken gewesen war. Die Aufregung wegen der Eröffnung hatte sich angefühlt, wie wenn Tausende von Ameisen durch ihren Körper wuselten. Sie hatte alle möglichen Unwägbarkeiten befürchtet, dabei lief es vom ersten Moment an ganz wunderbar. Die Blumendeko war rechtzeitig geliefert worden, der Zustrom der neugierigen Besucher riss nicht ab und sogar das Wetter spielte mit.

Seit sie den Laden am Morgen aufgesperrt hatte, drängte die Kundschaft herein, neugierige Insulaner genauso wie Urlauber. Besonders die Leuchttürme gefielen den Leuten, der Absatz war enorm und Nina gratulierte sich insgeheim zu ihrer Geschäftsidee. Endlich, endlich schien mal wieder etwas zu funktionieren, das sie anpackte. Die letzte Zeit mit Peter war ja nicht gerade rosig gelaufen. Das Geschäft kam Nina vor wie der erste Schritt in die richtige Richtung.

Womöglich konnte sie sogar eine Verkaufskraft einstellen, hatte sie gedacht und hinüber zu Antje geschaut, die ihr auch heute zur Seite stand und kassierte, damit sie selbst sich unter die Gäste mischen konnte. Und jetzt dieser Kerl!

Er war erst so freundlich gewesen, sie hatten sich wirklich gut unterhalten und dann das? Nur, weil sie sich für einen Moment der alten Dame zugewandt hatte? Also das ging nun wirklich zu weit.

»Nehmen Sie es meinem Sohn nicht übel. Er … kämpft gerade ein wenig mit sich.« Die alte Dame riss Nina aus ihren Gedanken. Langsam nahmen die Gespräche im Verkaufsraum wieder Fahrt auf und der Rüpel war offensichtlich vergessen.

»Finn?«

»Ja, er ist mein Sohn. Eigentlich habe ich ihn ja zu einem anständigen Kerl mit Manieren erzogen, das dürfen Sie mir glauben. Aber eben – na, wie gesagt, er kämpft ein wenig.«

Nina schaute durch das Schaufenster nach draußen, aber Finn, der große, breitschultrige Mann mit Vollbart und den wilden Augen eines Abenteurers, war längst verschwunden.

Ihr Blick wanderte zurück zu der grauhaarigen Dame, die ein paar Pfund zu viel auf den Rippen hatte und einen ganzen Berg Pralinen in den Händen trug. In ihrer Windjacke wirkte sie robust. Nur ein leichtes Zittern ihrer Finger verriet, dass sie weniger stabil war, als es zunächst den Anschein erweckte. Ihre grauen Haare waren fast vollständig unter dem Fahrradhelm verborgen, den sie sich nicht die Mühe gemacht hatte, abzunehmen.

Ninas neugierige Seite hätte zu gern gewusst, welchen Kummer dieser Finn mit sich herumschleppte. Auf der anderen Seite – was ging es sie an? Mit seinem Verhalten vorhin hatte er sich wirklich nicht mit Ruhm bekleckert, im Gegenteil. Nina riss sich zusammen und bemühte sich um Professionalität.

»Wie kann ich Ihnen denn nun helfen?« Nina rang sich ein Lächeln ab. Hoffentlich lief sie diesem Finn nicht so schnell wieder über den Weg. Er hätte ihr mit seinem Benehmen auch gut und gern die Einweihung versauen können.

»Wissen Sie, ich betreibe eine kleine Pension hier auf der Insel. Mein Haus ist nicht mehr das modernste, drum versuche ich, das anderweitig auszugleichen.« Die alte Frau nestelte verlegen an ihrem Helm herum, ein Cellophantütchen mit Krokantpralinen, das sie dabei zwischen Daumen und Zeigefinger hielt, rutschte ihr dabei aus der Hand und Nina fing es mit einer geschickten Bewegung auf.

»Meine Gäste freuen sich immer über besondere Aufmerksamkeiten und ich finde, da sind Ihre wunderbaren Leuchttürme genau richtig.«

Die Frau strahlte Nina an, der jetzt erst die bemerkenswerte Ähnlichkeit mit dem Sohn auffiel. Die gleiche gerade Nase, die braunen Augen, der Schwung der Oberlippe.

»Ich heiße übrigens Schuette. Maria Schuette. Und meine Pension befindet sich drüben in der Fischerhafen-Siedlung.«

»Freut mich!« Nina streckte der Frau die Hand hin, die, mit einem verschmitzten Grinsen, die Augen von Lachfältchen umringt, ihre Tütchen hochhielt. »Nina Köster.«

Die alte Dame legte ihre Pralinen in Ninas zur Schale geformte Hände. »Ich bin Ihrem Geschäft zum Opfer gefallen, wie Sie sehen. Sich bei diesem Angebot zu beschränken, ist wirklich schwer.«

»Schauen Sie mal da!« Nina zeigte mit dem Kinn auf ein Regal hinter sich, in dem kleine Körbe gestapelt waren. »Das sind sozusagen meine Einkaufswägen.«

»Sehr gut.« Frau Schuette griff nach einem der Körbchen und Nina legte die Tüten hinein.

»Sagen Sie mal, liefern Sie Ihre Ware auch?«

Nina schüttelte den Kopf. »Nein. Ich bin im Moment ein Eine-Frau-Betrieb, wissen Sie? Den Aufwand kann ich mir nicht leisten.«

Das Lächeln der alten Dame wandelte sich zu einem nachdenklichen Ausdruck. »Na, wir werden das schon hinkriegen«, sagte sie schließlich. »Können Sie mir denn wöchentlich … sagen wir … zehn Türme zurücklegen? Ich lasse sie dann abholen. Leider bin ich körperlich nicht mehr ganz so belastbar, auch wenn da oben«, mit leicht zitterndem Zeigefinger zeigte sie auf ihre Stirn, »noch alles in bestem Zustand ist. Es gibt Tage, an denen ich nur schwer aufs Fahrrad komme.«

Nina lachte. »Oh, an Ihrer geistigen Fitness habe ich nicht den geringsten Zweifel. Und das Reservieren der Türme ist überhaupt kein Problem. Sie sind mein erster fester Auftrag! Kommen Sie mit an die Theke? Dann notiere ich mir Ihre Kontaktdaten und kassiere gleich noch die Schoki.«

Frau Schuette strahlte. »Sehr gern.«

Als Nina sich mit ihrer ersten festen Auftraggeberin durch die Menschen in dem kleinen Laden schob, wanderten ihre Gedanken noch mal zu Finn, diesem robusten Hünen mit den wild wechselnden Launen. Wie gut, dass die freundliche alte Dame ihrem Sohn nur optisch ähnelte.

* * *

Die erste Arbeitswoche war vorbei. Sonntag war Ninas einziger freier Tag und sie hatte beschlossen, ihn am Strand zu verbringen. Nur leider war das Wetter so gar nicht nach ihrem Geschmack. Sie zog sich ihre Jacke fest um die Schultern. Es windete heute noch mehr als sonst. Trotz August war vom Sommer kaum etwas zu bemerken. Dennoch hielt das raue Inselwetter offenbar niemanden davon ab, sich draußen zu tummeln, im Gegenteil: Viele Inselurlauber kamen gerade wegen des Reizklimas hierher. Von den Kurgästen ganz zu schweigen. Möwen beobachteten das Geschehen, immer auf der Lauer nach etwas Fressbarem, Kinder ließen ihre Drachen steigen.

Nina schlenderte die Strandpromenade entlang. Sie hatte ihr Fahrrad beim *Surf Café* geparkt und beschlossen, lieber zu laufen, anstatt dem Wind mit dem Rad zu trotzen. Das beliebte Café war voll besetzt, es duftete nach Kaffee und Nina nahm sich vor, dem Lokal nachher einen Besuch abzustatten und den Nachmittag dort ausklingen zu lassen. Vielleicht hatte Antje ja später Zeit, im Moment war sie schon wieder mit ihren Gästen beschäftigt. Genau genommen damit, eine der Wohnungen für Neuankömmlinge auf Hochglanz zu bringen.

Nina entschied sich, in Richtung des kleinen Aussichtsturms zu spazieren, der vor ein paar Jahren in den Dünen erbaut worden war.

Erstaunlich hohe Wellen brachen herein, gekrönt von weißem Schaum. Die Luft roch würzig nach Salz, und der Wind zerzauste Ninas Haare zu einer wilden Sturmfrisur. Seit Tagen überlegte sie, es Antje nachzutun und sich die Haare kurz schneiden zu lassen, um nicht ständig auszusehen wie ein Wischmopp auf LSD.

Auf Höhe der Surfschule sah Nina, dass zahlreiche Menschen mit ihren Brettern im Wasser waren. Wie immer regte sich in ihr bei diesem Anblick die Abenteuerlust.

Einer spontanen Eingebung folgend zog sie sich die Schuhe aus und ging in Richtung Strand. Sie wollte eine Weile den Surfern zuschauen und danach erst ihren Weg fortsetzen. Wenn sie heute etwas hatte, dann Zeit – und das war ein echter Luxus, den sie in vollen Zügen genoss.

Der Sand unter ihren Füßen fühlte sich kühl, aber nicht unangenehm an. Gemächlich stapfte Nina hinunter an die Wasserlinie, vorbei an dem kleinen Gebäude der Surfschule. Sie zählte zehn neoprenvermummte Gestalten mit ihren Brettern im Wasser. Als eine besonders hohe Welle hereinbrach, paddelten zwei von ihnen mit ihren Surfboards los, stellten sich auf und während der Linke der beiden sofort wieder im Wasser landete, nahm der Zweite die Welle ohne Mühe. Sah doch gar nicht so schwierig aus.

Seit vielen Jahren beobachtete Nina die Wellenreiter und verspürte jedes Mal diese ungewisse Sehnsucht. Eigentlich, ja eigentlich, hätte sie diesen Sport zu gern mal ausprobiert – oder zumindest in der Surfschule nachgefragt, ob das für jemanden wie sie überhaupt möglich sei. Norderney war nicht so direkt eine Badeinsel, aber mit Neoprenanzug konnte man sich offensichtlich gut länger im kalten Wasser aufhalten. Eine gute Schwimmerin war sie, daran würde es nicht scheitern. Länger im Meer bleiben zu können und einen neuen Zugang zum Element Wasser zu bekommen, stellte sich Nina, die von jeher eine Wasserratte war, einfach nur herrlich vor.

Eine weitere Welle brach herein. Wieder paddelte ein Surfer los, sprang auf sein Brett und ritt die Welle bravourös. Es sah leicht und elegant aus, wie er verspielt auf seinem Board tanzte und sich der Naturgewalt anpasste.

An der Wasserlinie trat Nina noch ein Schrittchen vor, sodass die auslaufenden Wellen ihre Füße umspülten. Das Wasser war kalt, aber nicht unerträglich, es ging gerade noch als erfrischend durch. Nina schaute zu, wie ihre Füße im nassen Sand versanken, von der nächsten Welle getroffen wurden und weiter im Sand verschwanden. Dann wandte sie ihre Aufmerksamkeit wieder den Surfern zu, von denen einer gerade laut juchzend auf seinem Brett in Richtung Strand fuhr.

Nina erinnerte sich daran, wie sie in jenem unglücklichen Urlaub mit Peter hier gestanden waren und er ihr ganz frei heraus zu verstehen gegeben hatte, dass sie zum Surfen nicht tauge. »Du bist keine Abenteurerin, Ninchen«, hatte er aus vollster Überzeugung gesagt und hinzugefügt, dass er allein bei der Vorstellung, sie würde einen Neoprenanzug tragen, schon lachen müsse. Nina war auf Peters Worte hin errötet und beschämt an der Surfschule vorbeimarschiert. So einfach hatte sie sich ihren Traum nehmen lassen – so widerstandslos wie ihr damaliges Confiseriegeschäft.

Jetzt, drei Jahre später, war sie noch immer nicht auf ein Surfbrett gestiegen. Da war sie wieder: die Wut auf Peter, die Enttäuschung, die Verletzung, die immer wieder aufzubrechen drohte, sobald er in ihren Gedanken auftauchte, obwohl sie sich nichts mehr wünschte, als dass die Wunde, die er ihr zugefügt hatte, endlich heilen und vernarben würde.

Nina warf einen sehnsüchtigen Blick aufs Wasser hinaus. Trotzig schob sie ihre Unterlippe vor. Heilen. Eine weitere Welle umspülte ihre Fußgelenke. War sie nicht genau dafür hier? Um zu genesen? Sie drehte sich um. An dem kleinen Gebäude der Surfschule lungerte ein Typ, der offenbar auf Arbeit wartete. Sie würde sich einen Neoprenanzug und ein Board leihen und es einfach ausprobieren. Trotz des Windes sahen die Wellen nicht sehr bedrohlich aus und mehr als ins Wasser fallen konnte ihr schließlich nicht passieren.

Nina stapfte auf den Typ in der roten Windjacke zu, der lässig neben der geöffneten Tür der Surfschule an der Wand lehnte und aufs Wasser hinausschaute. Er zog an seiner Zigarette und formte beim Ausblasen des Rauchs mit seinem Mund Kringel, die der Wind ihm sofort von den Lippen riss. Als er Nina sah, stieß er sich von der Wand ab.

»Kann ich dir helfen?« Ein Stück seines oberen Schneidezahns war abgebrochen, was ihm etwas Verwegenes gab.

»Ich dachte, ich versuch es mal mit dem Surfen.« Als Nina es laut aussprach, wurde ihr klar, dass sie es wirklich ernst meinte, und das Gefühl, endlich etwas von ihrer *Bucket List* anzugehen und tatsächlich ihren Traum wahr zu machen, sorgte für einen heftigen Glücksstrom, der durch ihren ganzen Körper rauschte wie ein übermütiger Fluss.

»Kann ich hier ein Board und einen Neoprenanzug ausleihen?«

»Klar.« Der Typ musterte sie von oben bis unten, dann drückte er seine Zigarette an der Hauswand aus. »Komm mit rein.«

Im Inneren des Gebäudes hing eine Flut von Neoprenanzügen, einer neben dem anderen, und an der Wand gegenüber reihten sich die verschiedensten Surfbretter.

»Hier, der könnte passen.« Er hielt ihr einen Anzug hin, den er zielstrebig von der Stange gepflückt hatte. »Da hinten kannst du dich umziehen.«

Im Eck hing ein Vorhang, der einen kleinen privaten Bereich abtrennte.

Als Nina sich ihrer Kleidung entledigte und in den Neoprenanzug stieg, begann ihr Herz zu galoppieren wie ein wildes Pferd, das nur darauf wartete, endlich in die Freiheit entlassen zu werden. Sie konnte es kaum erwarten, sich in die Fluten zu stürzen … Mehr als dass sie nass wurde, konnte schließlich nicht passieren, sagte sie sich ein weiteres Mal vor. Ein leises Lächeln hatte sich auf ihre Lippen gelegt. Ein Lächeln, dessen sie sich gar nicht bewusst war, aber das ihrem Gesicht den glücklichsten Ausdruck seit Langem verlieh.

Kapitel 6

»Hey, Luke!«

Luke hieß eigentlich Lukas und arbeitete in der Surfschule. Allerdings nur an Land. Keiner konnte sich erinnern, ihn je auf einem Brett gesehen zu haben, und böse Zungen behaupteten, dass er selbst überhaupt nie gesurft hatte und daher über den Verleih von Equipment hinaus nur wenig Ahnung von dieser Disziplin hatte. Aktuell beschäftigte sich Luke damit, wie man Zigarettenrauch in Quallenform aus dem Mund gepustet bekam. Viel mehr tat er nicht, außer Surfausrüstung an Touristen zu verticken.

Finn hatte natürlich ein eigenes Board dabei, durfte jedoch die provisorische Umkleide in der Schule nutzen, um sich umzuziehen.

Er klopfte Luke auf die Schulter. »Guter Wind, oder? Macht die Wellen richtig interessant heute.«

Luke antwortete mit einer unbestimmten Geste, den Glimmstängel wie gehabt zwischen Zeige- und Mittelfinger. »Schlecht für Rauchskulpturen.«

Meine Güte, wenn das sein größtes Problem darstellte, dann war Luke der glücklichste Mensch, dem Finn je begegnet war.

»Da hast du recht.« Der Wind fuhr in Finns dichte dunkle Locken, bevor er seine Kapuze über den Kopf zog. Er konnte es kaum erwarten, endlich auf dem Brett zu stehen. Dieses Gefühl, kurz bevor man loslegen konnte, die Erwartung, die Vorfreude – unschlagbar. Selbst hier auf der Insel, wo die Wellen eher gemäßigt waren, verspürte er das Gefühl von Freiheit und Einklang mit der Natur, das das Surfen für ihn bedeutete.

Mit seinem Board unter dem Arm rannte er aufs Wasser zu. Mühelos durchquerte er den seichten Uferbereich, warf sich in die Gischt und hielt den Wellen stand. Finn fühlte sich kräftig und pudelwohl im Wasser – so lang er nicht auf einem Boot weit draußen war.

Norderney hatte keine Brecher wie Hawaii, aber wenn man die richtige Welle erwischte, konnte man durchaus seinen Spaß haben. Gerade platschte weiter drüben ein Anfänger vom Brett, hievte sich unverdrossen wieder hinauf und versuchte mühsam, für den Bruchteil einer Sekunde auf dem Board zu stehen, um sofort erneut in den Fluten zu landen. Finn grinste. Das war die richtige Einstellung!

Er warf sich auf sein Brett und paddelte hinaus zu den anderen Jungs. Ja, das hier war Heimat. Sein Surfboard hatte ihn überallhin auf der Welt begleitet und ihm selbst in Mexiko bei Wellen, die hoch wie Mehrfamilienhäuser gewesen waren, gute Dienste erwiesen.

Heute kannte er fast niemanden auf dem Wasser, außer Torben, einen sehr zart gebauten Teenager aus der Nachbarschaft drüben in der Fischereisiedlung.

»Na, Torben? Auch unterwegs?«

Der Junge strahlte ihn an, als ob Finn ein Gott wäre, und nickte. Wie immer fühlte Finn sich ein wenig peinlich berührt bei so viel unverhohlener Bewunderung. Das YouTube-Video von Finns Ritt bei der Weltmeisterschaft im Wellenreiten auf Hawaii hatte auf der ganzen Insel für Aufregung gesorgt, damals vor fünf Jahren. Torben war damals zwar noch ein kleiner Junge gewesen, doch das Video kannte er gut.

»Nehmen wir mal die gleiche Welle?«, fragte Torben ihn treuherzig. In dem eng anliegenden Neoprenanzug kam sein zierlicher Körperbau besonders deutlich zum Vorschein.

»Klar.« Finn ruderte mit den Händen ganz nah an den Jungen heran und klopfte auch ihm, wie zuvor Luke, auf die Schulter, was Torben schlagartig erröten ließ.

Ein weiterer Surfer, der gerade liegend in Richtung Ufer gerauscht war, zog sein Brett an der Schnur hinter sich her zurück ins Wasser. Seine Bewegungen verrieten, dass er noch nicht viel Erfahrung mit dem Board hatte. Auch ein Tourist, da war Finn sicher. Er verengte seine Augen zu Schlitzen und spähte hinüber. Als er ihn genauer ansah, weiteten sich seine Augen unweigerlich in einem Ausdruck des Erstaunens. Eine Surferin! Es gab nicht viele Frauen, die sich hier im Wellenreiten versuchten. Unweigerlich verspürte er ein Gefühl des Respekts, als sie sich gegen eine doch recht anständige Welle warf. Sie schien Talent zu haben. Kannte er sie vielleicht?

Er beobachtete ihre Schwimmbewegungen und wie die Frau sich aufs Brett warf. Ja, Talent war durchaus vorhanden, keine Frage. Wasser war definitiv ihr Element. Neugierig beobachtete er, wie sie sich gegen das Wasser stemmte.

»Finn? Da hinten kommt eine geile Welle! Nimmst du die?« Torben riss Finn aus seinem Beobachtungsmodus. Ein paar rote Haarsträhnen blitzten unter seiner schwarzen Neoprenkapuze hervor.

Finn ließ seinen Blick übers Wasser schweifen. »Wow, Torben, du kriegst langsam wirklich ein gutes Auge.« Tatsächlich näherte sich eine ungewöhnlich große Woge den Surfern, die ihr erwartungsvoll entgegensahen. »Ich bin dabei!«

Torbens Nase kräuselte sich, so sehr verzog sich sein Gesicht vor Freude zu einem Strahlen. »Fett!«

Finn lachte in sich hinein. Fett. Aha.

Als die Welle herankam, paddelte er los und sprang mit der üblichen geschmeidigen Bewegung auf sein Board. Die sich brechende Woge gab ihm Schwung und er flog mit ihr in Richtung Ufer. Egal wo auf der Welt er gesurft war, das Gefühl war überall gleich: totale Freiheit, Grenzenlosigkeit, Adrenalin. Wobei sich natürlich die hiesige Prise Adrenalin nicht mit dem Schub vergleichen ließ, den er in Portugal empfand, wenn die Wellen so hoch anrollten, dass sie einen Menschen, der sie nicht zu nehmen wusste, auch umbringen konnten.

Als Finn vom Brett ins Wasser sprang, war es gerade noch knietief.

»Wuhuuu!« Torben war fast genauso weit auf der Welle geritten wie er selbst und kreischte laut. »Das war der Hammer, oder?« Finn nickte – der Junge hatte wirklich was drauf.

»Wenn du magst, zeig ich dir mal ein paar Kniffe!«, schlug er dem Halbwüchsigen vor.

»Echt jetzt? Das wäre …«

»Fett. Ich weiß.« Finn grinste erneut.

Ob die Frau die Welle auch geritten hatte?

Finn suchte die Wasseroberfläche ab, sah sich suchend um. Aber er sah nur ein Stück weiter drüben ein Board im Wasser treiben. Von der Frau fehlte jede Spur.

* * *

Finn war schlagartig alarmiert. Die Sache sah aus, als ob … ja, als ob etwas nicht in Ordnung wäre. Ganz klar. Und wenn er ein komisches Gefühl hatte – lieber machte er sich lächerlich und half einmal zu viel. Er klemmte sich sein Brett unter den Arm und rannte durchs Wasser zu dem treibenden Board.

Seine Vermutung bestätigte sich. Im Näherkommen sah er einen schwarzen Schemen unter Wasser, der bewegungslos vor sich hintrieb.

»Shit. Verdammte Scheiße!« Finn beschleunigte, so gut es eben im Wasser ging. Lief, warf sich auf sein Board, paddelte. Als er an der Stelle war, wo der leblose Körper trieb, löste er die Leine, mit der das Board an seinem Fußgelenk hing, und warf sie achtlos auf die Wasseroberfläche. Das Brett würde eh nur an Land treiben, nichts weiter.

Finn griff nach den Armen und zog den Körper hoch. Es war die Frau, die er vorhin schon beobachtet hatte. Auch bei ihr löste er die Schlinge am Knöchel, indem er sich den Körper quasi über die Schulter warf. Sein Atem ging keuchend und stoßweise. Keine Ahnung, wie lang sie schon so trieb, wie viel Wasser sie eingeatmet hatte, was überhaupt passiert war. Es musste jetzt schnell gehen und Finn arbeitete hoch konzentriert und präzise, wie eine Maschine. Er wusste exakt, was zu tun war.

Als er sie von ihrem Brett befreit hatte, watete er in Richtung Strand. Zum Glück war die Frau nicht schwer. Vorsichtig ließ er sie in den trockenen Sand gleiten und beugte sich kurz über ihr Gesicht, mit geschlossenen Augen, hoch konzentriert. Nein, sie atmete nicht. Wie er befürchtet hatte. Finn arbeitete, tat, was getan werden musste. Er begann sofort mit der Beatmung. Seine warmen Lippen berührten die kalten der Fremden. Es ging um Sekunden und er würde kein Hundertstel davon verschwenden. Schließlich hatte er seine Rettungsschwimmer-Abzeichen nicht geschenkt bekommen. Ihm würde niemand sterben, nein, niemand, ihm nicht. Für einen Moment zitterten seine Hände unkontrolliert, er spürte die Panik in sich aufsteigen und konzentrierte sich noch stärker auf seine Rettungsmaßnahmen. Mechanisch arbeitete er weiter und weiter.

»Atme, verdammt, atme!« Er fuhr mit der Herz-Lungen-Massage fort. Erneut trafen seine Lippen die der Frau. Tief atmete er in ihren Mund hinein. Zum Glück war er gut trainiert, er würde noch eine Weile durchhalten, wenn er musste. Aber diese Frau würde überleben, sie musste, sie musste einfach.

Als er wieder zur Herzdruckmassage wechselte, schwappte endlich Wasser aus ihrem Mund. Finn hätte vor Erleichterung weinen mögen. Schnell drehte er den Kopf der Frau zur Seite, damit das Wasser ablaufen konnte. Sie hustete, würgte, dieses Mal klang sie schon kräftiger.

Erleichtert ließ Finn sich nach hinten auf den Strand fallen. Erst jetzt merkte er, wie tief erschöpft er war, dass er in seinem Neoprenanzug schwitzte wie in einer hundert Grad heißen Sauna und dass sich alles um ihn herum drehte. Tränen liefen ihm übers Gesicht. Die Frau hustete erneut. Es war das schönste Geräusch, das Finn seit Langem gehört hatte. Dieses Husten. Er hatte es geschafft.

»Ist was?« Luke war herbeigelaufen. Er war wirklich nicht der hellste Stern am Firmament.

»Ja, siehst du doch.« Finn war noch immer zu erschöpft, um sich aufzusetzen, gleich würde er wieder richtig atmen können, gleich.

»Brauchen Sie einen Krankenwagen?«, wandte er sich an die Gerettete.

»Nein, ich denke, das geht schon.«

Der Ton kam Finn vage bekannt vor. Er stützte sich auf einen Ellbogen auf. Die Frau hatte die Kapuze des Neoprenanzuges abgestreift. Hellblonde, nasse Haare kamen zum Vorschein.

Nina. Es war schon wieder diese Nina. Nicht, dass das gerade eine Rolle gespielt hätte.

Finn ließ sich wieder nach hinten fallen und starrte hinauf in den wolkenverhangenen Himmel. Er nahm jedes Detail überdeutlich wahr. Die schwach klingende Nina, die versicherte, in Ordnung zu sein. Die Konturen der Wolken, die über ihm dahinzogen, der Sand, der an seinen Händen klebte, die Hitze seines Anzugs, die Schweißperlen, die ihm von der Stirn und in die Augen liefen.

Heute war alles gut gegangen. Heute schon, immerhin. Er hatte nicht versagt, er hatte es geschafft, gleich beim ersten Mal hatte sich seine Ausbildung bewährt, er hatte vorgesorgt für genau diesen Moment und – ja, es hatte tatsächlich geklappt, er hatte jemanden gerettet.

Sein Magen zog sich schmerzhaft zusammen und er hatte gerade noch Zeit, sich zur Seite zu beugen, bevor er sich in den Sand übergab.

* * *

Von einem Kuss aufwachen. Husten. Würgen.

War sie wirklich geküsst worden? Feste, warme Lippen auf ihren, auftauchen, einfach auftauchen wollen, mehr wollen. Dann dieser Druck. Nina hustete erneut.

Salz auf ihren Lippen, sie konnte es schmecken. Ihr Kopf, der zur Seite gedreht wurde, Wasser, das ihrem Mund entwich.

Und dann atmen und erst in diesem Moment realisieren, dass sie genau das tun musste: Luft holen, nach Sauerstoff ringen, atmen.

»Bist du in Ordnung?« Das Gesicht des Surfboardverleihers schob sich in ihr Blickfeld. War er es gewesen, der sie geküsst hatte?

Nina nickte. Ihr Kopf zersprang fast vor Schmerz. Sie hob ihre Arme und presste sie seitlich über den Ohren dagegen. An ihrem Hinterkopf hatte sich eine gewaltige Beule gebildet. Das Brett hatte sie dort getroffen und alles war schwarz geworden. Zum Glück hatte sie zumindest keine Platzwunde davongetragen.

»Und bei dir?«

»Ich hab ein paar Quallen gemacht und gar nichts mitgekriegt. Bin gerade erst gekommen.«

Nina verstand kein Wort.

»Dann hast du mich nicht geküsst?«

»Ne. Der da!«

Nina sah, dass Luke mit einer nickenden Bewegung den Kopf drehte und folgte seinem Blick zu dem Mann im Neoprenanzug, der ein kleines Stück weiter auf dem Rücken lag und keuchend atmete. Sie richtete sich auf.

»Es war kein Kuss.« Die Stimme des Mannes klang heiser, aber sie erkannte ihn sofort. »Es war eine Wiederbelebungsmaßnahme.«

»Finn.« Nina flüsterte den Namen beinahe lautlos. Aber er hörte es und wandte sich ihr zu. Waren es Tränen, die seine Wangen hinunterliefen? Weinte er? Oder war es nur Meerwasser, vielleicht auch Schweiß?

In dem Moment, wo er sie anschaute, machte sein Gesicht, das gerade noch verletzlich und warm gewirkt hatte, einfach zu. Er wischte sich mit der Hand von der Stirn bis zum Kinn, Sandspuren blieben zurück und gaben ihm einen verwegenen Ausdruck.

Ninas Schädel explodierte jetzt fast. Der Schmerz war so überwältigend, dass sie sich wieder auf den Rücken legte, ganz langsam und vorsichtig, um dem Dröhnen nicht noch mehr Nahrung zu geben. Sie stöhnte leise auf.

»Er hat dich gerettet, sozusagen. Du verdankst ihm dein Leben.« Luke zog ein verknicktes Päckchen Zigaretten aus der hinteren Tasche seiner Jeans und steckte sich eine neue Fluppe in den Mund.

»Jetzt sei mal nicht gleich so melodramatisch«, fuhr Finn Luke über den Mund, der versuchte, die Kippe anzuzünden, und leise fluchte, weil der Wind dem Feuerzeug ständig die Flamme nahm.

»Aber es stimmt doch.«

Finn versuchte, sich den Sand aus dem Gesicht zu wischen. Er antwortete nicht.

»Danke.« Nina versuchte erneut, sich aufzurichten, aber der Schmerz durchfuhr sie wie ein Blitz. Sie umschloss ihren

Schädel mit den Händen und machte für einen Moment die Augen zu.

Ein prüfender Blick von Finn traf sie. »Was ist los?«

»Mein Kopf …« Nina legte ihre Hand an die Stirn. Jedes Wort hallte in ihrem Kopf nach und schmerzte.

»Du musst ins Krankenhaus.«

»Nein, es geht.« Nina bemühte sich, sich zusammenzureißen.

»Es geht nicht. Das sieht ein Blinder.« Finn stand auf. »Ich zieh mich um, dann bring ich dich hin.«

»Und ich geh im Neopren?« Nina hasste es, sich so hilflos und klein zu fühlen.

Finn kam auf sie zu. »Natürlich nicht.«

Ganz sanft schob er seine Hände unter sie, richtete sie vorsichtig auf. So viel Einfühlungsvermögen hätte sie dem groben Holzklotz gar nicht zugetraut, nachdem er sich in ihrem Laden so gebärdet hatte. »Na los.« Er klang noch immer rau, ein wenig wie ein Bär, aber auf gute Art.

Seine Stimme hatte sogar etwas Sanftes, Beschützendes. Nina hätte nie gedacht, dass das in diesem grobschlächtigen Norderneyer Ureinwohner steckte. Fürsorglich, so, als wäre sie eine alte Dame, stützte er sie, indem er sie mit einem Arm umfing. Dann ging er langsam mit ihr in Richtung der Surfschule. Jeder Schritt ließ Schmerzbomben in Ninas Kopf detonieren, aber sie versuchte, tapfer zu sein.

»Luke, schnapp dir die Boards – und wehe du verleihst meins an irgendeinen Touri«, warf er noch über die Schulter zurück. Dann gingen sie ganz langsam auf das Häuschen zu. Tatsächlich schaffte Finn es, ihr das Gefühl von Sicherheit zu geben, obwohl der Schmerz in ihrem Kopf ihre Wahrnehmung so sehr benebelte. Sie schickte ein Dankesgebet gen Himmel, dass er an Ort und Stelle gewesen war. Er mochte ein schwieriger Charakter sein, aber sie mochte sich gar nicht ausmalen, was gewesen wäre, hätte sie sich auf Luke als Lebensretter verlassen müssen.

Kapitel 7

Nina war total schwach, schwächer, als sie zugab. Finn spürte es durch den Anzug hindurch. Sie hatte angefangen zu zittern, wirkte wie ein hilfloses Vögelchen. Hoffentlich war sie nicht auch noch unterkühlt. Sein Arm lag um ihren schlanken Rücken herum und er hatte sie unter der Achsel gefasst. Das Bibbern schüttelte ihren ganzen Körper.

»Wird schon, hm? Hauptsache, wir kriegen dich warm.« Sie tat ihm leid, wie sie so vibrierte und wie ihr der Schreck – wie ihm selbst – wohl noch in allen Knochen steckte. Der Wind tat sein Übriges.

Im Gebäude der Surfschule war niemand, als Finn und Nina eintraten. Es roch nach Gummi und leicht modrig nach feuchtem Gemäuer.

»Du musst aus dem Anzug. Schaffst du das?«, fragte er Nina, deren Unterlippe noch immer bibberte.

Sie versuchte ein Lächeln, das ihr jedoch einfach aus dem Gesicht rutschte und von blanker Entschlossenheit abgelöst wurde. »Natürlich.«

Mit wackeligen Schritten ging Nina hinten zu dem kleinen Umkleidebereich und zog den Vorhang zu. Finn hatte ihre Antwort nicht überzeugt. Die unnatürliche, fast bläuliche

Blässe in Ninas Gesicht vermittelte ihm eher den Eindruck, dass sie jeden Augenblick umkippen konnte.

Blitzschnell schlüpfte Finn aus seinem Anzug und zurück in seine Straßenkleidung, die in einem der Regalfächer an der Wand deponiert war. Dann hängte er das Neopren auf einen Bügel an die Kleiderstange. Er wollte bereitstehen, falls sie zusammenklappte.

Hinter dem Vorhang hörte er Nina schimpfen.

»Geht es?«

Sie seufzte leise. »Willst du die ehrliche Antwort?«

Finn ging ein paar Schritte in Richtung des provisorischen Vorhangs. »Möchtest du Hilfe? Darf ich zu dir reinkommen?«

»Von Mögen kann nicht die Rede sein. Aber ich glaube, ich schaffe es einfach nicht allein aus dieser Wurstpelle.«

Finn grinste. Immerhin brachte sie noch eine Portion Humor auf, das musste man ihr lassen. Und eine gewisse Toughheit, selbst jetzt in dieser Situation. Das gefiel ihm, musste er widerwillig zugeben. »Okay. Dann komm ich eben rein, ja?«

Vorsichtig schob er den Vorhang zurück. »Oh.«

Weiße Haut, ein Muttermal am Schlüsselbein, die nassen blonden Haare, die ihr noch mehr Verletzlichkeit gaben, feingliedrige Hände und Arme, die die Brüste bedeckten. Verdammt. Sie wirkte so … sexy, obwohl oder gerade wegen der Verletzlichkeit, die sie ausstrahlte. Er wollte seine Hände auf das Muttermal legen, wollte ihre Haut streicheln, wollte sie halten, wollte so viele Dinge, die er schon lange nicht mehr gewollt hatte. Aber er widerstand dem Impuls mit aller aufzubietenden Kraft. Nina war im Moment eine schutzbedürftige Frau – und außerdem die Ladenbesitzerin der für ihn überhaupt nicht süßen Träume.

»Ich krieg das blöde Ding nicht über den Hintern.« Nina wurde rot. »Aber keine Sorge, ich hab untenrum was an.«

»Ein Glück.« Hörte sie seine Ironie? Er wusste es nicht.

Er griff nach dem Gummistoff und zog vorsichtig. Langsam, Zentimeter für Zentimeter, entkleidete er Nina. In einer anderen Situation hätte diese Situation wahnsinnig erotisch sein können. Er schaute in ihr Gesicht, damit sie ja nicht glauben konnte, er sei ein Lustmolch. Nina verfolgte jede seiner Bewegungen und hielt sich wieder mit einer Hand die Stirn.

»Ich parke ganz in der Nähe und fahre dich zum Krankenhaus rüber.« Mit einem entschlossenen Ruck war Nina nun ganz von dem Anzug befreit.

»Nicht nötig. Ich muss eh morgen wieder arbeiten und ...«

Ja, das Geschäft. Finn schmeckte förmlich die Bitterkeit, die der Gedanke daran bei ihm auslöste. Aber er schüttelte ihn ab, musste ihn abschütteln. Gerade ging es nur um die Gesundheit dieser Frau und da fühlte er sich in der Pflicht, zu helfen. »Keine Widerrede.« Sein Ton ließ wirklich keinen Widerspruch zu.

Er ging zum Regal hinüber. »Blumenbluse oder rotes Shirt? Welcher ist dein Stapel?«

»Shirt.«

»Hier.« Er warf ihr die Sachen nicht gerade liebevoll in den Schoß. »Kannst du dich besser anziehen als ausziehen?« Er blickte zu Boden. Er wollte sie nicht mögen, wollte nicht mit ihr mitleiden und erst recht nicht den Impuls spüren, sie beschützen zu wollen. Nein. Er wollte Jörn zurück – und diese Krankenhausfahrt war nicht mehr als eine lästige Pflicht.

Doch ein kleiner Teil in ihm protestierte, auch wenn Finn das so ganz und gar nicht hören wollte. Dieser Teil führte ihm das Muttermal vor sein inneres Auge und den Ansatz von Ninas Brüsten, und dieser Teil war mehr als begeistert davon, dass noch Zeit mit Nina blieb.

* * *

Nina schaffte es, ihr Shirt alleine anzuziehen, und war mehr als dankbar, dass sie Finn nicht um Hilfe bitten musste. Schlimm genug, dass ausgerechnet er es war, der sie aus dem Wasser gefischt und gerettet hatte. Sie dachte an seinen Arm, der sie den Strand hinauf gestützt hatte. Seine Stärke, die sie durch den Anzug gefühlt hatte. Was für eine Verschwendung, dass er am Ende eben doch ein kalter, gefühlloser Klotz war – allein, wie er ihr die Klamotten in den Schoß geschmissen hatte, unmöglich!

»Fertig?« Finn stand mit verschränkten Armen vor ihr.

»Ja, alles startklar. Aber ich brauch wirklich kein Krankenhaus.« Nina versuchte, schwungvoll aufzustehen, aber sofort drehte sich alles und sie tastete nach Halt. Es war Finns Unterarm, den sie zu greifen bekam, hart und sehnig, die Adern traten hervor, als er zupackte.

»Das merke ich.«

Sie ärgerte sich über seine trockene Ironie. Aber sie wusste auch, dass sie hinfallen würde, wenn sie ihn losließe. Verdammt noch mal! Ihr Kopf fühlte sich noch immer an, als würde er jeden Augenblick explodieren.

»Gehen wir. Mein Auto steht direkt am Januskopf, da wohnen Bekannte von mir.«

Sie sprachen nicht miteinander, als sie sich in Bewegung setzten. Doch Finn hatte stillschweigend wieder seinen Arm um Nina gelegt. Er gab ihr Sicherheit. Sie spürte seine Wärme und merkte, wie sehr sie fror. Das war ihr bis dahin gar nicht bewusst gewesen. Sie zitterte wie Espenlaub.

Nina und Finn gingen über den Deich, der Wind hatte noch mehr aufgefrischt und zerrte an ihnen. Erst hinter dem Deich wurde es ein wenig ruhiger.

»Da drüben parke ich, komm.« Noch immer hielt Finn sie und Nina gab sich zunehmend seiner Führung hin. Sie war jetzt so müde, so erschöpft, dass ihr eh schon alles egal war.

Als Finn sie auf den Beifahrersitz bugsiert hatte, ließ sie es zu, dass er ihre Beine in den Fußraum hob.

Auf der Fahrt zum Norderneyer Krankenhaus schloss Nina zunächst die Augen und lauschte dem Brummen des Motors. Finn sprach noch immer kein Wort. Als sie schließlich die Augen aufmachte, sah sie, wie angespannt er auf die Straße starrte. Sie bekam ein schlechtes Gewissen angesichts seiner sichtlichen Verärgerung.

»Sorry, ich wollte dir den Tag nicht vermiesen.« Vermutlich hatte er auch Besseres zu tun, als sich um Frauen zu kümmern, die zu blöd waren, ein Surfboard zu händeln.

Als er sich ihr zuwandte, zeigte sein Gesichtsausdruck nichts als Überraschung. »Wie bitte?«

»Na, du wolltest surfen und dann bin ich dahergekommen. Weißt du, ich dachte, ich probiere das mal aus mit dem Board und – na ja, das ist kräftig in die Hose gegangen. Das Brett hat mich am Kopf getroffen und …«

Finn schüttelte energisch den Kopf. »Nein, wirklich, das ist in Ordnung. Du hast dir das ja nicht ausgesucht.«

»Aber du siehst aus, als …«

Finn schloss für den Bruchteil einer Sekunde die Augen und schlug sich leicht mit der Faust gegen die Stirn. »Ja, ich weiß.«

Er sprach in Rätseln. Was meinte er?

Schon wieder schwiegen sie. Sie hatten sich wohl wirklich gar nichts zu sagen.

Schließlich platzte es doch aus ihm heraus. »Mir ist mal was passiert. Okay? Und daran denke ich gerade.«

Wieder bekam sein Gesicht den Ausdruck von Verletzung, den er schon Augenblicke zuvor gezeigt hatte. Nina versuchte, ihn zu interpretieren, hinter die Härte zu blicken, sah aber nur eine Mauer. Finn bemerkte ihren Blick und seine Gesichtszüge entspannten sich ein wenig.

»Wirklich, es ist in Ordnung. Ich habe kein Problem damit, dich zum Arzt zu bringen. Im Gegenteil. Ich bin froh, dass mein Sturschädel den deinen besiegt hat. Solltest du eine Gehirnerschütterung haben, ist damit schließlich nicht zu spaßen.« Er lächelte ihr zu. Tatsächlich, er lächelte! Nina erwiderte das Lächeln. Seine braunen Augen waren ganz warm, mit kleinen, bernsteinfarbenen Sprenkeln, die ein ganz eigenes Leuchten zu haben schienen, wie kleine Sterne. Dieser Blick traf sie tief, tiefer, als sie es je für möglich gehalten hätte.

Sie würde nicht mehr gegen das Krankenhaus protestieren, sondern ihm einfach vertrauen. »Okay.«

»Sehr gut.« Er bog links ab. Ein großes Gebäude tauchte auf. »Wir sind eh schon da.«

Finn parkte den Wagen.

»Darf ich dir aus dem Auto helfen?«

»Sehr gern.« Nina antwortete ganz leise. Aber in ihrem Ton schwang nichts als ehrliche Dankbarkeit mit. Denn ihr war klar, dass sie es in ihrem Zustand nicht schaffen würde, allein auszusteigen.

»Eine leichte Gehirnerschütterung, mehr ist das nicht.« Der Arzt, der Nina gerade untersucht hatte, zog sich die Plastikhandschuhe aus. Er ähnelte ein wenig einer Heuschrecke. Sehr dünn, Rundrücken, saurer Mundgeruch. Sein Gesichtsausdruck vermittelte die leichte Göttlichkeit, die auch Peter gern an den Tag gelegt hatte, wenn er in seiner Praxis war. Nina hasste diese Arroganz! Sie wollte aufspringen, Finn sagen, dass sie eben doch recht gehabt hatte, und von hier verschwinden. Stattdessen schwieg sie. Das Dröhnen in ihrem Kopf war noch immer atemberaubend und sie fühlte sich von der dominanten Art des Mediziners eingeschüchtert. Er gab ihr das Gefühl, seine Zeit zu verschwenden.

»Eine Gehirnerschütterung? Das ist doch wohl nicht nichts.« Finn klang leicht gereizt. Nina warf einen überraschten Blick zu ihm hinüber.

»Wie Sie meinen. Ich jedenfalls sehe hier tagtäglich ganz andere Sachen, ganz andere. Es ist nur eine leichte Gehirnerschütterung.« Der Arzt lispelte fast unhörbar. »Ich denke, wir sind fertig. Es warten noch andere Patienten auf mich und – nun ja, Ihre Überbesorgnis verschwendet meine Zeit.«

»Ihre Zeit, ja?« Finn baute sich vor dem Arzt auf. »Diese Frau konnte auf dem Weg hierher kaum laufen vor Erschöpfung und Schmerzen – und Sie erdreisten sich, mir zu sagen, wir würden Ihre Zeit verschwenden? Könnte es sein, dass Sie Ihren Beruf nicht ganz so ernst nehmen, wie das der Fall sein sollte?«

Nina war hin- und hergerissen. Auf der einen Seite gefiel ihr, wie Finn sich vor dem Arzt aufgebaut hatte und sie verteidigte. Auf der anderen Seite: Sein lauter Ton, die Anspannung in seiner Stimme – er war schon ganz schön launisch und verdammt schnell auf hundertachtzig.

»Also, ich bitte Sie!« Der Arzt versuchte, Finn beruhigend am Arm zu berühren, aber der schüttelte die Hand ab.

»Diese Frau wäre vorhin fast ertrunken. Da erwarte ich mir, ernstgenommen zu werden.« Er schrie jetzt fast. »Und ich erwarte mir Hilfe! Haben Sie nicht irgendwann zu Beginn Ihrer fragwürdigen Karriere einen Eid geschworen, oder irre ich mich da?«

Der Arzt trat einen kleinen Schritt zurück und hob abwehrend die Hände. »Ist ja gut.«

Er ging zu einem kleinen Schreibtisch in der Ecke. »Ich schreibe etwas gegen die Kopfschmerzen auf und gebe Ihnen einen Kühlakku mit. Ja? Mehr wird Ihre Freundin wirklich nicht brauchen, um wieder fit zu werden.«

Die Heuschrecke kam zurück und hielt Finn einen Zettel hin.

Für einen Moment standen die beiden Männer einander gegenüber und maßen ihre Kräfte. Nina beobachtete Finn, seine harten Gesichtszüge. Es berührte sie, dass er, ein fast völlig fremder Mann, sich so um sie sorgte. Peter wäre niemals … Nina schalt sich selbst eine blöde Kuh. Sie musste wirklich aufhören, über ihren Ex nachzudenken.

Auf jeden Fall wollte Nina nicht, dass die Situation eskalierte, Finn sollte nicht auch noch Probleme bekommen, weil er ihr geholfen hatte.

Unbemerkt von beiden Männern stand Nina auf. Ganz langsam, mit tastenden Schritten, als ob die kurze Strecke durch tiefe Dunkelheit führte, ging sie zu Finn. Ja, es funktionierte wirklich schon besser. Sie fühlte sich deutlich stabiler. Zart berührte Nina Finn an der Schulter. »Finn.«

Er drehte sich überrascht zu ihr herum.

»Siehst du, ich kann ganz gut aufstehen. Wenn du mich jetzt noch nach Hause bringen würdest, wäre das ganz wunderbar. Hm?«

Er musterte ihr Gesicht und sie hielt seinem prüfenden Blick stand. »Na gut.«

Finn wandte sich erneut an den Arzt. »Danke für Ihre Hilfe!« Beim letzten Wort malte er Gänsefüßchen in die Luft.

Dann legte er Nina den Arm wieder um die Schulter. An diese warme, stützende Geste hätte sie sich tatsächlich gewöhnen können. Finn war ein Mann, der ihr Geborgenheit vermittelte.

Er hatte sie verteidigt, obwohl er sie und ihr Geschäft nicht mochte. Das rechnete sie ihm hoch an. Er war da gewesen. Er hatte nicht gezögert und sie gerettet. Für einen Moment lehnte sie sich gegen Finn. Dann erst setzte sie sich langsam in Bewegung.

Kapitel 8

Ninas Kopf tat noch weh, als sie am Montag den Laden aufsperrte. Der Schmerz an der Stelle, wo das Board sie getroffen hatte, war in den Hintergrund getreten und ein paar der Schmerztabletten, die der unangenehme Arzt aus dem Krankenhaus verschrieben hatte, taten ihr Übriges, um den Vorschlaghammer in ihrem Kopf zu einem Hämmerchen werden zu lassen.

Als ihr der Duft von Marzipan und Schokolade entgegenströmte, fühlte sie sich schon fast wieder ganz gesund.

Finn hatte sie nach Hause gebracht, sich mindestens drei Mal versichert, dass sie allein klarkommen werde, und am Ende noch bei Antje angerufen – nur, um wirklich sicher zu gehen, dass jemand sich um Nina kümmerte. Wäre er ihr gegenüber nicht im Vorfeld so raubeinig gewesen – sie hätte seine fürsorgliche Art glatt für liebenswert halten können. Dieser Kerl löste die widersprüchlichsten Emotionen in ihr aus. Sie fühlte sich auf jeden Fall ihm gegenüber zu Dank verpflichtet. Aber es waren wohl kaum Zuckerleuchttürme, die ihm eine Freude machen würden. War er jemand, der sich über eine gute Flasche Wein freute?

Als sie hinten die Küche betrat, hatte sie noch keine Idee, was das Dankeschön für Finn anging. Also schob sie den Gedanken erst mal beiseite und dachte darüber nach, was für den heutigen Tag alles auf ihrer To-do-Liste stand. Die Norderneyer Leuchttürme für Frau Schuette waren schon fertig und ordentlich in Cellophan verpackt, eine weitere Leuchtturmlieferung für das kleine Hotel »Leuchtturmblick« befand sich auch schon in einer der hübschen rosa Dekoschachteln. Die waren natürlich Feuer und Flamme, wo sie die Türme sogar im Namen ihres Etablissements hatten.

Nina ging zurück in den Verkaufsraum, um die Bestände zu überprüfen. Die Krokantherzen drohten, zur Neige zu gehen. Auch die einfachen Marzipankartoffeln waren fast aus. Damit war klar, was heute die ersten Projekte waren. Leise summend schlenderte sie wieder in ihre kleine Küche und stellte die Zutaten auf die Arbeitsfläche. Zucker, Butter, Nugat und Glukose, dazu ein wenig Salz. Gerade wollte sie Zucker, Glukose und Wasser zum Kochen bringen, um sich der Krokantmasse zu widmen, als das Glöckchen über der Ladentür Kundschaft verkündete.

»Ich komme!«

Nina schaltete den Herd wieder aus und ging nach vorne.

»Guten Tag, wie kann ich Ihnen helfen?«

Eine Frau stand mit einem kleinen Jungen im Laden. »Ich weiß nicht genau. Jonas wollte hier rein. Dürfen wir uns mal umschauen? Er darf sich eine Süßigkeit aussuchen und weiß nicht, was er will.« Die Mutter wirkte gestresst. Sie wandte sich an das Kind. »Aber mach schnell, ja, Joni? Ich muss gleich weiter.«

Der Junge nickte und ging zu einem der pinken Regale, offensichtlich vom Angebot im Laden überfordert.

»Natürlich darf er sich umschauen. Ich heiße übrigens Nina. Magst du Leuchttürme, Jonas?«

Der Junge war klein und strohblond. Sein rundes Gesicht mit den Pausbacken zauberte Nina sofort ein Lächeln ins Gesicht. Er war wirklich zu goldig.

Er nickte eifrig.

»Wie wäre es mit dem hier?« Nina zeigte auf eine etwa fünfzehn Zentimeter hohe Nachbildung des Leuchtturms »Roter Sand«. Er war heute nur noch ein Gebäude und wurde nicht mehr als Leuchtturm genutzt, aber Nina liebte ihn wegen seiner Bauweise und seiner schlichten Eleganz besonders.

Jonas schaute den Turm an, als würde er ein Weltwunder sehen.

»Weißt du, dass er direkt *im* Meer steht? Er wurde ins Wasser gebaut.« Nina war in die Knie gegangen und befand sich jetzt auf Augenhöhe mit dem Jungen.

»Der gefällt mir. Der sieht schön aus.« Zögernd streckte der Junge die Hände nach dem Turm aus, als es wieder klingelte.

Es war tatsächlich Finn, der den Laden betrat!

Ninas Herz stolperte, dann fing es sich wieder. Warum war er hier? Sie fuhr in die Höhe, spürte, dass sie rot wurde, dachte an seinen letzten Besuch im Laden und den Eklat. Und plötzlich wusste sie überhaupt nicht mehr, wie sie seinen Besuch fand.

»Kann ich was für dich tun?«, fragte Nina und spürte, wie schwer es ihr fiel, zu atmen. Sie versuchte, ihre Gefühle einzuordnen, aber dem Wirrwarr war kaum beizukommen.

»Ja, ich denke schon. Aber bediene erst mal weiter. Ich warte solange.« Wie immer war sein Ausdruck ernst und undurchdringlich. Nur seine Augen sprühten, diese lebendigen, wunderbar leuchtenden Augen, die einen so großen Kontrast zu seiner Härte bildeten wie Schwarz und Weiß.

Heute trug Finn einen dunkelblauen Strickpullover zur einfachen Jeans und schaffte es, darin umwerfend auszusehen.

Nina zwang sich, ihre Aufmerksamkeit wieder dem kleinen Jungen zuzuwenden, und ging zurück auf dessen Höhe. »Also? Meinst du, ›Roter Sand‹ ist etwas für dich?«

Jonas wirkte skeptisch.

»Aber da war ich noch nie.«

»Ist das schlimm?«

»Ich weiß nicht. Hast du auch einen Leuchtturm von hier?«

Nina lachte. »Natürlich. Und das Gute ist, dass man alle Leuchttürme von mir auch essen kann.«

»Man kann sie *essen*?« Jonas machte riesige Augen.

»Natürlich. Schau dich mal um! Das hier ist ein Süßigkeitengeschäft. Die Leuchttürme sind aus Marzipan gefertigt und mit Schokolade überzogen, die anschließend bemalt wird. Man kann fast alles essen. Außer die Regale – und mich.«

Jonas hielt sich die Hand vor den Mund und kicherte. »Dann nehm ich den Turm von Norderney. Darf ich, Mama?« Er schaute zu seiner Mutter auf.

»Natürlich.« Die Frau lächelte ihren Sohn an. »Danke. Ihre Beratung hat uns wirklich geholfen.«

»Oh, sehr gern. Hauptsache, ich werde nicht aufgefuttert.« Nina zwinkerte Jonas zu, der sofort wieder zu kichern begann.

Finn stand mit verschränkten Armen neben der Tür und beobachtete die Szene. Lächelte er etwa auch?

Als Nina die Marzipanskulptur eingepackt und kassiert hatte, reichte sie dem Jungen seine Beute wie einen Schatz. »Versprich mir, dass du ihn ganz alleine aufisst!«

Jonas strahlte bis über beide Ohren. »Dickes Indianerehrenwort!« Er hob drei Finger an die Brust.

»Dann ist ja alles gut. Schönen Tag noch!« Nina winkte und Jonas erwiderte ihr Winken geradezu frenetisch. Dann ließ das Öffnen der Ladentür das Glöckchen erneut klingeln, Mutter und Sohn waren verschwunden und Nina blieb mit Finn im Laden zurück.

»Du bist gut mit Kindern«, stellte er fest. Ein Lächeln um seine Mundwinkel fesselte Ninas Aufmerksamkeit. Sofort fühlte sie sich beklemmt – wie stets, wenn es um das Thema Kinder ging, umfing sie Traurigkeit. Sie würde nie ihr eigenes Baby im Arm halten. Wann immer sie daran dachte, fühlte sie sich um Tonnen schwerer. Gerade noch, mit Jonas, war ihr das Leben lockerleicht vorgekommen. Natürlich gefiel Finn, dass sie mit dem Kleinen umgehen konnte. Die meisten Männer um die dreißig wollten Kinder. Und damit trug sie einen Makel, der sie für fast alle fortpflanzungswilligen Männer unattraktiv machte.

»Na ja … Ich habe lang beim Zahnarzt gearbeitet – da lernt man das.« Wie viele Kinder sie auf den Behandlungsstuhl gequatscht hatte, vermochte sie längst nicht mehr zu sagen. Aber wann immer es Schwierigkeiten mit den Kleinen gegeben hatte, war sie geholt worden.

»Vom Zahnarzt zur Süßwarenverkäuferin. Belieferst du den Arzt mit Kundschaft?« Finn grinste spitzbübisch.

Nina musste unweigerlich lachen und ihr wurde wieder ein wenig leichter ums Herz. »Nein. Es ist eher so, dass …« Sie wusste weder wo sie anfangen noch was sie erzählen sollte. Eine Geschichte des Scheiterns oder eine von großen Träumen? Sie entschied sich für Letzteres. »Ich hatte früher schon mal ein kleines Süßigkeitengeschäft und hab die Arbeit sehr genossen. Dann hat das Leben damals eine andere Wendung genommen. Aber jetzt hat sich die Gelegenheit ergeben und – hier bin ich.«

»Ja, hier bist du.« Finn schlenderte die paar Meter zum Verkaufstresen rüber. War da ein Schatten über seine Gesichtszüge gehuscht? Wenn ja, wusste er es sofort wieder zu verbergen.

»Wie geht es dir? Ist alles okay?« Die Besorgnis in seiner Stimme berührte etwas in Nina, eine sorgsam verborgene Stelle, an die sie eigentlich keinen Mann mehr lassen wollte, schon gar nicht Finn, das unwirsche Norderneyer Urgestein.

»Danke. Wird schon. Ich habe eine Tablette genommen, jetzt geht es wirklich ganz gut.«

»Sehr gut.« Finn lächelte sie an.

Sie standen einander unsicher gegenüber. »Bist du extra deshalb hergekommen? Um mich zu fragen, wie es mir geht?«

Finn trat unruhig von einem Bein aufs andere, dann nickte er zögernd. »Na ja. Das – und wegen deiner Leuchttürme. Meine Mutter hat mich beauftragt, sie abzuholen.«

»Ah, natürlich! Warte, ich hol sie eben.« Wie immer, wenn es um ihre Arbeit ging, spürte sie diesen Eifer, diese Freude an der Sache.

Als sie mit den in Cellophan verpackten Türmen zurückkam und ihre Kunstwerke auf den Tresen stellte, stand Finn vor einer Marzipannachbildung des Leuchtturms von Schleimünde. Nina hatte ihn deshalb mit ins Programm aufgenommen, weil er grün-weiß war und damit so schön herausstach.

»Du bist wirklich eine Künstlerin.«

Nina wurde rot. »Danke.«

»Warum Leuchttürme?«, fragte Finn.

»Ich mag sie einfach. Ich habe echt so was wie eine Leuchtturmleidenschaft. Albern, oder?«

»Nein.« Finn schüttelte den Kopf. »Ich glaube, viele Leute mögen Leuchttürme, drum wird das hier auch gut funktionieren mit dem Laden. Auch wenn … na ja, lassen wir das.« Da war er wieder – der Schatten. »Was kriegst du für die Türme?«

»Nichts. Deine Mutter und ich haben ausgemacht, dass ich eine monatliche Rechnung schicke.«

»Ah, in Ordnung. Gut.«

Finn nahm die Schachtel mit den Türmen und balancierte sie auf der Hand. Gerade als er sich abwenden wollte, ergriff Nina das Wort.

»Danke übrigens«, sagte sie. »Ich habe dir noch gar nicht gesagt, wie froh ich bin, dass du mich aus dem Wasser gezogen hast.« Der Einfall kam spontan, geboren aus Finns Kompliment und seinem Verständnis für ihre Leidenschaft für Leuchttürme, weil er so interessiert nach ihrer Gesundheit fragte und ihr so viel Sicherheit gegeben hatte, als sie sich schwach fühlte.

»Sag, darf ich dich vielleicht mal zum Essen einladen? Als Dankeschön?«

Die Leuchttürme aus Marzipan auf Finns Hand kamen ins Rutschen. Er fand gerade noch die Balance wieder, bevor sie endgültig zu Boden gegangen wären. »Essen?«

»Ja. Ich dachte … Vielleicht in der Weißen Düne? Ich mag die Fischsuppe dort so gern.«

Finn lachte. »Oh ja, die ist echt gut. Hast du schon mal den Burger dort probiert? Der ist auch der Hammer.«

Nina nickte. »Absolut. Und dieser Kuchen mit dem Walnusseis.« Sie verdrehte die Augen in Richtung Decke. »Göttlich!«

Finn grinste breit. »Ich hätte trotzdem eine bessere Idee. Wie wäre es, wenn ich dir den Norderneyer Leuchtturm erkläre? Und wir ganz oben im Turm ein Picknick machen? Und du besorgst das Essen?«

»Total gern!«, schoss es aus Nina heraus. Sie konnte nur begeistert von der Idee sein, als Leuchtturmfan. »Aber – da sind doch so viele Touristen?«

Finn grinste wieder sein spitzbübisches Grinsen. Nina mochte dieses freche Lächeln, ja, sie mochte es mit jedem Mal, dass er es zeigte, noch mehr. Finn griff in seine Jackentasche und zog einen großen Schlüsselbund hervor, den er jetzt klimpern ließ. »Wir gehen am Abend. Bist du dabei?«

Nina erwiderte sein Grinsen. Eine private Leuchtturmführung! Wenn sie eine *Bucket List* gehabt hätte, wäre das einer der Top-Drei-Punkte darauf gewesen. »Worauf du dich verlassen kannst!«

Irgendwie hatte sie das Gefühl, dass schon wieder sie es war, die dankbar sein musste – und nicht Finn derjenige war, der ein Dankeschön erhielt.

Kapitel 9

Sie hatten sich mit dem Fahrrad beim Obelisken verabredet. Das Kaiser-Wilhelm-Denkmal war ein markanter Punkt mitten in der Fußgängerzone, ein kleiner Steinturm, wenn man so wollte, den jeder Inselurlauber im Laufe seiner Zeit auf Norderney passierte. Finn hatte nichts dabei außer einer dicken, isolierenden Decke und dem Schlüsselbund. Er haderte mit sich selbst. War das Date eine gute Idee gewesen? Denn genau das war es, wenn man es genau betrachtete, dieses Dankeschön, es war ein Date. Er hatte sich tatsächlich mit der Frau verabredet, die Jörn von der Insel getrieben hatte. Und so schön sie auch war – die Fakten änderten sich nicht deswegen.

Allerdings musste er zugeben, dass seine Sorge um Nina weit über Pflichtbewusstsein hinausging. Und dass er, als seine Mutter ihn darum gebeten hatte, die Leuchttürme abzuholen, deutlich weniger protestiert hatte, als man vermuten hätte können. Im Übrigen war das hier sein erstes Date seit sehr langer Zeit.

Als Nina jetzt mit einem großen Korb auf dem Gepäckträger herangeradelt kam, erspähte er sie sofort, obwohl bei dem herrlichen Wetter reger Betrieb in der Fußgängerzone herrschte. Ninas blonde Haare, das strahlende Lächeln, die unglaublich blauen Augen. Dazu noch ihr Winken. Die Frau war derartig positiv, dass seine Mürrischkeit zu einem kaum mehr sichtbaren Schemen verblasste.

Ganz automatisch schlich sich ein Lächeln in Finns Gesicht, als sie ihr Fahrrad so kräftig neben ihm abbremste, dass der Hinterreifen ein wenig ausbrach.

»Hi, Finn! Ups, das war stürmisch.«

»Hey.«

Sie hatte ganz rote Backen, ihre Nase kräuselte sich ein wenig, wenn sie lachte. Die Sommersprossen schienen auf ihrer Haut zu tanzen. Ja, sie berührte ihn.

»Bist du wieder ganz fit?«

»So ziemlich. Und es ist Superwetter! Wollen wir noch ein bisschen surfen, bevor wir zum Leuchtturm rausradeln?«

Finn runzelte die Stirn. Aber bevor er antworten konnte, brach sie in Gelächter aus. »War ein Scherz. Aber wir könnten über den Deich rausradeln zum Turm, oder?«

»Fast hättest du mich gekriegt.« Er lachte auch. »Ja, gern.«

Nina saß schon wieder auf ihrem Drahtesel. »Fahren wir am Hafen vorbei?«, warf sie über die Schulter zurück.

Ein ziehendes Gefühl in der Magengegend, wie immer, wenn er an die Hafengegend auch nur dachte. An Boote, an Schiffe, die hinaus aufs Meer fuhren und … das ziehende Gefühl verwandelte sich in brennenden Schmerz. Trotzdem zog es ihn immer wieder zum Fähranleger und zu den Fischerbooten, am Jachthafen vorbei und entlang der kleinen Bucht, wo die Windsurfschule ihre Kurse absolvierte, als ob er an diesen Orten verarbeiten könnte, was geschehen war.

Finn schwang sich ebenfalls auf sein Rad und trat kräftig in die Pedale.

Sie fuhren am Storchennest, einer der zahlreichen Ferienunterkünfte, und an dem alten Fischerhaus vorbei, das zu einer »Hochtiedsstuv« umgebaut und die Zierde des Argonnenwäldchens war, durch das sie jetzt radelten.

Eine Fähre hatte gerade Kurs auf die Anlegestelle genommen, als sie – zum Glück mit Rückenwind – auf dem Deich entlangfuhren.

»Können wir beim Tonnenhof kurz anhalten? Ich schau mir so gern die ganzen Bojen an«, bat Nina, die ganz schön kräftig in die Pedale trat.

»Na klar. Ich war da als Junge immer mit meinem Vater. Ich meine, ein paar der Bojen sind wirklich groß, aber als Kind findest du sie riesig.«

»Das kann ich mir vorstellen.«

»Ich glaube fast, ich habe ihn jeden Abend gebeten, mit mir zu den Tonnen zu fahren, wenn er nicht auf dem Wasser war. Besonders toll fand ich es, dann immer mal wieder eine der großen Bojen live im Meer zu entdecken. Das war irgendwie besonders.« Was redete er da? Das waren Erinnerungen, die er nie teilte. Nie! Er schluckte hart. Sein Vater, das Boot, der Duft des Meeres, der auf See noch mal so anders war als auf der Insel. Brennender Schmerz.

»Fahrt ihr immer noch zusammen raus, dein Vater und du?«

Natürlich fragte sie nach. »Nein. Jetzt nicht mehr.« Er hörte selbst, dass seine Stimme wie ein Messer klang. Finn beschleunigte, trat so kräftig in die Pedale, dass er Nina hinter sich ließ und sie ihn erst am Tonnenhof wieder einholte.

Hoffentlich verstand sie seinen Wink. Er wollte nicht weiter darüber sprechen, konnte es nicht.

Nina blieb außer Atem neben ihm stehen. »Wolltest du ein Rennen fahren?« Sie grinste. Ihre Wangen waren noch immer rot. Sie sah so hübsch aus mit der leichten Röte und den Sommersprossen, dass er sie am liebsten geküsst hätte, mitten auf die Nase. Nur weil sie da war, diese Frau.

Ohne seine Antwort abzuwarten, sprach sie weiter. »Ich mag, dass die Tonnen so bunt sind.«

Rote, gelbe und grüne Bojen in den unterschiedlichsten Größen und Formen lehnten in eigens für die Bojen gefertigten Regalen.

»Ja, sie sind schon eindrucksvoll. Schau mal, da ist eine der Schluchterbojen. Sie markiert die Durchfahrt zwischen Norderney und Juist.« Finn deutete auf eine rot-weiß gemusterte Boje, die sogar mit der Aufschrift »Schluchter« gekennzeichnet war.

»Zeigst du mir noch euer Boot? Du hast gesagt, dein Vater hat ein Boot.«

Natürlich. Nina war nicht so leicht abzuwimmeln. Er dachte an die *Weiße Möwe*, die noch immer an ihrem Ankerplatz lag und seit Jahren vor sich hin rottete, weil Finn es weder schaffte, sich ordentlich um das Schiff zu kümmern, noch in der Lage war, es zu verkaufen.

»Ein anderes Mal vielleicht«, wehrte er deshalb ab. Nina sollte ihn nicht für einen Schlamper halten. »Fahren wir jetzt lieber mal zum Leuchtturm, in Ordnung? Sonst wird es so spät.«

Finn machte Anstalten, sich wieder auf sein Rad zu setzen, und Nina tat es ihm nach.

»Na gut. Dann lass uns den Deich nehmen, mit Rückenwind ist das super.« Nina lachte und schwang sich erneut auf den Sattel.

Die Sonne berührte schon fast die Horizontlinie und das Licht wurde warm und rötlich. Ein lauer Abendwind trieb die Räder über den Deich und Finn entspannte sich wieder.

»Sag mal, Nina, warum bist du hier auf die Insel gekommen?«

»Warum?« Sie wirkte ehrlich überrascht von seiner Frage.

»Ja. Warum die Insel? So viele wollen von hier weg. Und du kommst.«

»Ich – wollte neu anfangen.« Plötzlich war Nina ernst.

»Hier? Die meisten, die nicht von hier sind, finden es auf Norderney zu eng.«

»Ich nicht.« Sie sprach im Brustton der Überzeugung. »Ich liebe die Insel schon immer. Sie tut mir gut. Ich sehe es nicht als Enge. Eher als Geborgenheit, weißt du.«

Finn grinste. »Ja, das verstehe ich gut.«

»Ich mag die weiten Strände und den Wind. Ich weiß wohl, dass viele Leute Wind eher nicht so mögen. Ich dagegen habe immer das Gefühl, dass er mir den Kopf freipustet.«

Sie radelten auf dem unteren Deich, dessen Pflastersteine zum Teil nicht mehr fest im Boden verankert waren, sodass beim Drüberfahren ein klackerndes Geräusch entstand.

»Und wo kommst du her?«

»Wuppertal.« Nina verdrehte die Augen. »Du siehst, ich verpasse nichts.«

»Na ja. Um ehrlich zu sein: Das glaub ich dir sogar.« Finn lachte. »Ich bin einfach ein Landmensch. Oder ein Meermensch. Wie man das auch immer nennen will.«

»Ja, du surfst sehr gern, nicht wahr?«

Finn nickte. »Das ist eine Leidenschaft von mir. Ich verbringe viel Freizeit auf dem Wasser.«

»Wie schön. Ich fürchte, ich habe überhaupt kein Talent fürs Wellenreiten.« Nina zuckte mit den Schultern.

»Wenn du magst, gebe ich dir bei Gelegenheit mal eine Privatstunde.«

»Meinst du, ich könnte echt surfen lernen?«

»Man soll nicht einfach so schnell aufgeben, oder?«

Das stimmte. Nina nickte zögerlich. »Danke. Ich komm darauf zurück.«

Sie fuhren ein Stück weiter.

»Und dein Beruf hat dir keinen Spaß mehr gemacht?«, fragte Finn nach.

»Oh, das ist eine lange Geschichte.« Sie waren schon auf Höhe des Golfplatzes und der Norderneyer Leuchtturm ragte groß vor ihnen auf. Gerade startete einer der kleinen Motorflieger vom Flugplatz der Insel, der sich unmittelbar hinter dem Turm befand, in die Luft und umrundete nach dem Startflug den Turm, um dann in Richtung Festland zu fliegen.

»Ich kann gut zuhören.« Finn wollte die Geschichte wirklich erfahren, die dem sonst so fröhlichen Gesicht Ninas einen Ausdruck tiefen Kummers verlieh.

»Später vielleicht, ja? Jetzt möchte ich erst mal den Leuchtturm sehen und nicht daran denken.« Sie wandte sich ihm zu und schaute direkt in seine Augen. Schlagartig bekam Finn weiche Knie. Ja, diese Frau zog ihn in ihren Bann, das stand außer Frage.

»Na gut. Machen wir es so.«

Sie hatten den Fahrradständer am Leuchtturm erreicht und stiegen ab. Die letzten Meter musste man gehen.

»Willst du vielleicht aufsperren?« Finn holte seinen Schlüsselbund aus der Jackentasche und hielt ihn Nina hin. Im Gegenzug griff er nach dem schweren Picknickkorb, den Nina vom Gepäckträger gewuchtet hatte.

»Oh ja. Das wäre tatsächlich großartig. Darf ich echt?« Sie nahm den Schlüsselbund in die Hand und deutete auf den Korb. »Danke fürs Tragen!«

Er lächelte ihr zu. Dann gingen sie zusammen zum Fuß des Leuchtturms hinauf. Der Schlüssel klimperte leise in Ninas Hand. Finn sah ihr an, wie sehr sie sich freute, und sein Herz ging noch mal ein ganz kleines bisschen weiter auf. Die kindliche, unverstellte Freude, zu der Nina fähig war, mochte er sehr.

Als Nina die Tür öffnete, lag auf ihrem Gesicht ein Ausdruck heiligen Ernstes.

»Also. Was willst du alles über den Turm wissen?«

* * *

Nina lief bereits die ersten Stufen des Leuchtturms hinauf. Sie konnte es kaum abwarten, oben die Aussichtskanzel, die den Turm umrahmte, zu erreichen. Allein – ohne Touristen – im Turm zu sein, war etwas sehr Besonderes für sie.

»Alles. Fang einfach an zu erzählen.« Sie lachte.

»Na gut.« Finns Stimme hallte ein wenig vom Gemäuer wider.

»Also. Es sind zweihundertdreiundfünfzig Stufen bis oben. Die Wände des Turms werden nach oben hin dünner, so ist er gebaut. Unten sind sie noch einen Meter zwanzig dick, oben dann nur noch vierzig Zentimeter. Ach ja, errichtet wurde er übrigens in den Jahren 1871 bis 1874. Er wurde … ich glaube, es war 2003 … kernsaniert. Mittlerweile wird er natürlich vom Festland aus betrieben, aber er ist noch immer im Einsatz.«

Sie gingen an einer leeren hölzernen Vitrine vorbei und stiegen weiter hoch bis zu einem Fenster, aus dem man einen atemberaubenden Blick über die Dünenlandschaft Norderneys hatte.

Nina gefiel, wie viel Finn über den Turm und seine Geschichte zu erzählen wusste.

»Schau mal, da siehst du auch, wie dick die Mauern hier noch sind«, hob er hervor. »Nach oben hin werden sie schmaler.« Tatsächlich befand sich das Fenster sehr weit außen. Nina hätte sich locker in den Schacht legen können – mit ein wenig angezogenen Beinen.

»Und der Blick ist atemberaubend.« Nina konnte sich kaum sattsehen, obwohl sie noch gar nicht ganz oben waren.

Schließlich gingen sie weiter die Treppenstufen hoch, bis sie auf der Plattform standen, von der aus eine Metallleiter die letzten Meter hinauf zum Aussichtsbalkon führte.

»Hier können wir nachher unser Picknick machen. Ich schätze, draußen ist es zu frisch, wenn die Sonne untergegangen ist.« Finn legte die Picknickdecke auf dem Boden ab, die er die ganze Zeit zusätzlich zu Ninas Picknickkorb getragen hatte.

Dann deutete er auf die Leiter. »Ladies first!«

Das ließ Nina sich nicht zweimal sagen. »Gern.«

Sie schwitzte vom Aufstieg, aber sie freute sich so sehr auf den Ausblick, dass sie es kaum abwarten konnte.

»Geht's bei dir?«, fragte Finn nach, als sie schon fast oben waren.

»Ja, danke.« Seine Fürsorge rührte Nina immer wieder. Überhaupt hatte sie das Gefühl, ihr anfängliches Bild von Finn korrigieren zu müssen. Heute wirkte er überhaupt nicht mehr wie das raubeinige Ekelpaket, das aus ihrem Laden gestürzt war. Er schien ein klassischer Fall von rauer Schale und weichem Kern zu sein und anscheinend hatte sie ihn an dem Tag im Laden einfach auf dem falschen Fuß erwischt.

Als sie auf den Balkon hinaustraten, traf sie unvermittelt der kühle Norderneyer Wind. Die Sonne berührte bereits die Horizontlinie. Die Dünen leuchteten rot, das Meer bildete einen dunklen Kontrast zum Himmel, der in allen Rot-, Gelb- und Rosatönen leuchtete.

»Du zitterst ja richtig.« Finn zog sofort seine Jacke aus und legte sie um Ninas Schultern.

Der Anblick der Szenerie hatte Nina so gefesselt, dass sie gar nicht bemerkt hatte, wie sehr sie fror.

»Sollen wir besser reingehen?« Da war sie wieder: Finns Besorgnis, die tiefe Falte, die sich quer über seine Stirn zog.

Nina schüttelte den Kopf. »Es ist viel zu schön grade.«

»Warte, dann hol ich die Decke hoch.« Bevor Nina etwas antworten konnte, war Finn schon verschwunden.

Wie automatisch schlich sich der Gedanke an Peter in ihren Kopf. Der wäre niemals auch nur auf die Idee gekommen, sie in eine Decke zu hüllen, und erst recht nicht, auch noch einen

Weg dafür auf sich zu nehmen. Jedenfalls in den letzten zwei Jahren nicht.

Schon war Finn zurück.

»Hier.« Mit einer geschickten Bewegung hüllte er Nina in die Decke. »Mit der Zeit gewöhnt man sich an den Wind, dann erlebt man ihn weniger frisch, habe ich mir sagen lassen.« Er grinste. Seine dunklen Augen blitzten.

»Vielen Dank. Auch, dass wir hier sind.«

»Nicht der Rede wert.« Finn fuhr sich durchs Haar. Nina registrierte die Verlegenheit, die er zu verbergen versuchte.

Ihr war noch immer wahnsinnig kalt, trotz der Decke und der Jacke. Trotzdem würde sie keine Sekunde dieses Sonnenuntergangs auslassen – diese Gelegenheit war einzigartig. Vermutlich würde sie nie wieder privat den Turm besichtigen, das Leuchtfeuer bewundern wie vorhin und dann in Ruhe, ohne Fremde, auf der Balustrade stehen können.

»Es ist wirklich fantastisch hier oben. Man spürt sehr deutlich, wie klein man ist, oder?« Nina lachte leise.

Finn schien keinen Blick für die Landschaft zu haben. Er schaute schon wieder prüfend zu Nina. »Frierst du noch?«

»Ein bisschen«, gab sie zu. »Aber es geht schon.«

Finn trat einen Schritt näher. »Sollen wir reingehen?«

Vehement schüttelte Nina den Kopf. »Auf keinen Fall!«

Er grinste, wurde aber schlagartig wieder ernst. Dann legte er vorsichtig seinen Arm um Nina. Es war ganz anders als am Strand, wo er sie gezwungenermaßen gestützt hatte, weil sie verletzt gewesen war. Dieses Mal hatte die Geste nichts als Wärme und Liebe. Finns Berührung war vorsichtig, abwartend, so, als ob er sich versichern wollte, dass Nina mit dem, was er tat, einverstanden war.

Nina atmete seinen Geruch ein – und er roch gut. Klarer Seifenduft mit einer leicht würzigen Note, männlich-herb. Fast unmerklich lehnte sie sich gegen Finn, nur eine Winzigkeit weit, aber er spürte ihr Entgegenkommen, verstärkte seine Umarmung und rieb sachte ihren Arm.

»Wird es besser?« Seine Stimme, tief, leicht heiser, klang wie heißer Tee mit Rum. Allein dieser Klang hätte sie schon wärmen können.

»Danke, ja. Wird immer besser.«

Erneut drückte er Nina eine Nuance stärker an sich. Beide schwiegen. Sie schwiegen, weil es zwischen ihnen und um sie herum knisterte. Sie schwiegen, weil das Versinken der Sonne im Meer sie andächtig sein ließ, und sie schwiegen, weil jedes Wort in diesem Augenblick ein Wort zu viel gewesen wäre.

Für einen Moment schloss Nina die Augen und lehnte ihren Kopf gegen Finns Schulter. Und in diesem Moment fühlte sie sich ganz zu Hause.

Finns Jacke lag noch immer um Ninas Schultern. Die isolierende Picknickdecke dagegen war nun auf dem Boden der Galerie ausgebreitet und beladen wie ein Buffet. Es wirkte total gemütlich, obwohl sie nur einfaches Plastikgeschirr dabeihatten. Nina hatte Lachsbrötchen aus ihrem Korb gezaubert, Krabbensalat, Obst, ein wenig Rohkost mit Dip. Ein einfaches, aber leckeres Mahl. Hoffentlich reichte Finn das Essen. Sie hatte alles liebevoll hergerichtet, wollte aber auch nicht den Eindruck erwecken, es übertrieben zu haben.

Finn hatte das Seine dazugetan, um für Stimmung zu sorgen, und aus einem der Holzschränke weiter unten ein paar Kerzen gezaubert, die den Raum in warmes Licht tauchten. Ihr Schein spiegelte sich an den Wänden, warf Schatten und verlieh dem Raum noch zusätzliche Gemütlichkeit, nachdem Finn zum Sicherungskasten hinuntergegangen war und dem elektrischen Licht den Saft abgedreht hatte. Eine kleine Taschenlampe würde ihnen nachher den Weg nach unten leuchten. Romantischer hätte es nicht sein können, fand Nina, als sie ein Stück Karotte in den Hummus tauchte.

»Frierst du noch?« Finns tiefe Stimme war kaum mehr als ein Flüstern. Er streckte seinen Arm nach Nina aus. Seine Hand umschloss ihren Ellbogen wie eine Muschel. Ausgerechnet ihren Ellbogen hätte Nina nie für eine besondere Körperstelle gehalten. Aber jetzt, mit der Wärme von Finns Hand um ihn herum, seinem Daumen, der sanft streichelte, fühlte er sich plötzlich kostbar an. Wie seine Finger über die zarte Haut fuhren, einen kleinen Kreis formten, den Ellbogen dann wieder umschlossen, fühlte sie sich so zärtlich berührt, dass sie nur noch sein Streicheln spürte.

Nina und Finn saßen nah beieinander, an die Wand gelehnt. Das warme Licht der Kerzen ließ Schatten über sein Gesicht tanzen. Seine Augen wirkten noch dunkler und gaben ihm etwas Geheimnisvolles, das sein Bart noch verstärkte. Er fixierte sie, fing sie förmlich mit seinen Augen ein – und Nina hatte das Gefühl, er würde bis in ihr Innerstes schauen.

»Nein. Mir ist warm.« Allein die kleine Berührung seiner Finger brachte Nina völlig aus dem Konzept. Sie wollte, dass er seine Hand an ihrem Ellbogen liegen ließ, dass sein Daumen fortfahren würde mit dem sanften Streicheln, dieser Liebkosung, die sie über den körperlichen Kontakt hinweg ergriff. Aber er nahm seine Hand zurück und griff nach einem Stück Brot, das er in den Krabbencocktail dippte.

»Der ist unglaublich lecker.«

»Danke.« Nina hatte den Cocktail selbst gemacht und freute sich wie verrückt über das Lob.

»Verrätst du mir jetzt, wie es sein kann, dass eine Frau wie du allein nach Norderney zieht?«, fragte er, nachdem er das Brot hinuntergeschluckt hatte.

Nina verdrehte die Augen. Sie wollte ihm die Details eigentlich ersparen. Und nicht nur ihm. Sich selbst auch.

»Sagen wir so: Ich wurde verletzt und wollte neu anfangen.« Sie hörte selbst, wie bitter und abweisend sie klang. Also schickte sie noch ein Lächeln hinterher. »Entschuldige. Das Thema ist noch nicht ganz durch, sozusagen.«

»Ich merke es.« Finn war ganz ernst geworden. »Möchtest du es mir trotzdem erzählen?«

Nina bemerkte seinen aufmerksamen Blick, nicht sensationsgeil, sondern ehrlich interessiert.

Sie wollte ihm von sich erzählen, sie wollte es wirklich. Sie wollte ihm sogar von ihrem ganz persönlichen Makel erzählen, der sie so oft in Gedanken verfolgte ... Aber Peter war sie daraufhin nicht mehr genug gewesen. Und sie wollte sich nie wieder so wertlos fühlen wie in dem Moment. Es konnte schließlich sein, dass Finn auch so war. Sie sah sein Gesicht im Laden noch vor sich, als er sie für ihren Umgang mit dem kleinen Jonas bewundert hatte. Sicher wünschte er sich Kinder, eine Familie. Und sie? Was konnte sie in der Hinsicht bieten? Nichts. Ein großes, weites Nichts.

Nina wählte ihre Worte daher vorsichtig. »Ich war sehr lang mit einem Mann zusammen, der mich am Ende betrogen hat. Ich dachte, wir hätten eine Zukunft – aber alles, woran ich geglaubt habe, war nichts als Schall und Rauch.«

Finn schien Gedanken lesen zu können. »Du wurdest enttäuscht.« Es war keine Frage.

Nina nickte zögernd. »Sehr.«

»Ja.« Er sagte nur dieses eine Wort, mehr nicht. Und trotzdem fühlte Nina sich so sehr verstanden.

Er deutete auf das Lachsbrötchen, das er in zwei Teile geschnitten hatte. »Iss noch was, ja?«

Lustlos biss Nina in das Brötchen. Sicher schmeckte es köstlich. Aber ihre Erinnerung war zu schmerzhaft, um es genießen zu können.

»Tut mir leid, dass du das erleben musstest.«

»Danke. Weißt du, er hat mich sozusagen einfach ausgetauscht. Beziehungsweise war es eigentlich so, dass ich ihm wohl schlicht nicht gereicht habe.«

Nina zuckte mit den Schultern.

»Ich kann mir vorstellen, dass das nicht lustig war. Aber ich kann mir nicht vorstellen, dass eine Frau wie du nicht gereicht hat.«

Nina kaute auf ihrem Brötchen herum. Sein Kompliment freute sie, aber ihr Ego war so angeknackst, dass sie sich schwertat, es anzunehmen.

Sie biss erneut in das Brötchen, kaute mechanisch.

Plötzlich musste Finn grinsen. Dann beugte er sich vor und wischte ihr mit dem Zeigefinger etwas Soße aus dem Mundwinkel. Sekunden später steckte er sich den Finger in den Mund, um die Soße abzulecken.

Die Geste war so selbstverständlich und wirkte dadurch so sinnlich, dass Nina wie aus dem Nichts von dem Wunsch übermannt wurde, diesen Mann zu küssen, diesen Seebären, diesen rauen, großen Kerl mit dem Bart und den Surfermuskeln, der die Augen geschlossen hatte und vor lauter Genuss leise aufstöhnte, wenn er in sein Brötchen biss – oder die Majo von seinem Finger leckte. Er wirkte auf sie so pur, fast animalisch, dass sie sich wirklich zusammenreißen musste, nicht selbst einfach aus ihrem Impuls heraus zu handeln.

Sie krallte ihre Hand in die Decke, um sich nicht zu ihm hinüberzubeugen, einfach ihrem Antrieb zu folgen und das zu tun, was sie wie aus dem Nichts plötzlich so sehr wollte. Sie erkannte sich ja selbst kaum wieder. Aber alles, was sie in diesem Augenblick begehrte, war die Berührung ihrer Lippen mit den seinen.

Kapitel 10

Finn nahm jedes Detail von Nina wahr, ein perfektes Gesicht, hohe Wangenknochen, Sommersprossen, die blonden, vom Wind zerzausten Haare, die Trauer, die ihre Augen kurz umschattet hatte, als sie von ihrer Vergangenheit sprach. Er konnte sich partout nicht vorstellen, dass sie irgendeinem Kerl nicht reichen konnte.

Wie sehr er sich dadurch mit ihr verbunden fühlte, weil es ihn an Linda erinnerte … und auch wenn er seine Schmerzen im Griff hatte, was dieses Thema anging, sie waren doch immer da. Vom Verlieren verstand er was, dachte er voll Ironie. Das war sozusagen sein Fachgebiet.

Nina beugte sich über den Picknickkorb, so offensichtlich von ihrer Lebensgeschichte getroffen und verletzt, dass er gar nicht anders konnte, als Mitgefühl zu empfinden.

Als sie wieder aufsah, hatte sich ihr Gesichtsausdruck verändert. Allem Anschein nach hatte sie ihre Enttäuschung weggeschoben. Stattdessen hielt sie eine kleine Schachtel in der Hand, die mit rosa Blüten verziert war.

»Das sind Rosenpralinen.«

Sie nahm den Deckel ab und hielt ihm eine der wunderschönen, zu Rosenblüten geformten Köstlichkeiten hin. Der Duft nach Zartbitterschokolade und das Aroma des Rosenwassers stiegen Finn in die Nase, als er zugriff und sich die Praline in den Mund steckte.

»Oh, mein Gott!« Er verdrehte die Augen. »Wahnsinn.«

Im Inneren der Praline war zarte Creme, die auf der Zunge zerging und irgendwie kühl schmeckte.

Nina kicherte. »Ich hab noch nie jemanden kennengelernt, der so sichtlich genießen kann wie du.«

»Oh, ich hab auch noch nie so eine Praline gegessen wie diese. Verdammt, sind die gut.«

Finn nahm sich eine weitere Praline und genoss sie mit geschlossenen Augen.

Als er sie wieder öffnete, sah er, dass Nina ihn anschaute, und erwiderte ihren Blick. Ninas Lächeln verwischte. Sie fielen schier in den Blick des jeweils anderen, die Luft schien plötzlich elektrisch aufgeladen. Und da konnte Finn einfach nicht anders, als seinem Gefühl einfach zu folgen, ohne Rücksicht auf Verluste. Ganz langsam beugte er sich in Ninas Richtung, umrahmte ihr Gesicht zart mit seinen Händen und zog sie vorsichtig zu sich. Ihre Münder waren ganz knapp davor, sich zu berühren. Er spürte ihren Atem auf seinen Lippen und dann, ja dann, berührten sie sich vorsichtig, ganz vorsichtig. Ninas Lippen fühlten sich weich an, aber auch fest. Es war nur ein kleiner Kuss, aber von warmer Zärtlichkeit geprägt. Finn spürte, wie sich sein Herzschlag beschleunigte. Wie lange hatte er keine Frau mehr geküsst? Wie lange schon?

Er entfernte sich von Nina, nicht mehr als eine Handbreit. Nur so weit, dass er ihr Gesicht studieren konnte. Seine Finger lagen noch immer auf ihren Wangen, dieser herrlich weichen Haut.

»Wie schön du bist.« Er flüsterte, heiser, fast unhörbar.

Nina war es, die sich wieder in seine Richtung drängte, ihn erneut küsste, vorsichtig mit ihrer Zungenspitze nach der seinen tastete. In diesem Augenblick spürte er, wie ein Damm brach, wie er mehr wollte, wie sehr er sich Nähe wünschte, die Nähe einer Frau, Körperlichkeit. Seine Zunge antwortete der ihren und sie begannen miteinander zu spielen. Die Zärtlichkeit des Kusses verwandelte sich in Leidenschaft. Finns Herz war eine wild pumpende Maschine, die keinen Rhythmus mehr zu finden schien.

Er nahm seine Hände von Ninas Gesicht, umfasste ihre Hüfte, zog sie gleichzeitig mit der anderen Hand näher zu sich heran. Nein, er wollte sich nicht von ihr lösen. Er wollte mehr, viel mehr.

Als der Kuss endete, sie beide Atem holen mussten, fanden sie keine Distanz mehr zueinander. Das Kerzenlicht spiegelte sich in Ninas Augen wider.

»Wirklich, ich habe das so gemeint vorhin. Ich kann mir nicht vorstellen, dass du irgendeinem Mann nicht reichen könntest.« Er sprach seinen Gedanken von vorhin laut aus. Dann küssten sie einander wieder. Finn schob das Essen beiseite, rückte noch näher an Nina heran und lehnte seinen Körper leicht gegen den ihren, als sie sich wieder küssten.

Er war so hungrig nach mehr, wollte sie, wollte sie spüren, schob eine Hand unter ihr Shirt, ließ sie auf ihrem Bauch liegen, streichelte, kreiste mit dem Zeigefinger um ihren Nabel.

Sie schob ihren Bauch gegen seine Hand, zeigte, dass sie die Berührung genoss, und Finn ließ seine Hand ein kleines, nur ein ganz kleines Stück nach oben wandern, an den Ansatz ihrer Brüste. Ihre Haut war so weich, so unglaublich weich. Sein Körper reagierte auf das, was seine Hand spürte, seine Jeans verengte sich im Schritt, er atmete noch schwerer, sein Herz glich jetzt einem Presslufthammer.

Finn verharrte kurz in seiner Berührung, strich über Ninas Rippen, fuhr Konturen nach, spürte die Bügel ihres BHs, glitt über den Spitzenstoff und ging noch einen kleinen Schritt weiter, nur einen kleinen. Seine Hand umschloss Ninas Brust, spürte die harte Brustwarze, die sich durch den Stoff drückte, fühlte, wie sie …

Da hörte Nina plötzlich auf, ihn zu küssen, griff nach seiner Hand und schob sie zur Seite.

»Warte, mir geht das zu schnell.« Sie schauten einander wieder an, aber Ninas Blick hatte sich völlig verändert. Finn konnte ihn nicht deuten. Ninas Augen wirkten groß, geweitet.

»Ich kann das nicht so schnell. Ich – entschuldige bitte.« Sie rückte von Finn ab, umschlang ihre Beine mit den Armen, formte ihren Körper zu einem kleinen Ball.

Sie sah so verletzbar aus, so wund, dass sich alles in Finn zusammenzog. Was war er für ein Idiot! Schließlich wollte er ihr nicht wehtun, sie zu nichts drängen.

Er legte sanft eine Hand auf ihren Rücken, zog sie dann aber sofort wieder zurück. »Es tut mir leid.«

Nina schüttelte den Kopf. »Nein, mir tut es leid. Ich … bin nur ein wenig überfordert.« Sie lächelte ihn schüchtern an. Höflich, schien ihm, nicht mehr als nur höflich. Dann stand sie auf. »Komm, lass uns aufbrechen.«

Schweigend packten sie den Korb. Finn pustete die Kerzen aus und hätte sie am liebsten wütend die Treppe hinuntergepfeffert, weil er so ein dämlicher Idiot war. Kein Wunder, dass er sie verschreckt hatte, so forsch, wie er gewesen war. Aber ihre Haut, ihr Kuss – oh ja, sie konnte küssen! – hatten ihn einfach dazu verleitet. Er war schon so lang allein, dass die Situation ihn einfach verführt hatte.

Es standen so viele Worte im Raum, er spürte sie förmlich, aber er konnte nicht sprechen, war total blockiert. Und so blieb alles ungesagt und er verfluchte sich gleich ein weiteres Mal für die Hilflosigkeit, diese emotionale Eckigkeit, die ihn zuweilen befiel und dazu führte, dass er nicht das ausdrücken konnte, was er eigentlich gern gesagt hätte.

Er hatte die Taschenlampe angeknipst und leuchtete ins Dunkel um sie herum.

»Haben wir alles?«, fragte er schließlich und Nina nickte. Schweigend nahm er den Korb und zeigte auf die Treppe. »Nach dir.«

Nina lächelte ihm zu. Als sie an ihm vorbeiging, roch er ihren Duft, blumig zart und vollmundig zugleich. Er vermisste sie. Wie konnte das sein? Sie war da, keine zwei Meter von ihm entfernt. Aber er vermisste sie so sehr, dass er sie am liebsten in seine Arme gerissen hätte, so weh tat es, sie nicht festhalten zu dürfen.

* * *

»Ich habe den Abend total verdorben.« Nina saß mit Antje in der Küche des kleinen Ferienapartments, das sie im Haus der Freundin bewohnte. Sie warf ein Stück Kluntje in ihren Friesentee, das leise knisternd darin versank.

»Was ist denn passiert? Ich hab dich so verstanden, dass Finn sowieso ein ziemlicher Rüpel ist.« Natürlich hatte Nina ihrer Freundin jede Kleinigkeit ihrer Begegnungen mit Finn erzählt, angefangen bei seiner plötzlichen Verwandlung bei der Ladeneröffnung.

Nina dachte an sein Gesicht, die schönen braunen Augen, die Wärme, die von Finn ausgegangen war, bevor die Situation eskalierte.

»Nein. Ich denke, da hat der erste Eindruck getäuscht. Er ist … eigentlich sehr charmant.«

»Charmant? Finn?« Antje schien überrascht. Sie zog die Augenbrauen hoch.

»Doch, ja. Er hat mir eine Decke geholt, als ich gefroren habe.«

»Und deswegen ist er gleich charmant, ja? Das ist alles?« Antje kannte Nina viel zu gut.

»Wir haben uns geküsst«, rückte Nina heraus.

»Echt? Du hast Finn Schuette geküsst?« Die Freundin grinste.

»Ja. Ist das so verwunderlich?«

Antje zuckte mit den Schultern. »Ich kenne kein einziges Mädchen hier auf der Insel, mit der er je etwas gehabt hätte. Also kommt es zumindest überraschend. Es gab sogar Gerüchte, dass er etwas mit seinem Busenkumpel Jörn hätte.«

»Also, ich glaube nicht, dass er schwul ist.« Nina lief rot an, dachte an seine Hand auf ihrer Brust und …

Sie nahm einen Schluck Tee. »Jedenfalls haben wir uns geküsst und ich bin irgendwie durchgedreht.«

Antje wartete mit ihrer Antwort. Sie war die beste Zuhörerin, die Nina kannte.

»Ich hab irgendwie Angst bekommen. Mir wurde alles zu viel. Ich …«

Dieser Kuss war magisch gewesen! Nie zuvor war sie so geküsst worden, hatte einen Kuss so tief in sich gespürt, war so berührt von einer Berührung gewesen. Ja, so konnte man es sagen. Von einer Berührung berührt.

Finns Lippen, fest und zielstrebig, die Bartstoppeln, die ihre Haut kitzelten, seine Zunge, fordernd, aber im richtigen Maß. Seine Hand, an harte Arbeit gewohnt, aber nicht zu rau, die über ihren Bauch geglitten war, die sie gespielt hatte, als wäre sie ein kostbares Instrument. Und dann plötzlich diese Angst! Was war das gewesen? Angst, bloß und schmerzhaft, die sich wie aus dem Nichts über den schönen Moment gelegt hatte wie eine schwarze Decke und sie blind und panisch zugleich hatte werden lassen.

»Ich glaube, vielleicht bin ich einfach noch nicht so weit? Oder ich hänge mehr an Peter, als mir klar ist.«

»Oh nein, sag bitte nicht, dass du noch an dem Trottel hängst. Entschuldige, Süße, aber schick den Kerl weiter.«

Nina wusste, dass Antje recht hatte. Eigentlich. »Möglicherweise fällt es mir einfach nur schwer, nach allem, was passiert ist, wieder jemandem zu vertrauen.«

»Möglicherweise«, Antje grinste frech, »solltest du dir in diesem Fall einfach selbst einen Arschtritt in die richtige Richtung geben.«

Nina musste lachen. »Antje«, sagte sie mit gespielter Entrüstung.

»Na, ist doch wahr! Ich meine, was hast du zu verlieren? Oder küsst er einfach nur schlecht?« So war Antje, immer geradeheraus.

»Nein, im Gegenteil, um ehrlich zu sein.«

»Das habe ich mir gedacht. Er war der Schwarm aller Inselmädels früher.«

»Und was ist dann passiert?«

»Keine Ahnung.« Antje zuckte mit den Schultern. »Ich glaube, er wollte keine. Er war eine Weile auf dem Festland, aber dann ist er zurückgekommen, um seinem Vater in der Hauptsaison zu helfen.«

»Hatte der beruflich irgendwas mit Schiffen zu tun?«

Antje nickte. »Ja, er hat Segelausflüge für Touristen angeboten. Woher weißt du das?«

»Finn hat so was bei unserem Date erwähnt.«

»Ja. Es war tragisch.« Antje war ernst geworden, rührte in ihrer Teetasse.

»Tragisch?« Nina trank einen weiteren Schluck. »Wovon redest du?«

»Die See war ziemlich stürmisch und – ich weiß nicht wie, aber sein Vater ging über Bord. Und als Finn ihn aus dem Wasser gefischt hat, konnte er ihn nicht wiederbeleben. Keine Ahnung, was da genau abgelaufen ist. Du kannst dir sicher vorstellen, wie das so auf einer kleinen Insel ist, es gibt dann viele Gerüchte, aber keiner weiß wirklich was. Außer Jörn vielleicht. Aber der hat immer dichtgehalten. Es gab tragische Versionen der Story. Fest steht nur, dass Finn und sein toter Vater von der Küstenwache geborgen wurden. Und dass Finn dann auf der Insel geblieben ist, um seiner Mutter zur Hand zu gehen. Er lebt sehr zurückgezogen.«

»Oh.« Finn war also so was wie ein einsamer Wolf.

Gedankenverloren knabberte Nina an ihrem Keks herum. Das Schicksal hatte es wirklich nicht gut mit Finn gemeint. Sie stellte sich vor, wie es wohl war, beim Tod eines Elternteils dabei zu sein, und es drehte ihr den Magen um bei dem Gedanken. Ihre eigenen Eltern lebten seit der frühen Pensionierung ihres Vaters auf Fuerteventura. Sie hatten alle Brücken in Deutschland abgebrochen und sich dort ein Zuhause geschaffen, wo sie den Ruhestand in vollen Zügen genossen. Nina hatte ein gutes, wenn auch lockeres Verhältnis zu ihnen und flog ein, zwei Mal im Jahr hin, um sie zu besuchen.

»Du magst Finn.« Antjes prüfender Blick war Nina entgangen, so sehr war sie in Gedanken versunken gewesen.

Jetzt schaute sie auf und machte eine wiegende Bewegung mit der Hand.

»Doch. Tust du. Ich kenn dich.« Antje zeigte mit dem Finger auf Nina, dann nahm auch sie einen der Sanddornkekse und steckte ihn ganz in den Mund.

»Er … ist nett«, räumte Nina ein. »Aber ich glaube, ich habe es mir schon mit ihm verdorben. Er hat nichts von sich hören lassen, nachdem ich bei dem Date so blöd reagiert habe, gar nichts.«

Sie dachte an ihre Hände an seiner Brust, wie sie ihn weggeschoben hatte, weil die Angst übermächtig geworden war. Sein verletzter Gesichtsausdruck, seine Augen, die plötzlich noch ein wenig dunkler gewirkt hatten.

»Meinst du nicht eher, dass *du* ihm einen Ball zuspielen müsstest nach der Abfuhr? Ich meine, vielleicht wartet er ja darauf? Aus purem Respekt dir gegenüber, statt dich noch mehr zu bedrängen? Könnte doch auch sein, oder?«

Sie hatten sich am Obelisken voneinander verabschiedet, kurz und knapp, und waren zurück ins Städtchen geradelt. Finn hatte sich nicht mehr umgesehen, bis er hinter der nächsten Hausecke verschwunden gewesen war. Und Nina war sich so einsam vorgekommen, so unfassbar allein.

»Ich weiß nicht … meinst du?« Ihr Date war drei Tage her. Nina hatte seither gewartet und Finn war weder gekommen, noch hatte er sich gemeldet. Und ja, ein Teil von ihr hatte darauf gehofft, ein Zeichen von ihm zu bekommen, hatte immer wieder seinen Kuss gespürt, diesen Kuss, der sich so sehr von allen anderen Küssen ihres Lebens abgehoben hatte. Und dass sie sich wünschte, er würde sie wieder küssen, irgendwann, auch das gestand sie sich ein.

»Ja, das meine ich. Ruf ihn an.«

Antje stand auf. Sie ging hinüber zur Küchenanrichte und holte Ninas Handy. »Hier. Mach jetzt sofort. Lern ihn wenigstens kennen.«

Nina schaute auf das Handy in ihrer Hand, schaute auf die Nummer von Finn.

»Na los!«

Antje nickte ihr aufmunternd zu. Also drückte Nina den grünen Button, bevor sie es sich anders überlegen konnte.

Kapitel 11

»Du hast *was*?« Finn konnte es einfach nicht glauben.

»Na, es geht so nicht weiter, mein Junge. Und du … na ja, du machst es ja nicht.« Maria Schuette beugte sich schwerfällig nach vorne und räumte das Frühstücksgeschirr der Gäste aus der Spülmaschine.

»Wie bitte? Und deswegen mischst du dich in mein Leben ein? Ohne mich zu fragen?« Finn kochte vor Wut, er zitterte.

Zwei Teller klirrten aneinander. »Einmischen?« Seine Mutter richtete sich zu ihrer vollen Größe auf. »Es geht um Linda! Da habe ich ja wohl was mitzureden.«

»Ja, ja, ja, Linda hier, Linda da. Aber *ich* bin dein Sohn.«

Maria stellte die Teller unsanft auf den passenden Stapel im Küchenschrank und beugte sich erneut über die geöffnete Maschine.

Was Linda anbetraf, hatte Finn seine eigene Sicht der Dinge. Er wollte Linda sehen. Er wollte mit ihr zusammen sein. Er wollte es schaffen, ein Teil ihres Lebens zu sein, das hatte er immer gewollt. Aber er wollte selbst bestimmen, wann er das anging. Und hatte nicht das geringste Bedürfnis, dass seine Mutter sich einmischte und dabei wieder einmal ihre Finger direkt in offene Wunden legte.

»Du wirst es nie verkraften, wenn du dich den Dingen nicht stellst, die dich belasten! Auch das mit Jörn nicht!« Sie sprach, als würde sie seine Gedanken lesen. »Und wenn du das mit deinem Vater ...«

Was seine Mutter hier von sich gab, während sie den Korb mit dem Besteck aus der Spülmaschine hob und anfing, Löffel in die Besteckschublade zu sortieren, empfand er als nichts anderes als einen gnadenlosen verbalen Rundumschlag. Sie warf all seine Schwierigkeiten auf einmal auf den Tisch, all seine Schwächen, seine Überforderung, als ob sie ihm selbst nicht mehr als schmerzlich bewusst gewesen wären.

Es wurde zu viel für Finn, einfach zu viel. »Fang mir nicht mit Papa an, verstehst du mich?« Wenn sie ihm damit auch noch kam, würde er platzen vor Wut. Er konnte nicht daran denken, er konnte einfach nicht. Finn schlug mit der Faust auf die Anrichte, so sehr brodelten in ihm die Emotionen, so sehr wurde er mit seiner Angst konfrontiert, dass sie ihn zu sprengen drohte.

Erst als seine Mutter zusammenzuckte und ein paar Gabeln mit lautem Geklirre auf dem Boden landeten, wurde ihm klar, dass seine Gefühle ihn mal wieder überrollt hatten und er deutlich über das Ziel hinausgeschossen war.

»Tut mir leid, Mama.« Schnell, bevor sie es selbst tun konnte, hob er das Besteck vom Boden auf und reichte es seiner Mutter. »Ich hab es nicht so gemeint.«

»Ich weiß, mein Junge.« Maria Schuette lächelte ihr sanftes, liebevolles Lächeln und Finn fühlte sich gleich noch ein wenig schlechter. »Aber meinst du nicht, es wäre an der Zeit, deine Probleme anzugehen? Es ist nur Angst, das weißt du, oder?«

»Ich weiß. Es ist Angst. Und ich weiß auch, warum du *nur* sagst. Ich wollte, ich könnte es auch so sehen. Aber – nun ja, sie wirkt auf mich ziemlich überwältigend.« Finn stand da, mit hängenden Schultern, er, der ganze Kerl. Immerhin konnte er sich eingestehen, wie machtlos er sich gegenüber diesen Geistern fühlte. Für ihn war die Angst rot, hätte er sie schreiben müssen, so hätte sie aus monströsen, überwältigenden Großbuchstaben bestanden.

Seine Mutter schloss ihn fest in die Arme, die Hand an seinem Hinterkopf, wie sie es schon getan hatte, als er noch ein kleiner Junge gewesen war. Auch wenn sie sich dazu sehr strecken und er sich ein wenig bücken musste, tröstete ihn die Geste noch ebenso wie damals.

»Wie geht es Linda?«, fragte Finn, als sie sich schließlich voneinander lösten.

»Oh, gut.« Maria strahlte. »Und sie kommt auf die Insel. Ich hab die *Sanddüne* für sie reserviert. Denn wenn der Prophet nicht zum Berg kommt …«

Die *Sanddüne* war das schönste Zimmer, mit einem herrlichen Himmelbett, einem eigenen Bad und einem Fenster, das zum Rosengarten hinausging. Mit Sicherheit hatte seine Mutter dafür irgendwelchen anderen Gästen abgesagt und …

Erneut drohten sich Finns Gefühle in einen Wirbelsturm zu verwandeln. Linda! Wie lange hatte er sie nicht mehr gesehen? Kurz schweiften seine Gedanken zu Nina. Er hatte ihr nicht von Linda erzählt, sie nicht einmal erwähnt, obwohl sie viel miteinander geredet hatten. Er war um Linda herumgeschifft wie um eine Untiefe. Schnell schob er sein schlechtes Gewissen beiseite. Vermutlich war Nina eh schon Geschichte und er brauchte sich darüber gar keine Gedanken mehr zu machen.

»Wann kommt sie?«

»Ende nächster Woche. Also in zehn Tagen. Und ich werde jeden einzelnen bis dahin zählen.« Maria lachte glücklich auf.

Auch Finn grinste. »Ja, jeden einzelnen«, stimmte er zu. »Danke, Mama. Ehrlich.«

»Nicht der Rede wert, mein Junge.«

In diesem Augenblick klingelte sein Handy. Finn zog es aus seiner Hosentasche, warf einen Blick auf das Display und hätte nicht überraschter sein können – denn es war Nina.

* * *

Nina schaute auf die Uhr. Ungefähr zum neunzehnten Mal. Sie war so aufgeregt wegen ihres Treffens mit Finn. Aber die Kunden kamen und gingen und es sah nicht gerade aus, als ob sie pünktlich ihren Laden schließen konnte. Eigentlich sollte sie ja froh darüber sein, aber heute hatte sie Hummeln im Hintern wegen ihres Dates. Sein Kuss war besonders gewesen, auch seine Berührungen. Wenn sie nur nicht diese Angst überrannt hätte. Nichts sprach dagegen, Finn einen Vertrauensvorschuss zu geben.

Nicht jeder Mann dieser Welt war schließlich ein Peter. Und Finn wirkte überhaupt nicht so. Aber – hatte Peter so gewirkt? Vermutlich nicht. Man sah einem Mann nicht an, dass er einen betrügen würde. Noch dazu unter den besonderen Umständen, in denen sie sich befunden hatten.

Schließlich plante man nicht mit jedem Menschen ein Kind, eine Familie, ein Zuhause.

Auch wenn sie sich inzwischen damit abgefunden hatte, dass es nie so sein würde, dass sie nie ein Kind bekommen würde, weil sie unfruchtbar war, tat der Gedanke noch weh.

Der Arzt hatte sich sehr eindeutig geäußert. Und Peter, ja, der hatte gewusst, wie sehr sie sich Kinder gewünscht hatte. Die Diagnose hatte Nina zerschmettert. Sie sah noch die Praxisräume, das grelle Licht, den sachlichen Mann in Weiß, der gar nicht wusste, wie sehr er ihr Lebenskonzept auf den Kopf stellte. Und neben ihr Peter. Peter, der sich alles locker anhörte, die Beine verschränkt. Kein Zusammenzucken, kein Irritationsmoment, keine Trauer. Er hörte zu, als würde der Doc erzählen, dass für morgen Regen vorhergesagt war. Auch kein Trost für Nina. Entweder merkte er nicht, wie mies es ihr ging – oder er wollte es nicht wissen.

Nina hatte Tage gebraucht, um sich von der Diagnose zu erholen. Peter hatte wie immer gearbeitet und sie mit ihrem Kummer allein gelassen. Wäre Antje nicht gekommen – sie hatte alles stehen und liegen gelassen auf ihrer Insel –, wäre Nina vor Einsamkeit und Trauer vermutlich eingegangen. Aber Antje kam, kochte Tee, weinte mit Nina und baute sie so weit wieder auf, dass sie wieder in ihren Alltag starten konnte. Es dauerte immerhin eine ganze Woche.

Bloß lag am ersten Abend in ihrem Alltag diese Helen auf der Praxisliege – und obenauf ein grunzender Peter. In diesem Moment wurde Nina klar, warum er so oft noch Papierkram in der Praxis erledigen musste. Ihr wurde klar, warum gerade Helen eingestellt worden war, obwohl ihr im Gegensatz zu anderen Bewerberinnen die Zusatzausbildung zur Zahnreinigerin fehlte, auf die Peter in der Stellenausschreibung so viel Wert gelegt hatte. Und ihr wurde klar, warum Peter in letzter Zeit kein Auge mehr für sie übriggehabt hatte: Helen war eine großbusige, rothaarige Vollblutfrau und das Gegenteil der eher zarten Nina – die noch dazu unfruchtbar war.

So verwundet Nina war, kam für sie nur eine einzige Reaktion infrage: Nichts wie weg. Peters Beteuerungen waren ohnehin wertlos. Antje, die noch nicht abgereist gewesen war, hatte Nina quasi in ihren Koffer gepackt und mit nach Norderney genommen. Die Entdeckung des kleinen leer stehenden Ladens war dann Zufall gewesen – die mehr als willkommene Chance für einen Neuanfang.

»Guten Tag, Nina.«

»Oh, hallo. Jonas, richtig?« Der kleine Junge hatte Nina unvermittelt aus ihren Gedanken gerissen.

»Genau.«

»Bist du heute ohne deine Mama unterwegs?«

Jonas schaute zu seinen Schuhspitzen hinunter. »Ja.«

Etwas an seinem Verhalten kam Nina komisch vor, zu schwer, zu traurig.

»Ist alles in Ordnung bei dir?«

Auf Ninas besorgte Frage hin nickte er eifrig, wie ertappt. »Ja, klar. Meine Mama ist bei der Arbeit. Sie hat mir Geld gegeben. Damit ich mir was Kleines kaufen kann.«

Jonas holte einen Euro aus der Tasche. »Reicht das für den Pilsumer Leuchtturm?«

Nina schüttelte nicht den Kopf. Der Kleine sah einfach zu traurig aus. Ein alter Herr trat an die Kasse und Nina nahm den Zehner entgegen, den er ihr für eine Cellophantüte Pralinen entgegenstreckte. Dann wandte sie sich wieder an Jonas.

»Natürlich!« Sie wollte ihn einfach nicht enttäuschen. Es war ein Impuls.

Sein Gesicht blitzte auf, die Augen begannen zu strahlen.

»Verrätst du mir noch, woher du weißt, dass dieser hier«, sie deutete auf den rot-gelb gestreiften Turm, »der Pilsumer Leuchtturm ist? Das weiß nicht jeder.«

Jonas wurde rot vor Freude. »Ach, ich … ich hab es gelesen.«

»Du hast es gelesen?«

»Ja. Mir haben deine Türme so gut gefallen. Da bin ich erst zum Norderneyer Turm rausgeradelt. Und dann hab ich mir in der Bücherei ein Buch geholt und …« Jonas wurde rot. »Meine Mutter sagt, ich soll nicht rumhängen«, fügte er noch hinzu.

Nina runzelte die Stirn. »Na, mit der Bücherei ist sie bestimmt einverstanden.«

»Das ist sie. Ja.«

Sie packte den Turm in rosa Papier, machte eine schöne Schleife um das Päckchen und reichte es dem Jungen. »Hier. Für dich. Lass ihn dir schmecken, ja?«

»Danke.« Er griff vorsichtig nach dem verschnürten Marzipanturm und hielt ihn fest, als ob er das Kostbarste war, was er je bekommen hatte.

»Ich muss jetzt nach Hause. Kann ich dich mal wieder besuchen?« Feierlich legte Jonas den Euro auf den Tresen und Nina öffnete pflichtbewusst ihre Kasse. Sie sah, dass es ihm wichtig war, zu bezahlen.

»Vielen Dank. Ich sperre jetzt eh zu – aber ich würde mich freuen, wenn du mal wieder reinschauen würdest. Ich mach sehr gern Geschäfte mit dir.« Nina deutete eine kleine Verbeugung an und lächelte.

Jonas grinste ebenfalls. Als er an der Tür war, warf er ein »Tschüss« zurück in den Raum und Nina winkte ihm zum Abschied. Er war wirklich ein netter Junge.

Sie ging zur Ladentür und sperrte zu. Endlich! Allerdings war sie so spät dran, dass sie Finn noch eben Bescheid sagen wollte, dass sie sich ein paar Minuten verspäten würde. Als sie ihr Handy aus der Tasche zog, stutzte sie. Ein Anruf in Abwesenheit. Von Peter. Wenn man an den Teufel dachte … Ohne einen zweiten Gedanken an den Anruf zu verschwenden, löschte sie die Anruferliste. Nein, wirklich nicht.

Anschließend ärgerte sie sich, weil ihr Herz noch immer bis zum Hals klopfte, sobald sein Name im Display auftauchte, selbst wenn es nur aus Wut war. Am liebsten hätte sie einfach vergessen, dass er je ein Teil ihres Lebens gewesen war – denn er war nichts weiter als traurige Vergangenheit.

* * *

Als Nina ihr Rad auf den großen Fahrradparkplatz am Nordstrand schob, wartete Finn schon auf sie. Er stand da, die Hände tief in den Hosentaschen, den Blick in Richtung Meer und Nina den Rücken zugewandt.

Der Wind war heute kaum mehr als eine Brise, beinahe ungewöhnlich ruhig. Gerade als Nina ihr Fahrrad abschloss, drehte er sich zu ihr um und ein kurzes Lächeln flog über sein Gesicht.

Er kam auf sie zu, die Hände noch immer vergraben, und wusste sichtlich nicht, wie er sie begrüßen sollte.

»Hi, Nina.«

»Schön dich zu sehen. Ich freu mich, dass wir uns noch mal treffen.« Und das stimmte. Nina freute sich wirklich. Erst war sie einfach nur aufgeregt gewesen. Doch je näher das Date rückte, umso mehr freute sie sich auf die Begegnung mit Finn. Sie erinnerte sich an seinen Kuss, die zärtliche Berührung seiner Hand, und der Gedanke erregte sie. Jedenfalls dann, wenn sie keine Angst hatte, sich darauf einzulassen. Es war ein ziemliches Wechselbad der Gefühle.

Ihr Telefonat war kurz und knapp gewesen. Nina hatte ihn gefragt, ob er mit ihr am Abend zur Weißen Düne hinausgehen würde, um eine Kleinigkeit zu essen. Finn hatte nicht gezögert. Wenn er verwundert über ihren Anruf gewesen war, hatte er das nicht zu erkennen gegeben.

Jetzt standen sie einander gegenüber und waren beide ein wenig verlegen und unsicher, wie dieses Treffen nun werden sollte.

Nina pflückte ihre Windjacke vom Gepäckträger. »Wollen wir?«

»Ja. Gut.«

Sie liefen hinüber zum Strand, vorbei an der Austernbar, und zogen ihre Schuhe und Socken aus. Schnell waren sie am Ende des Nordstrands, bei dem kleinen Spielplatz. Nina lief voraus zu den Schaukeln und setzte sich darauf.

»Los, komm!«, forderte sie Finn auf, der lachend in gemäßigtem Schritt auf sie zu kam.

»Ich schubs dich lieber an.« Er stellte sich hinter Nina und versetzte ihr kräftige Stöße. Sie kreischte wie ein kleines Mädchen. Glücklicherweise wurde ihr beim Schaukeln nicht schlecht, sondern sie genoss noch immer, wie als Kind, das Freiheitsgefühl, das die Bewegung in ihr auslöste. Finn stieß sie an, bis es nicht mehr höher ging. Dann ließ er sich auf den Boden in den Sand plumpsen und beobachtete Nina, die langsam ausschaukelte, bevor sie absprang.

Als sie neben ihm im Sand landete, hielt sie ihm eine Hand hin und zog Finn wortlos hoch. Dann gingen sie nebeneinander zur Wasserlinie hinunter. Der weiße, weiche Sand unter den Füßen, die Wellen, die sie umspülten, und der sanfte Wind, der die Haut streichelte, sorgten bei Nina für das perfekte Lebensgefühl.

»Es ist so schön hier auf der Insel.«

»Das ist wahr.« Er bückte sich und hob eine Muschel auf. »Hier, für dich.«

Perlmuttglänzende Schönheit in Ninas Hand. Sie schloss ihre Finger um die Muschel und steckte sie in die Tasche ihrer Jeans. »Danke.« Diese Muschel würde sie aufheben, das wusste sie instinktiv.

Schweigend gingen sie noch ein Stück weiter. Nina wusste, es war an ihr, die Stille zu brechen und ihr Verhalten zu erklären. »Tut mir leid wegen letztens.«

»Muss es nicht.« Finn wiegelte ihre Worte ab, blickte jetzt aufs Wasser, bückte sich, hob eine weitere Muschel hoch und warf sie weit, weit ins Meer. Nina sah, dass er die Zähne zusammenbiss.

»Bitte, sei nicht sauer. Ich – na ja. Ich hab einfach schlechte Erfahrungen gemacht. Und ich glaube …« Nina stockte, suchte nach Worten. »Ich glaube, ich brauche einfach nur ein wenig mehr Mut.«

Sie gingen weiter.

»Mut. Ja …« Finn vollendete den Satz nicht. Er blickte aufs Wasser hinaus.

Nina dagegen schaute ihn an, sein ernstes Gesicht, den gepflegten Bart, die braunen Augen, die dunklen Haare. Sie spürte, dass sie jetzt etwas sagen sollte. Doch sein Blick wirkte so hart, so schwer. Als ob er über etwas nachdachte, das ihn belastete. Doch als Nina sich einen Ruck gab, nach seiner Hand griff und ihre Finger mit den seinen verschränkte, zuckte er nicht zurück, sondern erwiderte den sanften Druck ihrer Finger. Hand in Hand gingen sie weiter.

Eine Welle, höher als die anderen, umspülte ihre Füße, Wasser spritzte hoch, Nina kreischte auf und Finn musste lachen, als sein linkes Hosenbein nass wurde. Aber sie ließen einander nicht los, sondern zogen sich ein paar Meter von der Wasserlinie zurück und setzten ihren Spaziergang fort.

»Na, heute taugt das Wetter nicht zum Surfen, hm?« Die Wellen waren sehr gemäßigt im Vergleich zu dem Tag, an dem Nina beinah ertrunken wäre.

»Nein. Heute nicht. Überhaupt sind die Wellen hier ja nie so richtig groß.«

Klang er enttäuscht? Er sprach weiter. »Wenn ich da an Portugal denke – oder Hawaii. Wobei ich sagen muss, dass ich dort gehörigen Respekt vor dem Wasser habe. In Portugal auch, aber da ist es noch ein wenig zahmer, immerhin.«

»Bist du oft dort zum Surfen?«

Finn schüttelte den Kopf. »Nicht mehr. Aber früher war ich überall daheim. Ich war in Südafrika, ich war auf Fuerteventura – das waren schöne Zeiten.«

»Warum fährst du nicht mehr hin?«

»Na ja. Ich …« Finn ließ den angefangenen Satz in der Luft stehen, machte eine Pause, schien nach Worten zu suchen. Dann erst sprach er weiter. »Mein Vater hatte einen schlimmen Unfall und seitdem bin ich auf der Insel. Meine Mutter hat Rheuma. Sie hat gute und schlechte Tage. Und sie braucht mich. Ihre Existenz ist die Pension. Dazu arbeite ich für die Stadt Norderney – wir kommen gut klar.«

»Und dein Vater …«

Ein erneutes Kopfschütteln. »Er hat nicht überlebt.«

Nina wusste das ja schon von Antje. Aber der kummervolle Ton, den Finn anschlug, tat ihr so weh, dass ihr fast die Tränen kamen.

»Was ist passiert?« Die Frage war über ihre Lippen gekommen, bevor sie darüber nachdenken konnte.

»Willst du das wirklich wissen?« Sein Gesicht verzog sich, als ob er körperliche Schmerzen hätte.

»Natürlich.« Nina drückte Finns Hand ganz fest und er erwiderte den Druck. Dann begann er, erst langsam und zögerlich, dann aber immer schneller, seine Geschichte zu erzählen.

* * *

Warum nur erzähle ich das? Ausgerechnet ihr? Ich kenne sie ja kaum! Nicht einmal Jörn habe ich von der Sache erzählt, und er ist seit Kindertagen mein bester Freund.

Finn schaute hinaus aufs Wasser, wo die Schaumkronen tanzten und einige Möwen dicht über der Wasserfläche dahinsausten. Ein paar Kinder, die im knietiefen Wasser standen und Beachtennis spielten, lachten laut auf. Der Grund blieb unersichtlich.

»Das Wasser war sehr wild an dem Tag. Hast du eine Ahnung, wie wild die See werden kann hier oben? Man meint immer, ach, die Nordsee. Aber es ist ein Meer. Es kann unberechenbar sein, Kräfte entwickeln, die man nicht einmal erahnt. Der Wind kann so sehr schieben, dass man nicht auf dem Deich laufen kann.«

Nina nickte. »Ich glaube, ich kann es mir vorstellen.«

Finn bezweifelte das. Er dachte an das Inferno, die Wellen, das Aufspritzen der Gischt, das Boot, eigentlich stabil, das im Sturmwind zu einer Nussschale geworden war, taumelnd und haltlos. Man konnte sich das nicht vorstellen, wenn man nicht dabei war.

»Mein Vater wollte an dem Tag raus. Er war ein passionierter Bootsmann und hat es geliebt, den Elementen zu trotzen. Der Wellengang war allerdings immens. Ich hab ihn gebeten, nicht zu fahren, aber … na ja, ich fürchte, wir haben den gleichen Sturschädel, mein alter Herr und ich.« Finn lächelte sein trauriges Lächeln.

»Er hat mich gefragt, ob ich mitkommen will. Ein Vater-Sohn-Abenteuer. Weißt du, wir waren uns sehr nah. … Jedenfalls herrschte ein Wind, der Strandkörbe einfach umwarf wie Kartenhäuser. Aber hey, für ein Abenteuer war ich fast immer zu haben.« Finn schnaubte. Er ging plötzlich schneller, als ob er vor seinen eigenen Worten weglaufen wollte.

»Eigentlich war schon beim Ausfahren aus dem Hafen klar, dass die Idee, den Nachmittag auf dem Wasser zu verbringen, nicht besonders clever war. Aber natürlich ließ mein Vater sich das nicht sagen. Er hat meine Bedenken einfach weggelacht. Dabei wurde sehr schnell klar, wie wenig wir dem Wasser entgegenzusetzen hatten. Die Sicht war miserabel, der Sturm peitschte die Wellen haushoch. Du kannst es dir nicht vorstellen, glaube ich. Man denkt das, aber man kann wirklich nicht.«

Nina lief schweigend neben ihm her. Finn hatte das Gefühl, gehört zu werden. Ja, Nina war ganz Ohr. Die Redensart bekam gerade ganz neuen Sinn. Und das ermutigte Finn zum Weitersprechen.

»Mein Vater hat gejuchzt. Er war schon an die siebzig und hat sich gefreut wie ein Kind. Ein Abenteurer, wie er im Buche steht. Der Motor unseres Bootes dröhnte vor Anstrengung, ihn hat das nicht gestört. Wir sind aufs offene Meer rausgefahren. Er wollte die Elemente spüren. So hat er das genannt. Dann ist der Motor plötzlich ausgegangen. Einfach aus. Ohne Vorwarnung. Unser Schiff war auf einmal hilflos wie ein Baby. Mein alter Herr hat mich unter Deck geschickt, um Werkzeug zu holen. Er meinte, dass ich vielleicht herausfinden konnte, was kaputt war. Nicht, dass das so realistisch gewesen wäre, aber er bat mich darum, also tat ich es. Es war sein Wunsch, weißt du?« Finn hatte das Gefühl, sich rechtfertigen zu müssen. Die Bilder stiegen vor ihm auf wie die Wellen bei dem Unglück. Er fühlte sich ausgeliefert, so sehr ausgeliefert, obwohl die Situation schon so lang vorbei war. Der Schweiß brach ihm aus und er spürte, wie sein T-Shirt am Rücken klebte. Er schluckte hart.

»Als ich wieder hochkam, bewaffnet mit unserem Ungetüm von Werkzeugkoffer, war Papa weg.«

»Weg?«

»Ja.« Finn erinnerte sich, wie er gerufen hatte, immer wieder, laut, hysterisch. Erst dachte er, der Vater sei nur – ja, was? Er rechnete jedenfalls nicht mit dem Schlimmsten. Doch als er ihn nirgends auf Deck erblickte, wurde ihm klar, dass das Schlimmste passiert sein musste.

»Er war einfach nicht mehr da. Ich habe nach ihm geschrien und gebrüllt, das kannst du dir nicht vorstellen.« Aber der Wind und das Rollen der Wellen hatten die Worte einfach von seinen Lippen gepflückt und davongetragen.

»Ich habe versucht, ihn im Wasser ausfindig zu machen, habe aufs Wasser gestarrt, ob ich ihn irgendwo sehe, aber außer Schaumkronen und Wellenbergen war nichts auszumachen. Und ehrlich gesagt, war ich auch ziemlich panisch«, gestand Finn ein.

Er konnte das Gefühl noch immer spüren, das ihn damals ergriffen, ja, durchdrungen hatte.

»Dann habe ich auf einmal seine gelbe Öljacke auf der Wasseroberfläche entdeckt. Zum Glück trug er eine

Rettungsweste. Immerhin das.« Finn sah ihn noch heute, wie er leblos den Elementen ausgesetzt ein kleines Stück weit weg vom Boot trieb.

»Nur durch einen Zufall kam die Barke so nah an meinen Vater heran, dass ich ihn irgendwie aus dem Wasser fischen konnte – reinspringen war bei dem Seegang einfach keine Option, ich wäre definitiv abgesoffen, bevor ich es zurück zum Schiff geschafft hätte, geschweige denn, dass ich meinem Vater hätte helfen können«, erklärte Finn.

Nina ging neben ihm. Er spürte ihre Hand in seinen schwitzenden Fingern. Aber sie zog sie nicht zurück. Im Gegenteil. Ihr Daumen strich über seinen Handrücken, ermutigte ihn, weiterzusprechen.

»Ich bestand nur noch aus Angst. Und er war verdammt schwer. Ich bekam ihn fast nicht aus dem Wasser, die Kleidung war ja vollgesogen und er ganz offensichtlich bewusstlos. Dazu das Schaukeln des Bootes.«

»Klingt furchtbar.«

Finn spürte die Gänsehaut, die sich auf seinen Armen und auf seinem Rücken bildete. »Ja, das war es auch. Ich war völlig verzweifelt und hilflos.«

Er hatte noch nie ausgesprochen, wie hilflos und ausgeliefert er sich gefühlt hatte. Dass ihn seine Ohnmacht schier zum Wahnsinn getrieben hatte.

Die körperliche Kraft, die er aufgebracht hatte, um den reglosen Körper seines Vaters aus dem Wasser zu ziehen, war immens gewesen. Dazu kamen der Schock über dessen Gesicht, die Leblosigkeit seiner Züge, die blanke Panik beim Anblick des Vaters – er konnte das alles gar nicht in Worte fassen.

»Manchmal besteht Angst aus Großbuchstaben, oder?«

Finn starrte Nina an. Genau das war sein Gefühl gewesen. Diese Übermacht der Angst, diese riesige Emotion!

»Ja, absolut! So habe ich es empfunden.« Zum ersten Mal schien jemand zu verstehen, wie er sich gefühlt hatte. »Weißt du, in der Gesellschaft der eigenen Eltern ist man immer das Kind, um das sie sich irgendwie noch kümmern. Die Erkenntnis, dass ich es in diesem Augenblick plötzlich nicht mehr war, dass plötzlich ich der Verantwortliche war – das war eine totale Überforderung.«

Nina nickte. »Ja.«

»Ich war so verzweifelt, ich wusste nicht, was ich tun sollte, wie ich meinen Vater retten sollte, noch dazu ohne Motor.« Finn spürte, dass er gleich weinen würde. Er war so sehr in die Vergangenheit eingetaucht, dass er alles noch einmal erlebte. Der Boden unter seinen Füßen schwankte wie das Boot in den Wellen.

Wieder schien Nina dieses besondere Gespür für Finn zu haben. »Komm, wir setzen uns kurz.« Sie deutete auf einen leeren Strandkorb und zog ihn mit sich dorthin.

Dankbar ließ Finn sich auf das blau-weiß gestreifte Sitzkissen fallen. »Ich konnte ihn nicht retten.« Jetzt füllten sich seine Augen endgültig mit Tränen. »Ich habe es nicht geschafft. Ich habe ihn beatmet, habe wirklich alles gegeben – aber ich …« Finn schüttelte den Kopf, löste – jetzt erst – seine Hand aus Ninas und verbarg sein Gesicht in seinen Händen. »Der Sturm hatte inzwischen nachgelassen. Ich habe irgendwann die Küstenwache angerufen, aber sie konnten nichts mehr tun. Er hatte schon ganz blaue Lippen und er … er hat nicht mehr geatmet und …« Finns Stimme brach. Die Bilder in seinem Kopf waren ganz frisch, als ob es erst gestern geschehen wäre. Sein Vater, die Küstenwache, die betroffenen Gesichter. Seine Mutter. Wie sie ihn angesehen hatte, mein Gott, wie sie ihn angesehen hatte. Aller Schmerz der Welt in ihrem Gesicht, aller Schmerz. Er war an ihr vorbeigegangen, ins Haus, beladen mit einer nahezu untragbaren Schuld. Er hatte sich unter der

Bettdecke verkrochen, tagelang. War in Gedanken auf dem Boot geblieben, gefangen in seiner Schuld und seiner Überlegung, dass er es hätte besser machen müssen.

»Finn.« Ninas weiche Stimme holte ihn zurück. Sie sprach seinen Namen aus, als wäre er ein kostbares Geschenk. Ninas Hand lag auf seinem Rücken, warm und stützend, aber sie konnte die Schuld nicht wegwischen, konnte ihm das nicht nehmen. Niemand konnte das.

Er wischte sich die Augen trocken, wollte Nina nicht ansehen – er hätte ihrem Blick nicht standhalten können.

»Finn.« Sie wiederholte seinen Namen, eine Stimme wie Seide.

»Ich bin mir sicher, du hast alles gegeben. Ich weiß das einfach.«

»Ja. Aber es hat nicht gereicht. Es hat einfach nicht gereicht.« Niemand würde ihm je diesen fundamentalen Schmerz nehmen können, das Gefühl, versagt zu haben, als es das einzige Mal in seinem Leben so richtig darauf angekommen war – und auch nicht die Furcht, die ihn seither begleitete. Die Panik, wieder zu versagen, die Angst vor sich selbst.

Er wollte es ihr aber erklären. Also fuhr er fort, immerhin das. Sollte sie ihn für ein Weichei halten – er war eins, verdammt noch mal. Seit dem Unfall war er ein Gezeichneter. »Jedenfalls, hier schließt sich der Kreis. Ich fahre nicht mehr Boot, seit mein Vater tot ist. Ich kann nicht. Wenn ich ein Schiff betrete, und sei es die Fähre, bekomme ich immense Panikattacken, das geht bis zur Ohnmacht. Also bleibe ich hier, auf Ney.«

»Es tut mir so leid.«

Nina nahm seine Hand in ihre und hielt sie fest. Erstaunlich, wie viel Kraft eine Hand geben konnte. Nur eine Hand.

»Muss es nicht. Wirklich nicht. Ich mag die Insel. Und so wie es aussieht, wird es gerade immer schöner hier.« Und Finn schaute Nina in die Augen, dieses Mal tat er es. Nina wurde leicht rot.

»Entschuldige«, sagte Finn. »Ich weiß, dass das der kitschigste Spruch aller Zeiten war.«

Er schämte sich ein wenig, aber – nun ja. Er war alles andere als ein Verführer.

Zu seiner Überraschung reagierte Nina ganz anders, als er erwartet hatte. Sie beugte sich zu ihm herüber, sehr, sehr langsam. Und dann gab sie ihm einen Kuss. Es war ein sanfter, hingebungsvoller Kuss, bei dem ihre Zunge seine Oberlippe nur ein wenig anstupste, so als ob es Zufall wäre und es am Ende eben doch nicht war.

Der Wind fuhr um den Strandkorb, irgendwo lachte ein Kind. Aber nichts davon war wichtig, nichts zählte, kein Möwenschrei und kein Wellenrauschen. Es hätte einen Sandsturm geben können und Finn wäre es egal gewesen. Es gab nur diesen Kuss, diese Lippen, weich, fordernd, süß.

Finn wollte weiterküssen – und dieses Mal vorsichtiger sein zugleich. Also erwiderte er den Kuss ganz sanft, ganz leicht nur, bis Nina sich zurückzog und seine Lippen nackt und verletzlich zurückließ.

»Danke, dass du mich aus dem Wasser gezogen hast. *Mich* hast du mit ziemlicher Sicherheit gerettet.« Sie lächelte. Ihr Atem roch nach Minze. Finn schmeckte ihren Duft noch in seinem Mund.

Er lächelte traurig. »Ja, ich weiß mittlerweile alles, was es über Erste Hilfe zu wissen gibt.« Finn klang bitter, so bitter, wie er sich fühlte. Das würde nie aufhören. Er hatte nach dem Tod alles – wirklich alles – über Erstrettung gelernt, was es zu wissen gab. Und er frischte sein Wissen ständig auf. Es war eine Art Besessenheit geworden.

»Ich bin sicher, du hast für deinen Vater alles gegeben.« Ninas Ton war mitfühlend, aber auch ernst und ließ erkennen, wie überzeugt sie von dem war, was sie da sagte.

Finn schüttelte den Kopf. »Ach, Nina. Ich bin schuld am Tod meines Vaters, verstehst du denn nicht? Ich habe nicht genug über Erste Hilfe gewusst, ich war einfach – zu blöd, um meinen Vater zu retten.« Finn war laut geworden.

Nina sagte nichts, wartete.

Also redete Finn weiter, fuhr sich mit den Händen durch seine dunklen Locken, eine Geste der Verzweiflung. »Ich hätte ihn bestimmt retten können, wenn ich gewusst hätte, wie es geht. So habe ich blind agiert und ja, natürlich habe ich mein Bestes gegeben, aber – das hat nicht gereicht. Es war zu wenig, ich habe versagt, verstehst du?«

Ninas Augen waren groß geworden, ihr Blick verriet ihr Mitgefühl.

»Es tut mir leid, dass du das so erleben musstest.« Nina hatte ihn nicht verstanden. »Ich glaube, es wäre schrecklich für deinen Vater zu wissen, dass du so fühlst.«

Als ob er das Opfer wäre, dabei war sein Vater das Opfer, ganz klar sein Vater, dem er nicht hatte helfen können und …

Er merkte, dass das Gedankenkarussell, das immer einsetzte, wenn es um seinen Vater ging, Fahrt aufnahm, ihn mit sich riss. Er wusste, dass er ihm hilflos ausgeliefert wäre, wenn es erst einmal ein bestimmtes Tempo erreichte. Er kannte die Schweißausbrüche, die Panik, den Schmerz, die Gefangenschaft in seiner Trauer, die einfach nicht kleiner werden wollte. Und er kannte die Schuld, ihr schweres Gewicht, die ihn dann zu Boden drückte und tagelang nicht aus ihren Fängen ließ. Finn versuchte, tief einzuatmen, versuchte, sich darauf zu konzentrieren, sich zu beruhigen, schaute in Richtung Wasser. Einatmen, ausatmen, ruhig bleiben, die Erinnerungen wegschieben, so weit er konnte.

Da spürte er Ninas Hand wieder auf seiner und sah zu ihr hinüber. Ihr Gesicht war plötzlich ganz nah, so nah, dass er sie riechen konnte, dass er jedes einzelne Haar wahrzunehmen schien, das vom Wind zerzaust ihr Gesicht umrahmte. Sie legte ihre Hand auf seine Wange, zwang ihn, sie anzusehen. Wieder roch er die feine Pfefferminznote. Sie schaute ihm tief in die Augen, ganz tief, bis auf den Grund seiner Gedanken, hatte er das Gefühl. Und Finn merkte, wie der Aufruhr in ihm abflaute, das Karussell die Fahrt verlangsamte und schließlich fast anhielt, fast. Ganz stoppte es nie, aber jetzt wurde es langsamer, statt wie sonst in eine Panikattacke zu münden, das war schon ziemlich viel. Voller Erstaunen registrierte Finn, dass Nina das geschafft hatte. Sie war es, die ihm gerade die Portion Ruhe gegeben hatte, die er sich so oft so verzweifelt wünschte.

Ja, sie gab ihm etwas von dem Frieden, den er so sehr brauchte. Nina deutete seinen Blick auf ihre Weise. Sie beugte sich wie schon zuvor ein Stückchen in Finns Richtung. Aber dieses Mal wartete sie, ruhig und gelassen, wie ihm schien. Sie wartete auf ihn. Und da konnte Finn nicht anders. Er legte seine Hand in ihren Nacken und zog sie zu sich. Finn hielt sich dieses Mal nicht zurück. All seine Emotionen lagen ohnehin blank.

Es wurde ein Kuss voller Feuer, voller Verheißung. Finn verschwand in diesem Kuss, sein ganzer Körper reagierte, wurde weich unter ihren Händen. Und Nina erwiderte seinen Kuss dieses Mal mit aller Leidenschaft.

Kapitel 12

»Hey, Finn!«

Wie immer war es klasse, die Stimme seines Freundes zu hören. Voraussichtlich würde Jörn erst Weihnachten wieder auf der Insel einlaufen – und zwischen jetzt und Weihnachten lag noch ein ganzer Sommer.

»Na, alles fit im Schritt?«

Finn kannte niemanden außer Jörn, der diesen Spruch noch riss, und musste lachen. »Sehr fit, sozusagen.«

»Oh, du klingst prima!« Jörn schien überrascht.

»Es geht mir prima.«

»Was ist passiert?« Jörn war noch immer perplex.

»Sag mal, bin ich so ein Jammerlappen, dass gleich etwas passiert sein muss, wenn es mir gut geht?«

»Na ja. Kein Jammerlappen. Aber – so leicht waren die letzten Jahre nicht, oder? Und du klingst geradezu euphorisch.«

Finn dachte an Nina. Er dachte daran, wie sie im Strandkorb gesessen hatten, sich küssend, küssend und küssend. Daran, dass die Sonne langsam untergegangen war und sie keinen Schritt in Richtung des Lokals an der Weißen Düne gelaufen waren, sondern einfach nur im Korb geblieben und einander nah gewesen waren. Er dachte daran, wie sich ihr Mund angefühlt hatte, wie sie geschmeckt hatte und welche Sehnsüchte sie mit ihren Küssen bei ihm weckte, die er längst vergessen gehabt hatte.

»Na ja – euphorisch …«

Eine kurze Gesprächspause entstand.

»Na gut, ich bin ein bisschen euphorisch. Ich hab nämlich eine Frau kennengelernt.«

»Wow. Echt? Auf der Insel gibt es noch Frauen, die du nicht kanntest?« Das liebte Finn an Jörn: die ironische Art. Wie er das Leben immer mit einer Portion Humor nahm. Als Jörn den Laden nicht bekommen hatte, war das kein Grund zur Verzweiflung für ihn gewesen – ganz im Gegensatz zu Finn, der sich durch den daraus resultierenden Wegzug seines besten Freundes noch einsamer fühlte. Er und Jörn teilten nämlich nicht nur ihren Humor, sondern hatten ihre Kindheit gemeinsam auf der Insel verbracht, sie waren beide leidenschaftliche Surfer und früher oft miteinander gereist. Auch für Jörn war der Wegzug schwer gewesen – für Finn war er ein einziges Drama.

»Sie ist neu hier.« Erst jetzt dämmerte Finn, dass Jörn nicht lockerlassen würde, zu erfahren, wer sie war, und er kam sich wie ein schlechter Freund vor. Schließlich hatte Nina Jörns Laden gepachtet – wenngleich das die Schuld des alten Gustav war, der seit jeher erstens eine Schwäche für Süßigkeiten und zweitens für Blondinen hatte. Wobei Finn ihm Letzteres nicht vorwerfen wollte, schließlich hatte diese eine, ganz spezielle Blondine sein Herz im Sturm erobert.

»Neu? Wie das? Was macht sie auf Ney?«

Finn wand sich. Aber er konnte es Jörn einfach nicht sagen. »Sie arbeitet in einem der Läden in der Fußgängerzone.«

»Ah, okay. Wie schön für dich! Ich will alles wissen. Wie sieht sie aus, wie habt ihr euch kennengelernt?«

Finn wusste nicht, was er antworten sollte. Schließlich gab er die Männerversion zum Besten. Die Rettung der Frau durch den heldenhaften Surfer und das Date im Leuchtturm.

»Du alter Charmeur! Du weißt einfach, wie man es mit den Frauen macht.« Jörn lachte. »Ach, ich freu mich so für dich.«

»Und bei dir? Alles gut?«

»Klar. Ich hab noch eine weitere Farbpalette mit ins Programm aufgenommen – und mir so eine Farbenmischmaschine gekauft. Die ist der Renner, sag ich dir. Ich kann jeden einzelnen Ton mischen, die kleinsten Nuancen, das ist echt geil.« Jörn und sein Job. Das war ein ganz eigenes Thema. Er ging völlig in seinem Beruf auf.

»Klingt super.« Finn hatte Jörns Farbenleidenschaft nie so ganz verstanden, aber seine Begeisterung war einfach ansteckend.

»Ja, oder? Ich habe mir die Farbe von Wenkes Vorhängen gemacht und damit die gegenüberliegende Wand gestrichen. Es sieht großartig aus.«

»Und sonst? Ich meine, wie ist es auf dem Festland so?«

»Weitläufig. Ich hab mir sogar ein Rennrad gekauft, es ist ziemlich gut. Wir fahren ständig mit dem Rad, weite Strecken, weißt du. Nicht wie auf der Insel, wo man immer die gleichen kleinen Wege abfahren muss«, erzählte Jörn.

Natürlich nicht. Er wollte nicht zugeben, dass er Norderney vermisste.

»Komm uns doch mal besuchen, schau es dir an.«

»Na ja, vielleicht irgendwann mal …« Finns ausweichende Antwort war typisch für ihn.

»Du kannst nicht ewig auf Ney bleiben.«

»Das weiß ich.«

»Dann versuch es. Wir würden uns freuen, Wenke und ich.« Jörn und Wenke. Das Traumpaar seit der Kindheit. Sie waren eine klassische Sandkastenliebe und noch immer ineinander verliebt. Wenn Finn die beiden miteinander sah, hatte er sich schon so manches Mal neidisch gefühlt. Die Vertrautheit, die Art, wie Wenke Jörn ansah und über seinen Handrücken strich. Sie tat das mit der exakt gleichen Geste seit zwei Jahrzehnten, noch immer, ohne Abstriche. Und Finn verspürte, ebenfalls seit Jahren, eine tiefe Sehnsucht nach einer Frau, die das Gleiche bei ihm machte.

Jörn riss ihn aus seinen Gedanken. »Versuchst du es? Versprochen?«

Finn schwieg.

»Bitte.«

Er gab sich einen Ruck. »Ja, ich versuch es.« Er wusste, er würde daran scheitern. Sosehr er Jörn sehen wollte, aber er konnte nicht aufs Schiff – oder in ein Flugzeug. Paradoxerweise hatte seine Angst sich auf alle möglichen Arten der Beförderung ausgeweitet. Es war nicht so, dass er es nicht versucht hätte. Aber das Zittern, die Schweißausbrüche … Auf dem Flughafen von Norderney, dem kleinen, überschaubaren Flugplatz, war er sogar einmal ohnmächtig geworden, als er in eine Maschine hatte steigen wollen. Es ging nicht. Es ging einfach nicht, so sehr er auch wollte. Allein bei dem Gedanken, auf die *Frisia* zu steigen, brach ihm schon der Schweiß aus.

Er war nur froh, dass es auf Norderney alles gab, was er brauchte.

»Ich nehm dich beim Wort.« Jörn kannte ihn gut, zu gut. Aber er ging nicht weiter darauf ein, sondern ließ es auf sich beruhen.

Sie redeten noch über den Umbau am Fähranleger, Belanglosigkeiten. Als sie sich voneinander verabschiedeten, wurde Finn wieder einmal klar, wie sehr ihm sein bester Freund fehlte. Verdammt! Wenn doch er den Laden bekommen hätte … Doch schon schob sich Ninas Gesicht in sein Bewusstsein. Der Kuss. Das Gefühl, die Ahnung von etwas, das vielleicht sein konnte. Er dachte an Wenkes Finger auf Jörns Handrücken und schluckte schwer.

Vielleicht blieb Nina ja. Vielleicht.

* * *

Nina war bester Stimmung. Draußen peitschte der Wind den Regen gegen die Scheibe. Heute würden nur wenige Kunden ins Geschäft kommen.

Den ganzen Vormittag hatte sie ihre Leuchttürme in den eigens dafür angefertigten Formen modelliert, hatte die rote Lebensmittelfarbe angerührt und den ruhigen, regnerischen Morgen genutzt, um ihren Türmen den letzten Schliff zu geben. Dazu noch der Gedanke an Finn, der ihr am Morgen eine SMS geschickt und sie zu einer Wanderung zum Wrack eingeladen hatte. Finn. Sie dachte an seine Augen, die Küsse, seine Hand an ihrer Wange, seinen Zeigefinger, der sich eine ihrer blonden Haarsträhnen um den Finger gewickelt hatte. Sie konnte es kaum erwarten, Finn wiederzusehen.

Als die Ladentür klingelte, stand sie gerade ganz versonnen hinter dem Tresen, einen Pinsel in der Hand, einen Klecks rote Lebensmittelfarbe an der rechten Wange.

Nina schaute auf. »Du schon wieder. Hallo, Jonas!«

»Hallo.« Jonas sprach nur ganz leise.

Der Junge sah aus wie ein begossener Pudel. Kein Wunder, bei dem Regen.

»Was kann ich für dich tun?«

Er zuckte mit den Schultern. »Weiß nicht.«

Wasser tropfte aus den fast weißen Haaren des Jungen – so blond war er – und sein T-Shirt war klatschnass. Der Schulranzen auf seinem Rücken war eines dieser riesigen Geräte, die immer den Eindruck vermittelten, das Kind werde sich damit einen Rückenschaden fürs Leben zuziehen.

»Kann ich dir helfen?«

Nina kam hinter der Ladentheke hervor, noch immer den Pinsel in der Hand.

Wieder das Schulterzucken.

»Möchtest du etwas kaufen?«

Ein Kopfschütteln, ein Nasehochziehen. »Nein.«

»Magst du mir sagen, was dir passiert ist?« Das Kind sah wirklich erbärmlich aus, wie es da klatschnass herumstand.

»Ich hab den Schlüssel vergessen.« Wieder das Schniefen.

»Den Schlüssel?« Nina verstand nicht ganz. Ihr tat das Häufchen Elend einfach nur leid.

»Zur Wohnung. Mama ist bei der Arbeit, weißt du.«

»Bei der Arbeit? Und du gehst dann allein heim?« Er kam ihr eine Spur zu jung dafür vor.

Jonas nickte. »Ja. Außer ich vergesse den Schlüssel.«

»Na, die Insel verliert doch niemanden. Kannst du nicht kurz zu deiner Mutter, den Schlüssel holen?«

»Ne. Die arbeitet auf der Fähre, weißt du.« Er schaute auf und in Ninas Augen. Pure Ratlosigkeit.

»Hast du keinen Freund oder so?«

Jonas sah aus wie ein trauriger alter Mann. »Wir sind gerade erst hergezogen. Meine Mama hat erst in dem Imbiss beim Fahrradladen an der Schule gearbeitet, aber bei der Fähre verdient sie besser, sagt sie.« Seine Arme hingen links und rechts an seinem Körper hinunter wie Fremdkörper.

»Hm.« Nina war ein wenig ratlos, besann sich aber schnell. »Weißt du was? Jetzt hol ich erst mal ein Handtuch, damit trocknen wir dich ab und dann bekommst du von mir eine Schürze. Ich brauch jemanden, der weiße Schokostreifen auf die Himbeerpralinen macht. Kannst du das?«

Sofort hellte sich die Miene des Jungen auf. »Dann darf ich ein bisschen bleiben?«

»Natürlich. Ich brauche auch einen Vorkoster. Wer weiß, ob die Pralinen und der Guss schmecken, hm?«

Jonas strahlte. »Das kann ich.«

Nina lachte auf. »Da bin ich mir sicher.«

Sie ging nach hinten und holte ein sauberes Tuch. »Hier, trockne dich mal ab, dann zeige ich dir, was zu tun ist. In Ordnung?«

Anschließend schickte sie Jonas noch zum Händewaschen. Als er begann, Pralinen zu dekorieren, arbeitete er so konzentriert, dass seine Zungenspitze die Bewegungen seiner Hand mit vollführte. Sie mochte den Jungen. Aber wie immer, wenn sie mit Kindern zusammen war, kam Wehmut in ihr auf. Alle Kinder in ihrem Leben würden nicht ihre eigenen sein. Ihr Magen zog sich zu einem schmerzenden Klumpen zusammen.

»Darf ich noch was helfen?« Jonas' Wangen waren leicht gerötet. Nina zwang sich in den Moment zurück.

»Natürlich. Komm in die Küche. Dort machen wir Marzipankartoffeln, ja?«

Jonas nickte eifrig. Gemeinsam gingen sie nach hinten in die kleine Küche und Nina zeigte ihm die vorbereitete Masse und das Kakaopulver. Auch hier war das Kind wieder mit Feuereifer dabei.

»An dir ist auf jeden Fall ein Konditor verloren gegangen, würde ich sagen, hm?« Nina fuhr Jonas sanft durchs Haar und er blickte mit einem stolzen Lächeln zu ihr auf.

Eines stand fest: Der Junge würde auf jeden Fall einen schönen Nachmittag haben. Und das war doch schon ziemlich viel.

* * *

»Du bist mit dem Auto hier reingefahren? Hast du etwa eine Genehmigung?«

»Ja, was soll ich sagen? Ich bin ein Rebell.« Finn grinste verschmitzt. Man durfte nicht so ohne Weiteres ins Stadtgebiet von Ney fahren, wenn man keine spezielle Erlaubnis dafür hatte. Und Finn hatte offenbar keine der roten Plaketten im Auto, die bedeutet hätten, dass sein Fahrzeug hier verkehren durfte.

Er gab ihr einen vorsichtigen Kuss auf die Wange und Nina spürte der sanften Berührung seiner Lippen nach und sog seinen

Duft tief ein. Als er sich von ihr entfernte und ihr zuzwinkerte, spürte sie, wie ihr Herz einen kleinen Satz machte.

»Magst du eben reinkommen?« Nina deutete auf ihr kleines Reich. Sie hatte es noch nicht geschafft, sich um eine dauerhafte Bleibe zu kümmern, und wohnte nach wie vor bei Antje. Eigentlich war das auch ganz praktisch, denn so konnten die Freundinnen noch besser ihre freie Zeit zusammen verbringen, um ausgiebig zu quatschen oder noch zum Sundowner an den Strand vorzugehen. Es gab keinen Druck für Nina und die Miete war erschwinglich.

Finn schüttelte den Kopf. »Ein anderes Mal, ja? Jetzt wäre mir lieber, wir nehmen mein Abenteurer-Auto und machen uns auf den Weg, bevor ich noch erwischt werde.«

Das Abenteurer-Auto war ein kleiner roter Polo. »Die Größe ist reine Tarnung. Du hast keine Ahnung, was mein Flitzer alles kann. Das ist wie bei James Bond.«

»Kann es fahren?«

Finn lachte. »Leidlich.«

Nina fiel in sein Lachen ein.

»Bis zum Parkplatz hinten in den Dünen kommen wir schon«, meinte Finn und drehte den Zündschlüssel im Schloss.

Als der Motor ansprang, tönte ein Song aus den Lautsprechern, den Nina schon eine halbe Ewigkeit nicht mehr gehört hatte. »Das ist ja Paul Canning!«

»Echt, du kennst den?« Finn schien überrascht.

»Na klar. Ich liebe seine Version von ›Nothing Compares 2 U‹, aber das hier mag ich auch.« Aus den Boxen ertönten die sanften Klänge von »Every Little Thing She Does Is Magic« in der Canning-Version. Die leise Musik nahm Nina sofort gefangen und sie summte die Melodie des Songs mit.

Weil Norderney so klein war, kamen sie zügig am Leuchtturm vorbei, am Abzweiger zum Nacktstrand und kurz darauf am Campingplatz. Als Finn das Auto auf den Parkplatz lenkte, wo der Weg in die Dünen in Richtung Wrack begann, lief gerade der dritte Song an. Es war »Das Kompliment« in der Version von Michael Schulte. Noch ein Stück, das Nina wirklich gernhatte. Ihr Musikgeschmack schien perfekt zu harmonieren.

»Magst du generell langsame Musik?«

Finn quetschte den Wagen in eine kleine Lücke zwischen zwei überdimensionalen Mercedes. »Ertappt. Ich mag es, wenn Musik mich beruhigt, weißt du.«

»Das kann ich nachvollziehen. Ich bin nicht so die Tänzerin.«

Finn machte eine Geste, die ihn imaginären Schweiß von der Stirn wischen ließ. »Sehr gut. Da hab ich ja noch mal Glück gehabt.«

Nina stieg aus, sobald das Auto stand. Heute war wirklich ein herrlich warmer Tag. Finn holte einen Rucksack aus dem Kofferraum und setzte ihn auf. »Wollen wir?«

»Na klar.«

Nina war schon oft beim Wrack hinten gewesen. Sie genoss den Weg immer sehr. Das blühende Heidekraut, der moorbraune Wasserlauf, der sich immer neue Bahnen durch die Dünenlandschaft zog, die hier völlig unberührt wirkte, weil es nur zu Fuß gestattet war, im Nationalpark Wattenmeer unterwegs zu sein. Wann immer sie auf der Insel gewesen war, hatte sie auch mindestens einmal das Wrack besucht. Und jedes Mal wieder gefiel ihr die Weitläufigkeit, die die Landschaft hier auszeichnete. Der Strand zu ihrer Linken schien weit weg und war kilometerbreit. Dort war kaum jemand unterwegs, die Leute hielten sich wohl an den Hauptweg.

»Sollen wir nachher am Wasser entlang zurückgehen?«

»Kannst du Gedanken lesen?« Nina lächelte Finn zu, der seine Hand ausstreckte. Eine Aufforderung. Ohne ein Zögern griff Nina danach und ihre Finger verschränkten sich miteinander wie zwei zusammenpassende Puzzleteilchen. Ninas kühle Haut traf auf Finns Wärme und als Finn ihre Hand an seine Lippen hob und den Handrücken küsste, flammte die Freude über diese zärtliche Geste in ihr auf wie ein Sternwerfer.

Jede von Finns Zärtlichkeiten schien eine Bedeutung zu haben, nichts zufällig oder gar beiläufig zu sein.

Sie gingen ein Stück. Heute war es für Norderneyer Verhältnisse heiß, obwohl es schon ungefähr neunzehn Uhr sein musste.

Nina schlüpfte aus ihrer Fleecejacke und wollte sie sich um die Hüfte schlingen. »Soll ich sie an den Rucksack binden?« Bevor Nina antworten konnte, hob Finn schon den Rucksack von den Schultern. Sie reichte ihm ihre Jacke und er befestigte sie sorgfältig.

Als er den Rucksack wieder auf dem Rücken hatte, nahm er erneut ihre Hand.

»Ich weiß gar nicht, ob wir es vor Sonnenuntergang bis zum Wrack schaffen.« Finn schaute in Richtung untergehende Sonne. »Ich meine, das wird zu spät. Vielleicht machen wir lieber auf halber Strecke bei dem Aussichtspunkt eine Pause, was meinst du? Und schlagen uns anschließend zum Wasser durch?«

»Klar. Ist mir alles recht.«

»Gut.« Finn lächelte Nina an und drückte kurz ihre Hand.

Ihre Blicke trafen sich. Nina sah Finn. Sie sah ihn. In diesem Moment, wo das Abendlicht sein Gesicht traf, nahm sie jedes Detail wahr: die dunklen Augenbrauen, die ersten Falten an der Stirn, der Bart, der so herrlich kitzelte beim Küssen, die eine widerspenstige Locke, die ihm in die Stirn hing, den Schwung seiner Lippen und dieses Lächeln, das seine braunen Augen zum Leuchten brachte.

Und da wusste sie es. Es war, als würde plötzlich ein Groschen fallen. Der Gedanke war einfach da, ohne Vorwarnung, ohne Ankündigung, so plötzlich, dass sie beinahe erschrak. Nina hatte sich verliebt. Sie war verliebt in Finn Schuette, ohne Wenn und

Aber. Und diese Erkenntnis traf sie wie ein Blitz, denn eigentlich war es genau das, was sie hatte vermeiden wollen: dass irgendjemand sich wieder in ihr Herz schleichen würde und sie verletzbar wurde.

* * *

Finns Hand schloss sich ein wenig fester um Ninas.

»Schau, da vorne ist die Peilbake. Und ein kleines Stück weiter drüben – siehst du die Düne dort? Das wäre doch ein guter Platz für eine Pause.«

»Peilbake?«

»Früher diente sie der Schifffahrt als Orientierungspunkt. Aber heute ist sie eigentlich nur noch eine Orientierungshilfe für Wanderer. Siehst du die vielen Möwen? Drum heißt die Düne, auf der sie steht, Möwendüne. Allerdings will ich uns diese Gesellschaft gern ersparen.«

»Ja, da wäre ich auch froh drum. Die Viecher sind unglaublich diebisch. Auf der Fähre wurde einem Kind von einer Möwe im Flug das Brötchen aus der Hand geklaut.« Nina empfand die Möwen ein wenig wie Tauben in Städten. Wie wurden die noch gleich genannt? Flugratten? Sie glaubte, sich zu erinnern, diesen Begriff schon mal gehört zu haben.

Finn lachte. »Ja, man muss sich in Acht nehmen. Das kommt gar nicht so selten vor, dass die Möwen Leute beklauen. Sie sind eben an Menschen gewöhnt.«

Als sie an der von Finn ausgesuchten Düne ankamen, legte er den Arm um Nina, um ihr den Weg nach oben zu erleichtern. Sie genoss jede seiner Berührungen in vollen Zügen.

»Warte kurz, ich hab alles dabei.«

Finn zauberte die Decke aus seinem Rucksack, die Nina schon vom Besuch im Leuchtturm kannte, holte eine Sektflasche, Gläser und eine Plastikdose hervor, die er sogleich öffnete.

»Bitteschön, es ist angerichtet.«

Nina zog ihre Schuhe aus und setzte sich, und Finn nahm sich noch im Stehen die Sektflasche vor. Als der Korken mit einem lauten *Plopp!* in die Luft schoss, ergoss sich gleich noch eine Fontäne weißschaumigen Blubberwassers über seine Hände. Er lachte und zeigte mit dem Kinn in Richtung Gläser. »Gibst du mir eins?«

Nina war so fokussiert auf seine Hände gewesen, die geschickten Bewegungen, dass sie wie aus einer anderen Welt gerissen war. »Natürlich.« Schnell griff sie ein Glas und reichte es ihm.

Ein übervolles Sektglas balancierend ließ sich Finn neben ihr nieder. »Das ist für dich.«

Dann goss er auch sich ein und öffnete die Dose. Erdbeeren! Er hatte tatsächlich Erdbeeren mitgebracht! Die Früchte verbreiteten sofort ihr herrliches Aroma.

»Stoßen wir an. Auf den Unfall beim Surfen.« Als Finn klar wurde, was er da gerade gesagt hatte, wurde er rot.

Nina musste so sehr lachen, dass ihr das Glas fast aus der Hand fiel. »Und die Beule.«

Er wurde noch röter, fast so leuchtend wie die Erdbeeren in der Plastikschüssel. »Tut mir leid. So hab ich es nicht gemeint. Ich …«

Nina lachte noch immer, Sekt schwappte über den Rand ihres Glases. Als sie sich ein wenig beruhigt hatte, schüttelte sie den Kopf. »Es muss dir nicht leidtun, wirklich nicht. Ich habe ganz genau verstanden, was du damit sagen willst. Ich freue mich auch, dass wir uns nach unserer unschönen Begegnung in meinem Laden doch noch besser kennengelernt haben. Das wolltest du zum Ausdruck bringen, oder?«

Finn nickte dankbar. »Genau das.«

»Dann also: Auf den Unfall beim Surfen!« Nina hob ihr Glas und prostete Finn zu. Sie trank einen großen Schluck des köstlichen Sekts. Er war noch kühl und tanzte auf der Zunge.

Ein Stück weiter drüben hoppelten ein paar Kaninchen vorbei, beäugten sie kurz, entschieden dann, dass sie in sicherem Abstand von den beiden Menschen waren und wandten sich dem Gras zu. Auf der ganzen Insel waren die Karnickel unterwegs – nicht immer zur Freude der Norderneyer, deren Gärten mit Vorliebe heimgesucht wurden.

»Warum warst du eigentlich so sauer bei meiner Ladeneröffnung? Du scheinst mir normalerweise gar nicht sooo ein Wüterich zu sein.«

Jetzt lachte Finn. »Wüterich, so nennst du das also? Ich würde eher sagen, ich habe mich ziemlich idiotisch aufgeführt.«

»Das hast jetzt du gesagt.«

»Hey!« Er stieß sie sanft mit dem Fuß an, in gespieltem Protest, dann wurde er ernst. »Ich erzähl es dir.«

* * *

Finn trank von seinem Sekt und nahm sich eine Erdbeere. »Eigentlich ist es keine besonders lange Geschichte.«

Nina richtete ihre ganze Aufmerksamkeit auf ihn. Das gefiel ihm. Als wären er und das, was er nun erzählen würde, sehr wichtig. »Ich habe einen Freund namens Jörn. Er ist seit dem Kindergarten mein bester Kumpel. Und er wollte den Laden unbedingt anmieten. Aber der alte Lustmolch Gustav musste das Geschäft ja an dich vermieten.«

Nina unterbrach ihn. »Na ja, er ist weniger ein Lustmolch als ein Zuckerjunkie, würde ich sagen.«

Finn grinste verschmitzt. »Da bin ich mir nicht so sicher.« Er biss in die Erdbeere. »Auf jeden Fall ist Jörn jetzt auf dem Festland drüben, in Norddeich, weil er hier kein anderes Ladenlokal bekommen hat. Und so ein bester Freund ist schwer zu ersetzen, weißt du. Zumal die Auswahl hier auf der Insel auch recht beschränkt ist.«

Beim Gedanken an seinen Kumpel, die Abende beim Surfen miteinander, die Biere im *Goode Wind* oder einfach nur einen schnellen Klönschnack irgendwo unterwegs, war er wieder ernst geworden.

»Ich kann das gut verstehen.« Auch Nina sah jetzt ernst drein, traurig. »Das tut mir sehr leid. Für mich ist Antje auch unersetzlich und … Du kannst ja nicht von hier weg.« Er sah, wie sehr sie mit ihm litt. Plötzlich bedauerte er, dass er mit der Geschichte überhaupt angefangen hatte.

Finn lächelte sie an und griff über die Erdbeeren hinweg nach Ninas Hand. »Es muss dir wirklich nicht leidtun. Du hast ja nichts von Jörn gewusst. Außerdem: Ich bin sehr froh, dass du da bist.« Und das stimmte. Finn schaute in ihre Augen, aus denen die leise Trauer entschwand.

»Danke.«

»Und was Herrn Aues Entscheidung angeht: Hätte ich die Wahl zwischen einem leicht korpulenten Kerl mit prominenter Nase und dir gehabt, ich hätte wohl auch dich genommen.«

Nina kicherte bei seinen Worten.

Finn mochte das Geräusch, er konnte gar nicht genug davon kriegen, sie lachen zu hören. »Komm mal her, komm.« Er nahm die Plastikschale mit den Erdbeeren und stellte sie achtlos beiseite. Sollten die Möwen ruhig kommen.

Dann zog er Nina in seine Richtung. »Ich bin wirklich froh.«

Sie nickte. »Ich auch.« Ihre Stimme war ganz leise, ganz sanft.

Finn stellte sein Glas zu den Beeren und Nina tat es ihm gleich. Dann legte sie sich auf die Decke und blickte zum Himmel. Als Finn sich über sie beugte, war sie nicht überrascht. Ihre Augen blitzten ihn abenteuerlustig an. Dann legte sie ihre Hand an seinen Nacken und zog ihn zu sich. Bevor er sie küssen konnte, sagte sie noch zwei kleine Worte: »Na endlich!«

Dann versanken sie ineinander. Nina ließ ihn nicht los, umspielte mit ihrer Zunge die seine, knabberte an seiner Unterlippe, ließ ihre freie Hand nach unten wandern und schob sie von hinten unter sein Shirt. Ihre Aufforderung nach mehr war so klar, dass Finn leise aufstöhnte, als ihre Finger nach vorne wanderten, ihn am Gürtel packten und noch näher zu ihr zogen. Aber er musste sichergehen, er musste einfach sicher sein, dass sie das hier wirklich wollte.

Er hielt ihre Hand fest, löste sie von seiner Gürtelschnalle. »Bist du sicher, dass das hier richtig ist?« Seine Stimme war rau vor Lust, sein ganzer Körper stand bereits unter Strom.

Nina erwiderte seinen Blick ohne ein Zögern. »Wenn ich ganz ehrlich bin, weiß ich es nicht. Aber ich vertraue dir so sehr, wie ich lange niemandem mehr vertraut habe. Und manchmal muss man wohl einfach mutig sein, nicht wahr? Außerdem …« Jetzt zog sie seinen Kopf wieder ganz nah zu sich, sein Ohr an ihre Lippen, er spürte, wie ihr Atem in seiner Ohrmuschel kitzelte. »Außerdem finde ich dich sexy.«

Ihre Worte verursachten ein Feuerwerk in seinen Lenden. Er wollte Nina. Am liebsten jetzt und hier. Als er sich umschaute, waren sie ganz allein, bis auf ein paar Karnickel, und es war so spät, dass vermutlich auch niemand mehr auftauchen würde. In Sekundenbruchteilen wog Finn ab, kam zu dem Schluss, dass ihm eigentlich gerade ohnehin alles egal war, und senkte seinen Mund auf Ninas Lippen. Der atemlose Kuss, der folgte, war Ausdruck seiner Leidenschaft und sagte mehr, als Worte es je vermocht hätten. Finn küsste sie mit seinem wilden Herzen. Ninas Hand lag wieder an seinem Gürtel, nestelte an der Schnalle herum. Sie wollte nicht warten, das vermittelte jede ihrer ungeduldigen Bewegungen. Finn half ihr, öffnete seinen Gürtel und Nina spielte sofort mit dem obersten Knopf seiner Hose. Aber dann ging sie nicht weiter, ließ ihn zappeln und fuhr mit beiden Händen hinauf zu seiner Brust, liebkoste jede

Stelle seines Bauchs. Finn stöhnte erneut auf angesichts ihrer fordernden und doch zärtlichen Berührungen.

Er würde es wagen. Er würde … Vorsichtig schob er seine Hand unter Ninas Oberteil, legte sie auf ihren Bauch, strich um ihren Bauchnabel, ließ einen Finger in die kleine Höhle tanzen und zog sich wieder zurück. Ganz langsam wanderte er aufwärts, dieses Mal würde er es nicht verderben. Er strich unterhalb der BH-Bügel entlang, wagte sich nicht weiter, ließ sich Zeit, spürte ihre Rippenbogen, streichelte die eine Achselhöhle.

Schließlich packte Nina seine Hand. Er zuckte zurück, in der Befürchtung, zu weit gegangen zu sein, aber sie legte seine Finger auf ihre Brust, ließ ihn ihre harten Brustwarzen spüren. Er schaute ihr in die Augen, sah ihre Lust, ihr unbedingtes Wollen. Da konnte er nicht anders als ihr das Oberteil über den Kopf zu ziehen. Sein Mund liebkoste ihre Brüste durch den dünnen Spitzenstoff ihres Bustiers hindurch, er strich über Ninas Schlüsselbein, streifte ihr sanft die Träger ab und ließ seine Finger zum Verschluss des BHs wandern. Mit einer einzigen Bewegung war er offen und er riss das überflüssige Stück Stoff fast schon grob zur Seite, um endlich, endlich Ninas Brüste zu sehen. Sie waren genau richtig. Einfach richtig, wie sie sich in seine Hand schmiegten, als ob dort ihr Platz war. Wieder wanderten seine Lippen zu Ninas Brust, umschlossen sanft eine Warze und sogen zärtlich. Nina stöhnte laut auf, ihre Hände umfingen seinen Kopf und signalisierten ihm, nur ja nicht aufzuhören.

Die Lust war wie ein Rausch, Finn spürte, dass er kurz davor war, den Kopf auszuschalten. Er würde nur noch Körper sein, nur fühlen. Ninas Hand war in seine Hose gewandert, gab ihm den letzten, winzigen Schubs und die Welt um ihn herum verschwand. Seine Hände fanden ihren Weg von selbst. Er riss Nina die Hose vom Leib, entkleidete sie mit zielsicheren Bewegungen vollständig.

Dann hielt er einen Augenblick inne und betrachtete sie. Nina war nicht objektiv betrachtet perfekt, sie hatte ein Pölsterchen am Bauch, ein Muttermal am inneren Oberschenkel, einen großen blauen Fleck an der Wade. Aber sie schien ihm genau deswegen richtig. Das war Nina.

Wieder beugte er sich über sie, sie wollte ihm die Hose öffnen, verhedderte sich, zog am Bund seiner Jeans. Finn half nach, streifte seine Hose ab und presste seinen Körper gegen Ninas, Haut an Haut. Er war so verrückt nach ihr in diesem Moment, so von Erregung erfasst, alles war Wollen. Er wollte sie riechen, er wollte sie spüren, er wollte sie schmecken, er wollte in ihr sein. Aber …

»Mist, ich hab keinen Gummi.« Sein Atem ging schnell, der Brustkorb hob und senkte sich, als er ein wenig von ihr abrückte, nur ein wenig. Ninas Wangen waren sanft gerötet, ihre Augen einen Tick dunkler als sonst, Finn sah seine Lust in der ihren gespiegelt.

»Macht nichts. Komm. Komm zu mir.« Sie zog ihn zu sich, eine Raubkatze auf Beutezug.

»Macht nichts?«

»Nein. Wir brauchen kein Kondom. Es kann nichts passieren.« Bevor er etwas sagen konnte, zog sie ihn zu sich und küsste mit ihrer Leidenschaft alle seine Fragen einfach weg. Ihre Hand in seinem Schritt tat das Übrige.

Als er sich wieder auf sie legte, schlang Nina ihre Beine um ihn, nahm ihn in sich auf und sie fanden einen gemeinsamen Rhythmus – so leicht, so intuitiv, als wäre es nicht das erste Mal, dass sie sich vereinten. Beide spürten, dass sie Ähnliches noch nie zuvor erlebt hatten. Der Sex war anders, es war Vereinigung auf einem ganz neuen, ungekannten Level. Sie kamen miteinander, explodierten gleichzeitig in einem Orkan aus Lust und Gefühl. Und danach, in diesem Moment tiefster Befriedigung, wusste Finn, dass er wieder mit Nina schlafen wollte, wieder und wieder und wieder.

Kapitel 13

Nina sang. Ihre Singstimme war – mit üblichen Kriterien gemessen – ein Albtraum. Aber sie war allein in ihrer Küche, also war das sowieso völlig egal. Und sie wollte ihren Gefühlen Ausdruck verleihen. Da war »Stars Shining Bright Above You« genau richtig. Während sie Rumkugeln rollte, trällerte sie fröhlich vor sich hin.

Sie war heute Morgen schier in ihren Laden geschwebt nach dem gestrigen Abend mit Finn. Wie er sie berührt hatte! Seine Küsse, seine Leidenschaft, seine Art, sie anzusehen. Niemand hatte sie je so mitgerissen, auch nicht sexuell. Seine Hände waren überall gleichzeitig gewesen, seine Art, ihr seine Lust zu zeigen, die ihr eigenes Empfinden so verstärkt hatte, hatte Nina überrascht und dafür gesorgt, dass sie alles vergaß und sich einfach hingeben konnte, mitten in der Natur, auf der Düne.

Tatsächlich hatte eine freche Möwe sich in der Zeit ein paar der Erdbeeren geschnappt, aber sie und Finn hatten nichts als ein Lachen dafür übriggehabt, als sie später am Abend eng umschlungen in die Decke gewickelt dagelegen hatten, Sand in den Haaren und mit der satten Ruhe körperlicher Befriedigung. Sie hatten nicht viel gesprochen danach. Ninas Kopf hatte auf Finns Brust gelegen und sie hatte seinem Herzschlag gelauscht, dem kräftigen, regelmäßigen Pochen. Dann war sie tatsächlich eingeschlafen. Bei einem Menschen, der ihr gerade erst vertraut wurde.

Ihre Angst hatte sich einfach in Luft aufgelöst. Sie vertraute Finn. Warum das so war, hätte sie nicht sagen können. Vielleicht, weil er sie respektierte und vorsichtig gewesen war. Er hatte nicht gefordert, sie war es gewesen, die die Zügel in der Hand gehabt und ihn zum Weitermachen aufgefordert hatte. Seine Vorsicht, seine Rücksichtnahme – das hatte Nina imponiert. Er war kein Kerl, der sich von seiner Lust steuern ließ. Er war ein Kerl, der immer die Frau im Blick hatte.

Eine weitere Rumkugel wurde durch Kokosflocken gerollt, als plötzlich vorne an der Ladentür ein energisches Klopfen zu hören war. Nina strich sich die Hände an ihrer Schürze sauber.

Dann ging sie nach vorn. Es war noch geschlossen, sie hatte vor lauter Schmetterlingen in ihrem Bauch nämlich kaum schlafen können und war am Morgen viel früher als sonst im Laden gewesen.

Draußen stand ihr Vermieter, der mit dem Knauf seines Gehstocks gegen die Tür pochte.

»Moment, Moment, ich komme schon.«

Nina sperrte die Tür auf. »Hereinspaziert.«

Sein faltiges Gesicht verzog sich zu einem Grinsen. Gustav Aue machte ein paar unsichere Schritte in den Laden.

»Kann ich Ihnen was Gutes tun?«

»Ich wollte mal vorbeischauen.« Seine Stimme klang viel kräftiger, als man bei seiner Erscheinung erwartet hätte. Und seine wachen Augen ließen erkennen, dass er geistig noch recht rege war. »Schön ist es geworden, das Geschäft. Ich hab Guiseppe mindestens zehn Mal gesagt, dass sein Eisladen ein wenig Farbe vertragen könnte – aber nein, er war ja völlig damit zufrieden, den Touristen das Geld in einem Laden ohne Seele aus der Tasche zu ziehen. Möge er auf Sizilien glücklich werden.«

Gustav ging zu einem Regal und begutachtete den Leuchtturm von Amrum, indem er ihn sich ganz nah vor die Augen hielt. »Brille vergessen …«, murmelte er. »Verflixtes Alter!« Nina beobachtete Herrn Aue mit einem gewissen Amüsement. Er war ein wenig verschroben, keine Frage.

»Wenn Sie möchten, dürfen Sie den Turm gern auch verkosten. Ich hatte es Ihnen ja angeboten.«

Gustav sah vom Leuchtturm auf. Seine Augen blitzten. »Dann würde ich gern ein paar dieser Orangenpralinen nehmen, wenn es recht ist.«

»Sehr gern. Und dort drüben habe ich noch Eiskonfekt, wenn Sie mögen.« Er sah irgendwie aus wie jemand, der Eiskonfekt mochte, fand Nina.

Tatsächlich strahlte Herr Aue sie an. »Den Leuchtturm lasse ich hier. Ich bin wirklich mehr so der Schokoladentyp, wenn Sie verstehen.«

»Ja. Das verstehe ich sehr gut. Mögen Sie vielleicht auch Blätterkrokant? Dann pack ich Ihnen noch ein paar meiner Krokanttaler mit in die Tüte.«

»Ach, sehr gern.«

Nina nahm eine kleine Zange und gab vorsichtig die Taler in ein Tütchen. »Übrigens wollte ich mich noch mal bedanken. Ich bin sehr froh, dass ich den Laden bekommen habe.«

»Oh, das ist ja wirklich nicht der Rede wert.«

»Ich glaube doch. Ich weiß, dass sich auch jemand von der Insel beworben hat, und …«

Gustav Aue runzelte die Stirn. »Hm.«

Nina packte einen weiteren Taler und noch drei Trüffeln mit ein.

Der Gesichtsausdruck von Herrn Aue war plötzlich ernst geworden, er kratzte sich am Kopf. »Ich weiß gar nicht, wer sich beworben haben sollte.« Plötzlich sah er verloren aus.

»Haben Sie einen Stift für mich? Ich muss mir das aufschreiben. Ich möchte das nachschauen.«

Nina reichte ihm einen kleinen Block und einen Kugelschreiber.

»Wissen Sie, ich scheine plötzlich alles zu vergessen, es macht mich verrückt.«

Mit zittriger Schrift notierte Herr Aue sich etwas.

»Er heißt Jörn, glaube ich. Also der Mitbewerber. Der beste Freund von Finn Schuette.« Allein seinen Namen laut zu sagen! Nina lächelte in sich hinein. »Hilft Ihnen das weiter, Herr Aue?«

Gustav starrte Nina an, schwer auf den Stock gestützt. »Nein, kein Stück. Verdammt noch mal, das gibt es doch gar nicht.«

Nina war betroffen von der Hilflosigkeit des alten Mannes. Er tat ihr leid, wie er so verloren dastand, einzig mit dem Stock als Stütze.

»Dabei kenne ich diesen Schuette gut. Der Surfer, nicht wahr?«

Nina nickte. »Ganz genau.«

»Netter Junge, ja … Erst vor ein paar Tagen hat er jemanden aus dem Wasser gefischt, haben Sie davon gehört?«

Nina wurde rot. »Ja. Hab ich.«

Gustav merkte es nicht. »Und letzte Woche hab ich ihn mit seiner Mutter beim Einkaufen gesehen. Grundguter Kerl. Diesen Jörn kenne ich auch, rote Haare, Brille – hat früher immer mit Straßenkreide die schönsten Bilder in der Fußgängerzone gemalt. Ist schon ein paar Jährchen her, fürchte ich.«

Wieder kratzte Herr Aue sich am Kopf. »Dass ich mich nicht erinnern kann, ist wirklich … Ich baue ab, wissen Sie?«

Nina tat sich schwer damit, was sie sagen sollte. »Wird schon« passte wohl kaum. Gustav Aue war alt. Es würde nicht »schon werden«. Also ging sie verbal darüber hinweg und gab einige Pralinen mehr in die Tüte. »Sehen Sie, es sind auch noch ein paar Joghurtbusserl mit drin.« Nina reichte Aue die Leckereien in einer hübschen, pinken Papiertüte. Vielleicht würde ihm das wenigstens den Tag versüßen und ihm etwas von seiner Betroffenheit nehmen.

»Danke. Sie sind ein gutes Kind.« Aue griff nach der Tüte und steckte seine Nase hinein. »Wie das duftet!« Dann wurde sein Ausdruck wieder ernst. »Trotzdem hätte ich Jörn den Laden geben müssen. Man ist sich doch verpflichtet als Insulaner. Ich kann doch nicht … Ich hätte doch nicht … Und jetzt ist es zu spät. Tut mir leid, Kindchen, dass Sie das alles jetzt so miterleben müssen, aber …«

Nina fühlte sich innerlich völlig zerrissen. Einerseits war sie froh, den Laden bekommen zu haben. Andererseits fühlte sie sich beinahe schuldig Jörn und damit auch Finn gegenüber und obendrein tat ihr Gustav Aue leid, der ihr anscheinend das Geschäft aus reiner Verwirrung zugesprochen hatte.

Herr Aue war völlig in seinen wirren Gedanken gefangen, als er die Papiertüte auf den Boden stellte, den Zettel mit seiner Notiz vom Block riss und in seine hintere Hosentasche steckte. Ohne sich zu verabschieden, ging er mit der Pralinentüte in der Hand in Richtung Ladentür. »Ich muss mich entschuldigen. Ich werde Jörns Eltern anrufen, bestimmt haben die seine Nummer, ja, so werde ich das machen.«

Begleitet von Ninas Mitgefühl und dem hellen Klang der kleinen Glocke öffnete Gustav Aue die Ladentür und tappte mit unsicheren Schritten über die kleine Schwelle auf die Straße hinaus. Es war sicher tief verunsichernd, wenn man im Alter bemerken musste, dass der eigene Verstand zu einem wackeligen Konstrukt wurde.

Während sie gedanklich noch bei ihrem Vermieter weilte, ließ ihr Handy den Pfeifton hören, den sie für WhatsApp-Nachrichten eingestellt hatte.

Es waren gleich zwei Nachrichten eingegangen. Eine war von Finn, der sich für den wunderschönen Abend bedankte und sie um ein Wiedersehen bat. Und eine war – ihr Magen zog sich schmerzhaft zusammen – von Peter. Nina stand bewegungslos da und starrte auf den Namen. Es war ebenfalls eine Sprachnachricht. Aber wenn Nina ehrlich war, musste sie erst einmal überlegen, ob der Inhalt der Nachricht sie überhaupt interessierte. Unschlüssig hielt sie das Telefon in der Hand. Dann, einer Eingebung folgend, markierte sie die Nachricht und löschte sie – ungelesen. Das hier war ihr neues Leben und da war für einen Peter einfach kein Platz mehr!

Ohne zu zögern öffnete sie den Chat mit Finn. »Ich würde dich sehr gern wiedersehen. Wann und wo?«

Mit einem Lächeln steckte sie das Handy zurück in die Tasche. Ja, gerade ging ihr neues Leben los und es versprach, sehr erfüllend zu werden. Dann wandte sie sich der Schale mit den Rumkugeln zu.

* * *

Finn hatte das Bett frisch bezogen, einen Leuchtturm auf das Kissen gelegt und zusätzlich Schokoladenherzen auf dem Kopfkissen verteilt, Nugat, Lindas Lieblingssorte.

Er begutachtete sein Werk und war zufrieden. Es sah hübsch aus. Nicht überkandidelt, gerade richtig. Alles war perfekt, das Zimmer war blitzsauber, auf dem kleinen Tisch standen frische Blumen, deren feiner Duft den Raum noch zusätzlich bereicherte. Im Bad, das sogar über eine Badewanne verfügte, hatte er eine Schale mit bunten Badeperlen hingestellt, daneben eine hübsche, kleine Flasche Shampoo. Die Handtücher hatte er eigenhändig gefaltet und ordentlich aufgehängt. Natürlich waren sie grün, denn das war Lindas Lieblingsfarbe. Linda, die dunklen, vollen Haare, die dunklen Augen, die so viel Wärme ausstrahlten, das Lachen wie Glöckchen, die Art, wie ihre Hand sich in seine schlich, so vertraut. Die Nähe, die er zu ihr empfand, wenn er sie in seine Arme schloss, ihren Duft, den er unter tausenden erkannt hätte. Morgen würde er sie wiedersehen, morgen schon. Sein Herz machte einen freudigen Satz.

Und gleich würde er Nina treffen. Finn warf einen kurzen, prüfenden Blick auf sein Spiegelbild und versuchte, eine widerspenstige Locke aus seiner Stirn zu streichen, was ihm nur mit mäßigem Erfolg gelang. Ansonsten war er mit seinem Aussehen zufrieden. Nicht, dass es so entscheidend war. Er hatte Nina zu einer privaten Surfstunde eingeladen, was hieß, dass seine Frisur nach den ersten fünf Minuten mit ihr sowieso unter der Neoprenhaube verschwinden würde. Dennoch waren es fünf Minuten und er …

»Fertig?«

Finn drehte sich um. Seine Mutter stand im Türrahmen und strahlte ihn an.

»Ja. Ich denke doch. Oder fällt dir irgendetwas auf, das fehlt oder sie stören könnte?«

Seine Mutter kam ins Bad und schaute sich um. »Grün, sehr gut.«

Finn nickte. »Ja, genau.«

»Ich hab hier noch ein Päckchen.« Maria Schuette hielt ihrem Sohn ein hübsch verpacktes kleines Geschenk hin. »Vielleicht findet es noch einen Platz auf dem Kopfkissen, auch wenn es da schon ziemlich voll ist.« Maria lachte und sah plötzlich um Jahre jünger aus.

»Ich glaube, das Kissen kann nicht voll genug sein.« Finn freute sich für seine Mutter, der Besuch von Linda tat ihr sichtlich gut.

»Du siehst so … glücklich aus.« Maria trat vor ihn, zupfte an genau der Locke herum, an die er selbst gerade noch Hand angelegt hatte.

Kurz dachte Finn darüber nach, ihr von Nina zu erzählen, aber dann verwarf er den Gedanken wieder. Es war noch zu frisch, zu neu. Er musste erst einmal selbst schauen, wie sich die Beziehung entwickeln würde, noch dazu mit Linda, die jetzt kam. Da würde er seine Bemühungen um Nina ab morgen ohnehin ein wenig auf Eis legen müssen, auch wenn er sie wirklich sehr mochte, gegen Linda konnte keine andere an. Er durfte gar nicht daran denken, dass ihr Besuch nur auf Zeit war, sondern nur an die Woche mit ihr, die vor ihm lag. Er würde sie auskosten, in vollen Zügen genießen und dann weitersehen. Ja, genau.

»Ich freu mich auf Linda«, sagte seine Mutter und zog ihn in ihre Arme, wie früher, als er noch ein Kind gewesen war. Finn tauchte in das sanfte Veilchenparfüm seiner Mutter ein und schloss die Augen. Das geborgene Gefühl, das seine Kindheit ummantelt hatte, stellte sich ein, wie immer in diesen Momenten, und versetzte ihn zurück in einen Lebensabschnitt, wo es noch keinerlei Kummer oder Besorgnis in seinem Leben gegeben hatte.

»Ja, Mama, ich mich auch.«

* * *

Pfeifend ging Finn zum Strand hinunter. Luke war gerade dabei, das Surfhäuschen zuzusperren.

»Hey, Luke, warte.« Finn lief auf ihn zu.

Luke blickte auf, die übliche Fluppe im Mundwinkel. »Hey, Finn. So spät willst du noch raus?«

»Halb sieben ist in deinem Universum spät?« Finn hob eine Augenbraue. Luke war einfach ein Ausbund an Faulheit. »Ich will noch raus, ja.«

»Oh Mann. Ich dachte, ich hätte jetzt frei. Die letzte Stunde ist keiner mehr aufgetaucht und ich dachte …« Luke sog so kräftig an seiner Zigarette, dass seine Wangen nach innen gezogen wurden. Dann stieß er den Rauch aus, natürlich in Form eines Kringels, der sofort vom Wind zerrissen wurde.

»Wie wäre es, wenn du mir den Schlüssel gibst und abhaust, hm?« Finn brauchte Luke nicht. Er würde das Häuschen einfach abschließen, wenn Nina und er umgezogen waren, und den Schlüssel irgendwo versteckt ablegen.

»Ja? Würdest du? Ich wollte mich noch mit einem Kumpel in den Dünen treffen und …« Luke wurde rot. Denn jeder auf der Insel wusste, dass er eine ausgeprägte Vorliebe nicht nur für Zigaretten, sondern für alles mögliche Rauchwerk hatte, das er vermutlich mit seinem Kumpel ungestört zu verkosten gedachte. Finn grinste verschwörerisch und zwinkerte Luke zu.

»Mach du mal. Ich sorg für den Laden und schmeiß dir später den Schlüssel in den Briefkasten.« Finn klopfte Luke gutmütig auf den Rücken und dessen Miene hellte sich schlagartig auf.

»Ja? Geil, Bro!« Er hielt Finn die Faust hin und der dotzte mit seiner eigenen dagegen.

»Schlüssel steckt.«

Finn lachte. »Ich seh's. Danke, *Bro*.« Innerlich schüttelte Finn den Kopf, aber er ließ sich nichts anmerken. Luke war echt eine Marke, wie er da mit seiner Skaterhose, Schritt fast unten bei den Knien, den Strand hinaufschlappte. Bloß nicht zu schnell, das schien sein Motto zu sein.

Anschließend öffnete Finn die Tür und betrat das kleine Gebäude.

»Hallo?«

»Nina, da bist du ja schon!« Finn drehte sich zu ihr um. Sie sah umwerfend schön aus in einem kurzen Jeansrock mit schwarzem Oberteil. Einfache Flipflops, keine Schminke. Das, was er an ihr so mochte, wurde auf diese Weise noch betont: ihre Natürlichkeit.

Ohne nachzudenken, lief er die paar Schritte zu ihr und küsste sie auf den Mund. »Schön, dich zu sehen.«

»Finde ich auch.« Nina lächelte. Finn hatte das Bedürfnis, ihre Nase zu küssen, jede einzelne Sommersprosse. Am liebsten hätte er die Tür des Surfhäuschens von innen zugeschlossen und einfach den Abend auf einem Haufen alter Decken mit ihr allein zugebracht und …

Sein Körper reagierte sofort, allein bei dem Gedanken.

Nina schien das zu merken, sie presste ihren Körper gegen den seinen und küsste ihn erneut.

Fast hätte Finn leise aufgestöhnt, so sehr knisterte die Luft, so sehr wollte er sie. Er griff Nina an den Hintern und zog sie noch näher zu sich heran, suchte mit seiner Zungenspitze die ihre und ließ seine Leidenschaft für einen kurzen Moment die Überhand gewinnen.

Dann löste er sich aus der Umarmung. »Komm, wir lernen jetzt surfen.«

Nina zog einen Flunsch und er musste lachen. »Du wolltest surfen lernen, oder?«

Sie nickte. »Ja, ganz klar. Aber gerade habe ich eher an etwas gedacht, das ich schon ganz gut kann.« Schelmisch grinste sie ihn an.

Finn musste unweigerlich lachen. »Der Abend ist zum Glück noch lang. Aber jetzt sollten wir das Tageslicht nutzen, denke ich.«

Trotzdem konnte er nicht widerstehen. Erneut zog er Nina an sich und küsste sie, nur noch ein einziges Mal, bevor er ihr den Neoprenanzug und ein passendes Board raussuchen würde. Aus dem kurzen Kuss wurde eine halbe Unendlichkeit. Ihre Körper wurden wie zwei Magneten zusammengezogen. Als sie sich schließlich mit Mühe voneinander lösten, waren Ninas Wangen gerötet und Finn fühlte sich atemlos. Seine Lebensgeister schienen sich allesamt in tieferen Regionen versammelt zu haben.

Er schöpfte Luft und zeigte zu den Anzügen hinüber. »Bitte zieh dich hinter dem Vorhang um, sonst halte ich das nicht aus.«

Nina lachte. »Ja, du bringst mir jetzt rasch das Surfen bei und dann …« Ihr neckender Ton heizte ihn noch mehr an. Im Abwenden strich sie wie versehentlich über den Schritt seiner Hose und er hatte das Gefühl, halb verrückt zu werden. Was für eine Frau!

Er starrte auf ihren Hintern, während sie hinüber zu den Neoprenanzügen ging. Ja, er war ein Mann, der sich wirklich glücklich schätzen konnte.

Das Wasser fühlte sich herrlich kühl an und erwies sich als genau das Richtige für Finns erhitztes Gemüt, als es seine Füße umspülte. Er und Nina hatten sich umgezogen und Finn hatte Nina am Strand die Basics noch mal erklärt. Dazu hatte er ihr ein geeignetes Anfängerbrett, ein stabiles Longboard, herausgesucht.

»Warst du schon mal Bodysurfen?«

»Meinst du damit, ob ich mich schon mal ohne Board von den Wellen an den Strand habe tragen lassen?«

Finn lachte. »Ja, genau.«

»Ja, das hab ich schon oft gemacht.«

»Sehr gut. Dann solltest du ein gutes Gefühl für Wellen haben, das ist schon mal was. Du musst darauf achten, dass du die Position hältst, wie ich es dir erklärt habe. Du hältst die Füße schulterbreit, dein vorderer Arm verlängert die Schulter, flexibler Oberkörper …«

»… locker in die Knie gehen, ich weiß.«

»Du hast gut zugehört. Sehr schön.« Finn nickte anerkennend.

»Die Wellen sind nicht so hoch, wollen wir es versuchen?«

Nina nickte. »Der Sprung ins kalte Wasser – quasi im wahrsten Wortsinn.«

Dann rannte sie einfach los in die Fluten, laut kreischend, ohne auf Finn zu warten. Er lief hinter ihr her, warf sich auf sein Brett und fing an zu paddeln. Nina war schneller, als er gedacht hätte. Auch sie hatte sich auf ihr Board geworfen und angefangen, gegen die Schaumkronen anzuschwimmen. Sie war noch nicht perfekt, aber man sah, dass sie Talent hatte.

Als sie ein gutes Stück weit draußen war, hielt sie inne, legte kurz ihren Kopf auf das Brett. »Alles gut?« Finn hatte Nina endlich eingeholt.

»Ja, alles super. Ich mag das Gefühl, wie die Wellen das Brett schaukeln.«

Finn lächelte. »Oh ja. Das versteh ich.«

Er kam nah heran und ihre Boards berührten einander kurz.

»Da hinten kommt eine gute Welle. Willst du die nehmen? Noch gar nicht aufstehen, nur mit dem Brett damit rausfahren. Du paddelst an, sodass die Welle dich dann mitnehmen kann.«

Nina hob den Kopf und wendete ihr Brett.

»Jetzt«, schrie Finn und als Nina zu paddeln begann, gab er ihr von hinten im richtigen Moment noch einen Stoß mit. Sie juchzte und jubelte, als die Welle sie erfasste und in Richtung Strand davontrug.

Als sie wieder zurückkam, strahlte sie. Ihre Begeisterung war so ansteckend, dass Finn gar nicht anders konnte, als sich mitzufreuen.

»Können wir das noch mal machen?«

»So oft du willst.«

»Bis morgen Früh?«

Wieder lachte Finn. Nina war ein Wassermensch, wie er selbst. Das war eindeutig. Er würde sie das Wellenreiten lehren und dann konnten sie hier draußen gemeinsam die Zeit genießen, zusammen sein.

»Bis morgen Früh«, bestätigte er also und zwinkerte Nina zu. Dann sah er eine gute Welle kommen und machte sich bereit. Diese hier war seine.

Im richtigen Augenblick sprang er auf sein Board, mit der exakten Bewegung, die er seit Jahren liebte, und genoss seinen Ritt.

Nach einer Stunde merkte Finn, dass Nina ziemlich geschafft war. Sie hatte oft versucht, aufzustehen und das Gleichgewicht auf dem Board zu halten, und war genauso oft ins Wasser gefallen. Es war am Anfang einfach schwer, in Balance zu bleiben, aber Nina gab nicht auf. Das gefiel Finn. Ihr Durchhaltevermögen, die Unverdrossenheit, mit der sie immer wieder neue Kraft aus sich schöpfte und einen neuen Versuch startete.

»Komm, wir hören für heute auf. Du hast blaue Lippen«, rief Finn Nina zu. Er lächelte. Sie war gerade wieder vom Brett gefallen und sah ein wenig wie ein begossener Pudel aus.

»Wir könnten noch eine Kleinigkeit essen gehen, oder?«, schlug er vor.

»Natürlich. Aber bitte keine Kleinigkeit. Ich hab Hunger wie ein Wolf.« Sie grinste. Dann warf sie einen Blick hinter sich. Eine schöne Welle, Finn hatte sie auch gesehen. Nina schwang sich dieses Mal genau im richtigen Augenblick auf ihr Board. Hoch konzentriert, den Arm auf Schulterhöhe ausgestreckt nach vorn, schaffte sie es, ihr Gleichgewicht zu finden. Zum ersten Mal glitt sie mit der Welle in Richtung Strand, wackelig, aber sie hielt sich eine ganze Weile aufrecht.

»Yeah!« Finn saß klatschend auf seinem Board. Nina juchzte, als sie schließlich im Wasser landete, laut auf und reckte eine Faust in die Höhe.

Finn nahm die nächste Welle und sprang auf ihrer Höhe vom Brett. »Das ist doch ein super Abschluss.« Er überwand die paar Meter zwischen sich und Nina und küsste sie auf die blauen Lippen. Salz und Minze.

»Das hat Spaß gemacht. Danke, Finn.« Nina schaute ihn an, sah ihm tief in die Augen, und er hatte mal wieder das Gefühl, sie könne mitten in sein Herz blicken.

* * *

Ninas Schlafzimmer. Sie waren direkt nach dem Surfen noch zu ihr gegangen. Auf einen Kaffee, hatte Nina gesagt und Finn verschwörerisch zugezwinkert.

Als sie ankamen, die Räder achtlos vor dem Haus parkten, reingingen, ohne sie noch abzuschließen, war Finn schon von der Vorstellung, was gleich kommen würde, erregt. Er hatte ein Kondom in der Jackentasche, weil man ja nie wusste …, und als Nina seine Hand nahm und ihn hinter sich her ins Haus und in ihre kleine Wohnung zog, war er durchaus optimistisch, dass es auch zum Einsatz kommen würde.

Die Tür war kaum zugefallen, als sie begannen, einander leidenschaftlich zu küssen. Sie zogen sich auf dem Weg zum Schlafzimmer aus, Finn hatte nicht einmal die Zeit, sich umzusehen, er folgte ihr, ihrem Körper, ihrem Duft, ihren Küssen und nicht zuletzt seinem eigenen Verlangen. Das Päckchen mit dem Kondom hielt er in der Hand, hatte es gerade noch aus der Jackentasche gerettet, bevor das Kleidungsstück mit den anderen zu Boden gegangen war.

Nackt im Bett dann, Haut an Haut, wollte er Nina ganz spüren, ohne Umschweife, ganz und gar bei ihr sein.

Er beugte sich ein wenig zur Seite und nestelte an dem Plastik der Kondomverpackung.

»Wir brauchen das nicht.« Nina wurde knallrot. »Ehrlich nicht.«

»Nein? Ich halte viel von Sicherheit und Verantwortung, weißt du. Nimmst du etwa die Pille oder Spirale?« Das Gespräch jetzt zu führen, mit all seiner Erregung, war hart, aber … nötig. Er dachte an Linda. Nein, es durfte einfach nichts passieren. Eine Schwangerschaft wäre verheerend in jeder Hinsicht.

Nina setzte sich im Bett auf, umschloss ihre Knie. Sie sah plötzlich sehr verletzlich aus.

»Ich kann keine Kinder bekommen. Das wollte ich dir auf der Düne letztens schon sagen. Deshalb …« Sie zuckte mit den Schultern. War da eine Träne in ihrem Augenwinkel?

»Nina …« Finn rückte zu ihr, überwand die Distanz zwischen ihnen und griff nach ihren Händen. »Komm her.«

»Ich wollte es dir eigentlich nicht sagen, das heißt, schon irgendwann. Es ist … Ich weiß es selbst erst seit Kurzem und habe es noch nicht so richtig verkraftet, fürchte ich. Eigentlich habe ich mir immer eine Familie gewünscht, weißt du.« Jetzt liefen ihre Tränen wirklich. »Zu erfahren, dass das für immer ein Traum bleiben wird, war sehr hart für mich.«

Finn sagte nichts. Er schloss Nina fest in die Arme, zog sie an sich, wiegte sich mit ihr hin und her. Er dachte an Linda, er dachte an Franziska und ein dicker Klumpen Schuld bildete sich in seinem Bauch. Nein, er konnte Nina nichts von Linda erzählen, jetzt erst recht nicht. Davor hatte er befürchtet, sie würde Schwierigkeiten mit der Tatsache an sich haben, dass er eine Vorgeschichte hatte. Jetzt wusste er, dass es sie innerlich zerreißen würde. Wie konnte er ihr je von dieser anderen Seite seines Lebens erzählen, wenn sie schon angesichts der Tatsache, dass sie keine Kinder bekommen konnte, so tief erschüttert war.

Finn küsste Nina auf die Stirn, auf beide Wangenknochen, auf die Nasenspitze. Dann fanden seine Lippen die ihren und er küsste sie zärtlich.

»Ich habe seitdem das Gefühl, keine richtige Frau mehr zu sein, und …« Ihre weiteren Worte gingen in einem leisen Schluchzer unter.

Finn drückte Nina erneut an sich. »Das allerdings ist das Dümmste, was ich je gehört habe.«

»Wie bitte?«

»Du bist so sehr Frau für mich wie keine vor dir.« Finn küsste sie zärtlich.

»Und zwar hier.« Er streichelte über ihre Brust, spürte ihre Brustwarze sofort reagieren, und schickte seine Hand weiter auf die Reise, über ihren Bauch, die Rundung ihrer Hüften, ihren Oberschenkel. »Und hier.« Dann ließ er sie zwischen ihre Beine wandern und dort liegen, ganz sanft. Seine andere Hand wanderte zu Ninas Hintern. »Und hier.«

Unweigerlich versiegten Ninas Tränen und sie lächelte.

Finn schluckte sein Schuldgefühl hinunter, verdrängte, so gut er konnte, spürte Nina unter seinen Händen, spürte, wie seine Erregung mit aller Macht zurückkam, wie sie ihn einholte und überrollte, als ihr Körper sich seiner Hand entgegendrängte. Jetzt war ohnehin nicht der Moment für Geständnisse, sie war ohnehin emotional schon so wund, er würde lieber dafür sorgen, dass sie zumindest für den Moment alles vergaß.

Ninas Mund kam ganz nah an sein Ohr und flüsterte etwas hinein, nur ein paar Worte. Er spürte ihren Atem und die Gänsehaut, die er auslöste. »Schlaf mit mir, Finn.«

Nina presste sich gegen ihn, und Finn tat mit Freuden genau wie ihm geheißen. Er schlief mit Nina, wie er noch nie mit einer Frau geschlafen hatte.

Kapitel 14

Nina starrte auf ihr Handy. Drei verpasste Anrufe von Peter. Dabei hatte sie doch seine Sprachnachricht ignoriert. Da müsste doch Mister Riesenego langsam mal kapieren, dass sie nicht mit ihm sprechen wollte.

Sie packte ihr Handy mit einem Kopfschütteln weg und ging hinauf in Richtung Weiße Düne. An diesem Strandabschnitt war sie am liebsten. Gerade hatte sie ihr Fahrrad auf dem riesigen Fahrradstellplatz geparkt. Gleich würde sie das Restaurant *Weiße Düne* passieren und könnte den Strand sehen. Wie sehr mochte sie die Weite, die sich gleich nach dem Abschnitt mit den Strandkörben auftat, wo der Strand bis hinüber zum Nacktstrand beinahe unberührt dalag, bis auf die wenigen Spaziergänger, die hier unterwegs waren. Und ihr gefiel das Treiben der Hunde, ganz hinten am letzten Strandabschnitt, dem Hundestrand. Der Genuss, mit dem sich die Tiere in die Nordsee stürzten oder miteinander auf dem Sand herumtollten.

Später würde sie sich noch eine Kartoffelsuppe mit Krabben im Restaurant gönnen und sich direkt ans Feuer setzen, wenn eines brannte.

Sie hatte ein Buch dabei, das würde der perfekte Sonntag werden: ein Strandkorb, das Buch, der Blick aufs Wasser. Schade, dass Finn nicht hatte mitkommen können. Sie dachte an den vergangenen Abend, die Kerzen in ihrem kleinen Schlafzimmer, geflüsterte Worte, zarte Berührungen. Ihr Körper war vom Surfen müde gewesen, aber nicht zu müde für das, was in ihrem Schlafzimmer zwischen Finn und ihr passiert war.

Die Freude, die sie empfand, weil er sie so nahm, wie sie war, weil es für ihn in Ordnung war, dass sie genau sie war und nicht mehr, war unbegreiflich schön zu spüren.

Sie war in Finns Armen eingeschlafen, obwohl er wusste, dass sie nie Kinder haben würde. Er hatte sie gehalten, getröstet, ihr zu verstehen gegeben, wie begehrenswert er sie fand.

Nina überholte ein eng umschlungen laufendes Paar und lächelte den beiden zu. Vielleicht gab es das ja doch: Glück. Liebe. Ein Für-immer. Mit Finn war alles möglich, das spürte sie instinktiv. Er hatte die Tür, die sie so fest zugestoßen hatte, einfach wieder aufgemacht und ihr gezeigt, welch herrliche Möglichkeiten sich dahinter verbargen.

Als sie das Ticket für den Strandkorb gelöst hatte, machte sie sich über den Holzsteg auf in Richtung Korb. Erfreut stellte sie fest, dass er ganz vorne in der ersten Reihe stand, mit unverstelltem Blick aufs Meer. Sie drehte den Korb in Richtung Wasser. Zwar umspielte so der Wind ihre Beine, aber sie wollte unbedingt das Meer sehen. Tatsächlich waren sogar ein paar Kinder im Wasser und der Rettungsschwimmer in seinem roten Outfit saß auf dem Hochsitz und beobachtete das Treiben.

Nina holte ihr Buch aus der Tasche und dazu die kleine Flasche Cola, die sie mitgebracht hatte. Tief atmete sie die frische Meeresbrise ein. Dann wandte sie sich ihrer Lektüre zu und versank in der fremden Welt, immer wieder unterbrochen von Blicken aufs Wasser, die Wellen, das Geschehen um sie herum. Nach einer Weile ging sie hinüber zu dem kleinen Kiosk und holte sich ein Eis. Krokant. Sie liebte Krokant-Eis.

Im Strandkorb begann sie, die süße Köstlichkeit zu löffeln, immer wieder aufs Wasser schauend. Plötzlich stutzte sie.

Weit hinten kam jemand auf sie zu, der ihr irgendwie bekannt vorkam. Der Gang, die Körpergröße … Nina kniff die Augen zusammen. War das wirklich Finn? Ihr Herz machte einen freudigen Satz. Sie wollte schon aufspringen und ihm entgegenlaufen. Doch dann sah sie es. Alles, was gerade noch Freude gewesen war, wurde zu Schmerz. Nina stand auf, setzte sich wieder, stand erneut auf. Finn. Ja, es war eindeutig Finn, der da den Strand entlangkam. Aber er war nicht allein. Von hinten rannte ein kleines Mädchen auf ihn zu und griff nach seiner Hand, so entschlossen, dass sofort klar wurde: Die beiden gehörten zusammen. Er schaute zu ihr hinunter, mit diesem einzigartig liebevollen Lächeln, das sie kannte, das sie erst gestern noch gesehen hatte, als es ihr gegolten hatte, bei Wein und Kerzenlicht.

Wer war dieses Kind? Nina stand erneut auf. Sollte sie hingehen und ihm einfach Hallo sagen? Aber er hatte gesagt, er müsse arbeiten, nicht wahr? Er hatte ihr gesagt, dass er keine Zeit habe und seiner Mutter helfen müsse. Und jetzt war er hier am Strand mit diesem dunkelgelockten, zauberhaften Mädchen. Er hatte sie belogen, schlicht belogen.

Plötzlich riss das Kind sich los, drehte sich um und stürmte ein paar Meter zurück. Eine große, schlanke Frau breitete die Arme aus und die Kleine warf sich hinein. Sie hatte etwas Elfenhaftes. Eine dieser Frauen, nach der alle Männer sich umsahen, wie unter Zwang.

In diesem Moment brach Ninas Herz. Denn auch Finn war stehen geblieben, hatte sich umgedreht und noch immer zeigte sein Gesicht dieses Lächeln, dieses Liebeslächeln.

War Finn am Ende verheiratet? War sie das, was für Peter die Zahnarzthelferin gewesen war? Ihr drehte sich der Magen um, so schlecht wurde ihr bei dem Gedanken. Das Krokant-Eis in ihrer Hand war vergessen. Kein Wunder, dass Finn sie nicht zu sich nach Hause gebeten hatte. Erst jetzt fiel es ihr auf. Er hatte vorgeschlagen, zu ihr zu fahren. Er hatte sich mit ihr am Obelisken getroffen, statt sich mit ihr bei sich daheim zu verabreden, nicht wahr? Er hatte sich die Affäre mit ihr schön gemütlich eingerichtet.

Nina starrte auf das innige Bild der drei – eine kleine, glückliche Familie. Wie bequem es für Finn sicherlich war, dass er nicht einmal eine Schwangerschaft fürchten musste. Und diese Frau – gegen eine solche Erscheinung hatte eine kleine Konditorin natürlich keine Chance. Die zudem das Gegenteil von elegant und klassisch war. Eher klein, etwas pummelig und sommersprossig, das Mädchen von nebenan, so nannte man das, oder? Ihr Magen war ein Stein. Noch immer beobachtete sie die Szenerie der drei Menschen, die so innig verbunden wirkten. Nie würde sie so etwas haben, nie in ihrem ganzen Leben. Eine Familie würde es für Nina nicht geben.

Sie horchte in sich hinein. Überrascht stellte sie fest, dass Eifersucht nicht das zerrende, gierige Gefühl war, das sie erwartet hatte. Nein, Eifersucht war blanke Angst, zu verlieren. Sie wusste nicht, was schlimmer war, die hässliche Gier, die sie erwartet hatte, eine Art unkontrollierbaren Neids, oder die irrationale Panik, die ihr den Atem raubte und sie jetzt überrollte. Das Gefühl, etwas verloren zu haben.

Sie beobachtete, wie das kleine Mädchen Finns Hand ergriff, wie sie ihn weiterzog, immer an der Wellenkante entlang, im Hintergrund die blonde Frau, die ihr vage ähnlich sah, ganz klar die Mutter des Kindes, ein paar Schritte hinter Finn und der Kleinen. Er nahm Nina nicht wahr, die in ihrem Strandkorb das Gefühl hatte, einen sehr, sehr schlechten Film zu sehen. Immer wieder bückte sich Finn, hob hier und da eine Muschel auf und das Mädchen steckte sie in einen bunten Eimer. Dann gingen sie wieder ein paar Meter und das Bücken, Aufheben, Reinwerfen wiederholte sich. Als das Mädchen irgendetwas sagte, ging Finn vor ihm in die Knie und zog ein Taschentuch aus der Hosentasche. In tiefem Vertrauen schnäuzte sich die Kleine hinein und Finn steckte das Tuch zurück in seine Jacke.

Er sprach mit ihr, sie sah seine Lippenbewegungen. Das Kind hob die Hand vor den Mund, offenbar kichernd. Und da passierte es. In diesem Moment. Finn breitete die Arme aus und das Mädchen ließ sich hineinfallen. Ihre Mutter lächelte. Die Kleine lächelte – und Finn lächelte sein spezielles Lächeln.

Nina fühlte sich so hilflos, so ihrem Gefühl ausgeliefert. Es war, als wäre sie in einem emotionalen Krieg und hätte keine Waffe dabei. Sie war nur ein Flirt, natürlich war sie nur ein Flirt.

Ja, dachte Nina, so war das. Er hatte eine Familie. Er hatte ein Kind. Er hatte alles. Und sie war ein Zeitvertreib, eine Stärkung seines männlichen Egos. Eine Frau für gewisse Stunden und noch dazu leicht rumzukriegen in ihrer Einsamkeit und mit ihrem Liebeshunger. Nina kam sich so lächerlich vor, so verdammt lächerlich. Und sie spürte ganz deutlich, wie allein sie war.

Eifersucht ist Angst vor Verlust, dachte sie erneut. Es ist keine Gier. Und in diesem Moment gesellte sich zu ihrer Eifersucht ein Gefühl, das sie nur zu gut kannte. Tiefe Traurigkeit umfing Nina, hüllte sie ein und schien ihr die Wärme aus dem Körper zu ziehen. Ganz offensichtlich war sie es nicht wert, von jemandem einfach nur geliebt zu werden. Seltsam, da war nicht einmal die Kraft für Wut. Nur ein Gefühl von Resignation, das Wissen, nicht gewollt zu werden, nicht gut genug zu sein. Vermutlich war eine Frau nur dann eine ganze Frau, wenn sie Kinder kriegen konnte.

Tränen liefen über Ninas Wangen, sie spürte sie nicht. Sie sah nur, wie Finn und seine Familie langsam kleiner wurden, die Mitte der Weißen Düne passierten und weiter in Richtung Nordstrand liefen. Der Schmerz, den sie empfand, die Wunde, pochte tief in ihr drin.

Irgendwann schaffte sie es, wegzusehen. Die drei waren ohnehin nur noch Schemen am Horizont, nicht mehr. Ihr Gefühl der Einsamkeit dehnte sich aus, immer mehr, bis sie das Gefühl hatte, gerade noch Luft zu bekommen, gerade noch.

»Ich werde es schon schaffen. Ich schaffe es schließlich immer.« Nina kramte in ihrer Handtasche nach einem Taschentuch und wurde fündig. Sie schwor sich, dass das mit Finn das letzte Mal gewesen war, dass sie sich mit einem neuen Mann einließ. Sie würde niemanden mehr in ihr Herz lassen. Sie würde sich ab sofort und für immer schützen und nicht mehr zulassen, so verletzt zu werden.

Dicke Tränen liefen ihr über die Wangen und waren nicht zu stoppen. Alles tat weh, alles. Ihr Magen war ein schmerzender Klumpen, ihr Kopf dröhnte, sie hörte ihren Herzschlag, ein wütendes Pochen. Ihre Gedanken rasten, überschlugen sich in der übervollen Leere ihres Kopfes, die alles gleichzeitig war. Sie wollte nach Hause, ganz dringend nach Hause, weg von all den Menschen, weg vom Strand, wo alle so verdammt glücklich wirkten, und weg von den herumtollenden Hunden. Sie hielt es nicht mehr aus. Sie stand kurz davor, die Fassung zu verlieren. Das alles war zu viel für sie, viel zu viel. Ja, genau genommen war ihr ihr ganzes Leben zu viel.

Sie packte ihr Buch und die Cola in die Tasche und stand auf. Ihre Knie zitterten. Trotzdem rannte Nina fast. Sie registrierte die Sonne nicht, den Wind nicht, die Menschen nicht. Sie musste jetzt allein sein.

Immer wieder tauchten die Bilder vor ihrem inneren Auge auf, die Finn mit dem kleinen Mädchen an der Hand zeigten, sein Blick zu der Frau, *für* diese Frau. Sie schluchzte auf, unwillkürlich, und schaute sich um. Niemand registrierte sie. Nina war wie unsichtbar.

Als sie das Rad erreicht hatte, öffnete sie mit fahrigen Bewegungen ihr Fahrradschloss. Sie schwang sich auf den Sattel und trat kräftig in die Pedale. Auf dem Zuckerpad, der Fahrradstrecke zwischen Weißer Düne und Stadt, tummelten sich die Urlauber, wichen Nina aus, die über den Radweg heizte wie ein Rennfahrer über den Nürburgring. Heim, nur heim.

Dort angekommen, parkte sie ihr Fahrrad einfach am Damenpfad, mitten auf dem Fußweg, und sprang die vier

Stufen zur Eingangstür von Antjes Pension hinauf. Ihre Tränen waren irgendwann auf der Fahrt getrocknet, aber der Aufruhr in ihr war der reinste Wirbelsturm.

Mit gesenktem Kopf lief sie in Richtung ihres Apartments. Sie wollte mit niemandem sprechen, nicht höflich sein müssen. Gegen ihre Art Einsamkeit half kein Smalltalk und Antje – die einzige Person, der sie sich geöffnet hätte – war heute drüben auf dem Festland und besuchte eine Freundin. Nina war tatsächlich ganz und gar allein.

»Nina!«

Erschrocken verharrte sie, mitten im Schritt, in der Bewegung. Da stand er. Groß, breitschultrig, ein ganzer Kerl – mit diesem selbstbewussten Lächeln, das sie immer an ihm bewundert hatte.

»Da staunst du, was?« Er breitete die Arme aus.

»Peter. Was machst du denn hier?« Peters Anblick löste bei Nina eine seltsame Mischung an Emotionen aus.

»Ich wollte dich sehen.« Täuschte sie das Halbdunkel des Hausgangs oder wirkte Peters Lächeln gerade weniger sicher, als sie es von ihm gewohnt war?

»Du wolltest mich sehen?« Noch mehr wirre Gefühle.

»Ich vermisse dich.« Seine Stimme klang ungewohnt leise, als er sprach. Emotionale Geständnisse waren nie sein Steckenpferd gewesen. Er war ein sachlicher Mensch. Jemand, der wenig Gefühle zeigte.

Und die drei Worte trafen einen wunden Punkt bei Nina. Sie wünschte sich plötzlich so sehr, dass jemand sie in den Arm nahm. Sie wollte so dringend gehalten werden, Vertrautheit spüren, nicht so verloren sein. Ohne groß nachzudenken, überwand sie die Distanz zu Peter und warf sich in seine Arme. Er roch nach dem Aftershave, das sie ihm zu Weihnachten geschenkt hatte. Er hatte es großzügig benutzt, vielleicht, um ihr zu beweisen, *dass* er es verwendete. Seine Arme schlossen sich um sie, vertraut, jahrelang vertraut war seine Brust, die Stelle, wo ihr Gesicht zu liegen kam. Er legte eine Hand an ihren Hinterkopf, hielt sie, lachte leise.

»Du bist ja stürmisch.«

Er sah ihre Tränen nicht, ihre Verwirrung, ihre Verzweiflung. Peter lachte leise.

»Gehen wir in die Wohnung?«, fragte er schließlich.

Nina konnte nur nicken. Den Schlüssel hatte sie die ganze Zeit schon in der Hand gehalten, es draußen bei ihrem Rad schon kaum erwarten können, ihre eigenen vier Wände zu betreten.

Jetzt war da auch noch Peter. Peter, der sie festhielt. Sie dachte an Finn und seine Familie. Plötzlich wurde ihr fürchterlich übel, ihre Sicht verschwamm und ihr wurde schwarz vor Augen. Sie krallte sich am Türrahmen fest.

»Süße? Hey, was ist denn?« Peter war sofort zur Stelle und stützte Nina, verhinderte, dass sie fiel, zog sie in die Wohnung und ins Wohnzimmer, wo er sie auf die Couch setzte.

»Geht es?«

Nina konnte nur nicken, die Augen tränenblind. Ja, gerade war sie tatsächlich froh darüber, dass Peter aufgetaucht war. Sein Arm um ihre Schulter tat ihr gut, während sie nur dasaß und weinte.

»Ist doch nicht so schlimm, hm?«

Peter wusste nicht, wovon er sprach, und Nina war nicht in der Lage – und hätte es wohl ohnehin nicht getan –, ihn darüber aufzuklären. Nina spürte die alte Vertrautheit zwischen ihnen, aufgewärmt, aber doch präsent. Jahrelang bekannte Berührungen, Worte, Bewegungen, Gerüche. Es war, als würde man in einen alten, bequemen Hausschuh schlüpfen.

Er stand auf, machte ihr eine Kanne Bünting-Tee, einen speziellen ostfriesischen Tee, den sie bei jeder Gelegenheit trank und der auch jetzt seine tröstliche, wärmende Wirkung nicht verfehlte. Dann setzte er sich erneut aufs Sofa, beugte sich zu ihr herüber und küsste sie auf seine Art, fest und mit einem Schmatz, auf die Wange. Ganz so, als ob nichts zwischen ihnen gewesen wäre, keine drei Monate Zeit, keine andere Frau, keine Distanz.

Und sie weinte. Nina weinte und weinte, bis sie nichts mehr spürte als Leere. Peter nahm sich irgendwann eine Zeitschrift, begreifend, dass er keine Antworten von ihr bekommen würde, gab er auf und las. Nina nahm das nur am Rande zur Kenntnis. Sie war viel zu sehr mit sich selbst beschäftigt, um ihn wirklich zu registrieren. Es war jemand da, sie war nicht ganz und gar allein, das war schon ziemlich viel für diesen finsteren Tag, der sich zu einer einzigen Katastrophe entwickelt hatte.

Irgendwann fühlte sie sich leer. Da war nichts mehr, nur noch dumpfe Stille in ihr, tauber Schmerz.

Sie stand auf, noch immer nicht sie selbst, völlig aufgelöst, und ging in ihr Schlafzimmer hinüber. Ohne sich auszuziehen, stieg sie ins Bett, zog sich nur die Decke über den Kopf und schloss die Augen. Als Peter sich auszog und neben sie legte, schlief sie bereits so tief und fest, dass sie es nicht bemerkte. Ihr Schlaf grenzte an Bewusstlosigkeit, so sehr riss er sie mit sich in eine Tiefe, wo es keine Gedanken und keine Bilder mehr gab.

* * *

»Na komm, Linda. Wir kaufen dir ein Eis.« Finn streckte seine Hand aus und die kleine Kinderhand schlüpfte in die seine wie ein kleines Tier, das dort Schutz suchte. Er beugte sich zu ihr hinunter und küsste sie aufs Haar. Franziska beobachtete die Szene aus der Distanz, sie lief ein Stück hinter ihnen und Finn hatte ständig das Gefühl, ihre Blicke im Rücken zu spüren wie Nadelstiche.

»Willst du auch ein Eis, Franzi?« Er bemühte sich. Man konnte wirklich nicht sagen, dass er sich nicht bemühte. Das Verhältnis zu Franziska war nicht einfach und Finn wollte ehrlich von Herzen gern mit ihr auskommen, wegen Linda. Aber leicht war es nicht.

»Ich esse keinen Kristallzucker mehr. Das habe ich vor vier Wochen aufgegeben.« Täuschte er sich oder reckte sie ihr Kinn ein wenig in die Höhe, als sie das sagte?

»Aber es ist okay, wenn ich Linda ein Eis kaufe?«

Franziska zuckte mit den Schultern. »Du bist schließlich der Vater. Da wirst du schon wissen, was du tust.«

Meine Güte! Keine drei Stunden und schon war er an einem Punkt, wo er das Gefühl hatte, es nicht mehr auszuhalten. Finn dachte an Nina, wie sie genussvoll in eine Praline biss. Zum Glück war sie nicht so kompliziert. Sofort schlich sich ein Lächeln in sein Gesicht. Nina!

Sie liefen durch die belebte Fußgängerzone. »Wir gehen zu den Robben, ja?«

Mitten in der Stadt gab es einen kleinen Platz, wo Robben aus Metall aufgebaut waren und es außerdem ein paar Schaukeltiere gab. »Du darfst dir heute zwei Kugeln aussuchen.«

»Echt?« Linda strahlte ihn mit großen Augen an.

»Ganz echt.«

Sie machte sich los und lief hüpfend voran. Linda war jetzt fünf Jahre alt und Finn war so stolz auf sie. Er musste sich bei seiner Mutter bedanken, weil sie es geschafft hatte, Franziska und die Kleine auf die Insel zu holen. Wie auch immer ihr das gelungen war. Franzi war mehr ein Stadtkind. Für sie – das gab sie regelmäßig sehr deutlich zu verstehen – war Norderney kaum mehr als ein Scheißkaff voller Sand.

Als alle zusammen auf einer der Bänke bei den Robben saßen, Finn aus reinem Trotz mit einem riesigen Spaghetti-Eis und Linda glücklich mit ihren zwei großen Kugeln Schoko, war es ein Segen, dass Linda so viel zu erzählen hatte, sonst wären sie in Schweigen versunken.

»Schau mal, Papa, da drüben ist eine Möwe!«

»Ja, halt dein Eis gut fest.«

»Und da malt einer Gesichter. Siehst du das?«

»Der malt Karikaturen, ja.«

Und so ging es in einem fort. Sie kommentierte das Geschehen auf dem Platz und löffelte glücklich vor sich hin. Franzi dagegen saß da, die Arme vor der Brust verschränkt, und schwieg.

Finn schaute zu ihr hinüber. Sie war nach wie vor eine Schönheit. Deswegen war er auch nach der Disco in ihrem Bett gelandet. Weil sie ihm fast überirdisch schön vorgekommen war. Sechs Jahre war das her. Sechs Jahre, in denen sich sein Leben komplett gedreht hatte. Es war eine einzige Nacht gewesen, eine Eroberung. Sie hatten am Morgen schon festgestellt, dass es nicht zu mehr reichte als zu einer Tasse Kaffee. Und das war auch für beide in Ordnung gewesen. Sie hatten zwar lieblos ihre Telefonnummern getauscht, aber es war klar gewesen, dass keiner anrufen würde.

Als Finns Handy dann doch geklingelt hatte, war er überrascht gewesen. Noch mehr, als er den Grund ihres Anrufes hörte: Franzi war trotz Kondom schwanger geworden. Finn war wie vor den Kopf geschlagen gewesen.

Er hatte Franzi, der Fremden, nicht geglaubt, hatte auf einem Vaterschaftstest bestanden – und Linda war tatsächlich seine Tochter. Er hatte sich um sie gekümmert, so gut er konnte, sich der Verantwortung nicht entzogen. Und er liebte sein Kind vom ersten Moment an, auch wenn er Franziska nicht liebte.

Finn war zwischen Hamburg und der Insel gependelt – bis der Unfall seines Vaters alles verändert hatte. Danach bekniete er Franzi, zu ihm zu kommen – ihm seine Tochter zu bringen, aber sie tat es nur ungern und selten. Und ihm brach es das Herz, sein Kind nur so wenig zu sehen. Umso mehr liebte er es, Linda zu verwöhnen, wenn er sie sah.

Als sie ihr Eis gegessen hatte, lief sie zu den anderen Kindern, besetzte einen der Seehunde und nahm sofort Kontakt mit einem kleinen Jungen auf, der mit seiner Eiswaffel ebenfalls auf einem Seehund thronte.

»Wie heißt du?«

»Andi.«

»Und ich bin Linda. Jetzt sind wir Freunde.«

So einfach war das, wenn man klein war. Finn beobachtete die Szene und freute sich darüber, wie unkompliziert seine Tochter war.

»Jeden muss sie anquatschen.« Franzis Gesicht zeigte pure Missbilligung.

Finn würde sie nie verstehen. Er seufzte leise, beschloss, nicht auf ihre seltsame Bemerkung einzugehen, und nahm einen weiteren Löffel Eis. »Die haben hier köstliches Spaghetti-Eis. Bist du sicher, dass du keins möchtest?«

»Nein. Du scheinst wirklich nicht zu wissen, was Kristallzucker alles anrichtet.«

»Vermutlich nicht.«

»Eben.« Franziska lehnte sich mit verschränkten Armen auf der Bank zurück. Wieder sah Finn Nina vor sich, wie sie in ihrem Schokoladenladen stand, mit einem glücklichen Lächeln im Gesicht. Offenbar hatte Zuckerzeug auf manche Menschen eine ganz und gar andere Wirkung, denn Nina wirkte, umgeben von ihren Süßigkeiten, immer wie der glücklichste Mensch der Welt.

Plötzlich überkam Finn eine wahnsinnige Sehnsucht nach dieser Frau. Er würde sie morgen früh einfach mit einem Frühstück überraschen, entschied er, ganz früh, noch bevor sie in ihre *Süßen Träume* ging und Leuchttürme baute. Allein der Gedanke, Nina wiederzusehen, ließ einen ganzen Schwarm Schmetterlinge durch seinen Bauch tanzen.

Und er musste ehrlich mit ihr sein. Er musste ihr von Linda erzählen, weil sie zu ihm gehörte, ein Teil von ihm war. Wie sollte er eine ehrliche Beziehung mit Nina aufbauen, wenn er damit anfing, ihr seine wichtigsten Lebensinhalte zu verschweigen?

Als Linda ihm zuwinkte, erwiderte er die Geste voller Freude.

Kapitel 15

Nina wollte nicht aufwachen, ihr Körper wehrte sich gegen die Realität und sie wusste erst nicht, warum. Dann spürte sie eine Hand auf ihrer Hüfte, die fordernde Kreise streichelte. Sie kannte diese Berührung … Automatisch tauchte Finn in ihren Gedanken auf – ein vages, wohliges Bild, das sofort von dem der Vorzeigefamilie am Strand überzeichnet wurde, und sie schrak auf.

»Peter!«, rief sie aus.

»Na, wer denn sonst?« Er lachte. Rückte zu ihr herüber, legte seine Hand auf ihren nackten Schenkel und begann von Neuem mit seiner kreisenden Bewegung. Wie oft hatte sie diese Berührung gespürt? Wie tief hatte sie ihm vertraut – zu Unrecht?

Sie rückte von ihm ab, zog sich die Bettdecke bis zum Kinn und schaute ihn an. »Was willst du eigentlich hier?«

»Na, ich dachte, du freust dich und …«

»Du dachtest, ich freu mich?« Nina starrte Peter ungläubig an.

»Ja, es lief nicht besonders gut zwischen uns zuletzt, keine Frage. Aber ich dachte …«

Nina unterbrach ihn. »Offenbar hast du nicht besonders viel gedacht. Wie kommst du darauf, dass ich dich in meinem Bett möchte?«

Peter wirkte verdattert, sein Blick war eine Mischung aus Verwirrung und Verblüffung. »Aber gestern hast du so geweint und dich in meine Arme geworfen.«

Ja, verdammt, das hatte sie. Nina schaute Peter an und sofort spürte sie die alte Abscheu in sich aufwallen. Dieser Mann hatte sie betrogen, obwohl sie ihm alles gegeben hatte.

Gestern, ja, da war sie schwach gewesen. Sie hatte sich klein und zerbrechlich gefühlt. Sie war – zugegeben – froh gewesen, in jemandes Arme fallen zu können. Aber jetzt, am nächsten Morgen, konnte sie wieder klarer denken. Und sie spürte deutlich, dass sie Peter nicht wollte. Sie wollte ihn nie wieder, und wenn er der letzte Kerl auf dem Planeten gewesen wäre. Nina schlang sich ihre Bettdecke um den Körper und stand auf.

»Ich will, dass du gehst.«

Peter, nur mit einem T-Shirt und einer Boxershorts bekleidet, machte keinerlei Anstalten aufzustehen. »Aber – ich bin extra hierhergekommen. Ich will dich zurück, Schatz.«

»Schatz mich nicht an.« Endlich, endlich spürte sie wieder etwas anderes als diese ekelhafte, hilflose Traurigkeit des Vorabends. Da war Wut. Was bildete der Kerl sich eigentlich ein?

»Alles bricht zusammen ohne dich.« Er wirkte tatsächlich geknickt. Aber Moment mal. Alles? Nina dämmerte etwas.

»Es geht um die Praxis, richtig? Du hast es dir mit deiner Rothaarigen verdorben und jetzt läuft es nicht mehr, stimmt's?«

Peter lief feuerrot an. Nina konnte nicht fassen, dass sie richtig lag. »Oh mein Gott.«

Sie starrte Peter an, der ihrem Blick nicht standhalten konnte und schließlich auf seine feinen Dentisten-Hände hinunterstarrte, perfekt manikürt, geradezu ekelhaft gepflegt für einen Mann.

»Verschwinde. Ehrlich, verschwinde. Ich will dich nicht mehr sehen. Nie wieder, hast du gehört?«

»Aber …«

»Nein. Such dir irgendein anderes Flittchen, aber lass mich da raus.« Sie kochte, sie wütete, sie wollte sich den nächstbesten Gegenstand greifen und ihn nach Peter werfen, etwas, das sie vermutlich schon viel eher hätte tun sollen. Stattdessen zitterte ihr ganzer Körper vor Wut. »Ich geh jetzt ins Bad. Und wenn ich rauskomme, bist du verschwunden.«

In dem Moment, wo Nina die Badtür aufmachte, klopfte es an ihrer Wohnungstür. Das war echt ein mieser Moment für einen Kaffeebesuch von Antje. Aber ihre beste Freundin würde es verstehen. Nina drehte sich um und lief die paar Meter zur Tür, die Decke um sich raffend.

»Antje, das passt gerade echt schlecht«, sagte sie schon im Türaufmachen – und da stand Finn. Es presste Nina die Luft aus den Lungen, sein Lächeln zu sehen. Alle Wunden vom Vortag, die nur unzureichend von einer Kruste überzogen waren, brachen auf und schmerzten.

»Hi.« Seine warme Stimme, seine schöne, tiefe Stimme. Der liebevolle, trügerische Klang. Sie wollte ihn nicht sehen, nicht hören – und wollte es zugleich so sehr, dass sie es kaum aushielt.

»Darf ich reinkommen?« Finn hielt eine Brötchentüte hoch und schwenkte sie grinsend vor ihrem Gesicht.

Er tat tatsächlich so, als ob nichts gewesen wäre. Fassungslos starrte sie ihn an. Aber natürlich *war* für ihn nichts gewesen. Er wusste nicht, dass sie ihn gesehen hatte. Er wusste nicht, dass sie wusste …

»Wer ist der Kerl?« Peter war von hinten an Nina herangetreten und das Lächeln fiel aus Finns Gesicht wie ein

Herbstblatt von einem Baum. Peter hatte noch immer keine Hose an und sie selbst – die Bettdecke als Kleid. Ganz klar also, wie die Situation wirkte.

Das war der Moment, in dem sie Finn alles heimzahlen konnte. Er verdiente es nicht anders, genau wie Peter es nicht anders verdiente. Die Männer waren doch alle gleich. Jeder war nur auf seinen Vorteil bedacht, keiner meinte es ehrlich, keiner.

»Finn, das hier ist mein Peter.« Ihr Lächeln war eine starre Maske. Sie hoffte, dass Finn es nicht merkte, nicht spürte, wie sehr sie dieser Moment schmerzte.

Aber Finns Gesichtsausdruck sprach Bände. Er wusste sofort, wen er da vor sich hatte. Es brauchte keine Erklärung. Seine Gesichtsfarbe lag irgendwo zwischen weiß und aschgrau.

»Na dann.« Finn drückte Nina die knisternde Tüte in die Hand. Dann drehte er sich ohne weitere Worte um und lief den Flur hinunter.

Erst als Nina die Haustür hinter ihm ins Schloss fallen hörte, drehte sie sich zu Peter um. »Und du! Such deine Hose und deine Socken. Ich will dich nie wiedersehen.«

»Aber ich bin dein Peter.«

Nina lachte. »Wenn du das glaubst, bist du noch dümmer, als ich dachte.«

Mit diesen Worten ging sie ins Bad und knallte die Tür hinter sich ins Schloss.

Erst jetzt, als sie sich von innen gegen die Tür lehnte, verlor sie die Fassung. Ihr Körper begann, unkontrolliert zu zittern. Zu viel, zu viel, zu viel, das war alles viel zu viel.

Sie ließ die Bettdecke fallen und ging zum Wasserhahn, klatschte sich kaltes Wasser ins Gesicht. Was bildeten diese Kerle sich überhaupt ein? Sollten sie doch alle bleiben, wo der Pfeffer wuchs. Sie würde sich auf ihr Geschäft konzentrieren und fertig. Nina formte ihre Hände zu einer Schale und trank einen großen Schluck Wasser.

Das Zittern wollte nicht recht nachlassen. Aber wie sie inzwischen gelernt hatte, ließen sich alle Enttäuschungen, jeder Rückschlag überwinden, wenn man erst genug geweint hatte. Nina schaute sich im Spiegel an, die geröteten Augen, die tiefen Augenringe. Sie suchte Kraft in ihrem eigenen Blick und fand sie. Mit den Händen rieb sie über ihre Wangen, versuchte so, etwas Farbe in ihr Gesicht zu kriegen, und es gelang. Jetzt noch ein Lächeln, nur für sich.

Sie würde zur Arbeit gehen, sie würde jetzt einfach zur Arbeit gehen.

* * *

»Hey, was machst du denn hier?«

Auf der Stufe vor dem Geschäft saß Jonas und kaute auf einem belegten Brötchen herum.

Der Junge zuckte mit den Schultern. »Meine Mama muss arbeiten und ich habe schulfrei.«

»Na, das ist doch nicht so schlimm? Magst du nicht rüber zum Kap Hoorn gehen? Was hast du vor?« Kap Hoorn hieß der große Spielplatz mit Innen- und Außenbereich beim Stadtpark. Alle Kinder, einheimische wie angereiste jeden Alters, liebten den Spielplatz wegen seiner tollen Attraktionen. Es war ein idyllisches Fleckchen, wo es sogar Kinderanimation gab und natürlich viele kleine Spielgefährten. Man konnte sich dort stundenlang aufhalten, ohne dass einem langweilig wurde. Dann waren da noch die vielen Enten und Schwäne, die auf dem Teich ihre Kreise zogen und nur darauf warteten, gefüttert zu werden.

Aber Jonas schüttelte den Kopf. »Nein, ich mag das nicht so. Ich kenn da keinen.«

Nina runzelte die Stirn. »Okay.« Er tat ihr schon leid. Seine Mutter schien geradezu immer zu arbeiten und Jonas wirkte so, als ob er eine Extraportion Zuwendung durchaus vertragen konnte.

Er schaute zu ihr hoch, stand langsam auf. »Ich dachte, vielleicht brauchst du jemand, der Marzipankartoffeln macht.«

Seine Augen wurden groß, als er Nina vorsichtig fragte, so groß, dass sie lachen musste. »Na, komm erst mal rein, Jonas. Dann sehen wir weiter. Okay?«

Immerhin hatte Jonas dafür gesorgt, dass sie heute zum ersten Mal lachte.

»Magst du vielleicht einen Florentiner essen als Nachspeise?« Jonas hatte gerade den letzten Rest seines Brötchens in den Mund geschoben und kaute mit dicken Backen.

Er nickte eifrig und Nina reichte ihm das Gebäckstück aus gerösteter Mandelmasse.

Seine Augen begannen zu leuchten, als er daran schnupperte. »Mmmh, lecker«, nuschelte er mit noch immer vollem Mund. Schon wieder lachte Nina.

»Na dann. Wir könnten uns heute gegenseitig ein wenig aufmuntern, was meinst du? Mein Tag hatte nicht den besten Start und so wie es aussieht, haben wir da etwas gemeinsam.« Sie lächelte Jonas an. »Du könntest – na, sagen wir – mein Geschäftsführer sein. Wie wäre das?«

Jonas biss vorsichtig in den Florentiner. »Was macht man als Geschäftsführer bei dir?«

»Na ja. Du begrüßt die Kunden, zeigst ihnen die Leuchttürme und fragst sie, ob sie beim Aussuchen der Süßigkeiten Hilfe brauchen. Was meinst du?«

Jonas nickte eifrig. »Oh ja. Das kann ich. Ich weiß, was schmeckt.«

»Ganz eindeutig.« Nina versuchte, ernst zu bleiben. Endlich fühlte sie sich ein wenig besser. Vielleicht würde sie es hier im Laden schaffen, die Bilder von Finn und Peter zu verdrängen, ihre Wut und ihre Enttäuschung über die Kerle loszuwerden und …

»Darf man als Geschäftsführer auch naschen?« Jonas riss Nina aus ihren Gedanken. »Ich meine, ich muss ja wissen, was ich den Leuten verkaufe, nicht wahr?«

Der Junge grinste und wenn Nina es hätte beschreiben müssen, hätte sie gesagt, dass ein Hauch Verschmitztheit durchschimmerte.

Sie erwiderte seinen Blick. »Natürlich, Herr Geschäftsführer. Bis Ihnen der Magen zusammenklebt.«

Jonas kicherte und hielt sich eine Hand vor den Mund. »Prima. Dann musst du mich auch nicht bezahlen.«

Nina streckte ihre Hand aus und Jonas schlug ein. »Deal! Da mache ich ja ein mörderisch gutes Geschäft.«

Jonas nickte eifrig. »Na, das ist mal sicher.«

Nina spürte, dass sie sich ein wenig entspannte. Der kleine, strohblonde Junge tat ihr gut und lenkte sie ab.

»Könntest du vielleicht die Karamellpralinen da hinten einsortieren, ja?« Sie deutete auf einen Korb voll rosa Schächtelchen und den Platz im Regal, wo sie hinsollten.

»Sehr gern, Chefin.« Der heilige Ernst in Jonas' Worten erheiterte Nina erneut und sie dachte, dass es ein Segen war, diesen liebenswerten Jungen heute Morgen vor ihrer Ladentür angetroffen zu haben.

* * *

Er trat in die Pedale, verwirrt, enttäuscht und wütend. Da hatte Finn gedacht, *er* hätte etwas zu beichten und dann, ja, dann – war er für sie nichts weiter als ein einfacher Flirt. Er hatte ihr von Linda erzählen wollen, ihr seine Tochter beichten wollen, und sie vögelte mit diesem Peter. »Mein Peter«, das hatte sie gesagt und in ihren Augen war nichts als Kälte gewesen. War da sogar Schadenfreude aufgeblitzt? Er wusste es nicht genau, aber ihr Anblick war sehr eindeutig gewesen mit diesem Bettzeug um sich herumgewickelt. Mein Gott, vor ein paar Tagen war er noch mit ihr in genau diesen Laken gelegen, hatte sich mit ihr darin herumgewälzt und zugelassen, dass er sich in sie verliebte. Und heute Nacht war sie offensichtlich mit »Mein Peter« in ebendiesem Bett gelegen. Finn trat noch kräftiger. Nach Hause fahren war keine Option, in seinem Zustand wollte er Linda nicht gegenübertreten. Am liebsten wäre er zu Jörn gefahren, seinem besten Freund, aber der war nicht mehr auf der Insel. Weil Nina den Laden bekommen hatte. Finn schäumte vor Wut bei dem Gedanken. Ein Bier trinken zu gehen und sein Herz dabei auszuschütten, war einfach etwas anderes, als es am Telefon zu tun.

Er radelte über den Deich, raus in Richtung Leuchtturm, am Turm vorbei und weiter, ans Ostende von Ney, wo die Insel weit wurde. Aber überall wurde er, selbst nach so kurzer Zeit, mit Erinnerungen an Nina konfrontiert. Hier waren sie losgelaufen in Richtung Wrack, im Turm hatten sie sich das erste Mal geküsst – und der Leuchtturm war von überall aus sichtbar.

Er hasste es. Er hasste, dass er auf Norderney festsaß, er hasste, dass die Insel so schnell mit dem Fahrrad abzufahren war, er hasste die Einsamkeit und er hasste seine Angst, die ihn hier gefangen hielt.

Der frische Morgenwind knallte Finn ins Gesicht wie eine Mauer, kühlte seine Haut, aber nicht sein Gemüt. Er wusste, dass er noch mindestens drei Runden über die Insel brauchen würde, bis sein Körper so erschöpft war, dass er irgendwie mit seinem aufgewühlten Verstand klarkommen würde.

Es tat einfach viel zu weh.

* * *

Die Kunden kamen und gingen. Mittlerweile hatte sich schon so etwas wie ein Kundenstamm gebildet, denn es gab etliche Einheimische, die den Laden regelmäßig besuchten. Doch auch manche Urlauber kamen regelmäßig, ja, sogar täglich herein, um für den Aufenthalt am Strand noch schnell eine süße Köstlichkeit zu kaufen.

Jonas hatte sich eine ganze Weile im Laden aufgehalten und die Kundschaft beraten. Jetzt war er hinten in der Küche und drehte mit Begeisterung Marzipankartoffeln. Das würde vermutlich ein Wochensonderangebot geben, so viele, wie er schon angefertigt hatte. Sie gelangen ihm zwar gut, aber perfekt waren sie nicht – was auch nicht so wichtig war. Schließlich wurden möglicherweise neue Kunden von einem Sonderangebot ins Geschäft gelockt. Viel wichtiger war für Nina, dass Jonas darüber, gebraucht zu werden, so glücklich war. Er strahlte wie ein Honigkuchenpferd und sie war sicher, dass auch die ein oder andere Marzipankartoffel in ihm selbst einen dankbaren Abnehmer fand.

Irgendwie war der Tag ganz gut vergangen, fand Nina. Es war später Nachmittag geworden. Zum Mittagessen hatte sie mit Jonas zwei Lachsbrötchen verspeist. Er verdrückte seines mit sichtlichem Appetit, während Nina sich bei ihrem zwingen musste. Die Gedanken an Finn zu verdrängen, gelang ihr nicht besonders gut. Bereits der gleiche Brötchenbelag wie beim Picknick im Leuchtturm reichte aus, um ihn vor Augen zu haben, wie er mit seinem Zeigefinger die Majo aus ihrem Mundwinkel gestreichelt und dann abgeleckt hatte, wie sie einander das erste Mal geküsst hatten …

Es kostete sie all ihre Willenskraft, den Gedanken an ihn zu verdrängen und einfach nur zu essen. Finn saß tiefer, als sie es für möglich gehalten hatte.

Sie war froh, dass Jonas etwas von einer Klassenreise erzählte, die anstand, und bemühte sich, ihm konzentriert zuzuhören.

»Ich weiß nicht, ob das was für mich ist.«

»Die Klassenfahrt?«

»Ja.« Jonas lief rot an. »Ich … ich kenne die alle noch nicht so gut. Und wenn ich dann mit denen in die Berge fahre. Vielleicht lachen die mich aus.«

»Warum sollten sie?«

»Wir waren noch nie da, weißt du.«

»Ihr?«

»Mama und ich. Wir waren eigentlich nie verreist, nur hierher sind wir gekommen.« Jonas wirkte verlegen.

»Und gefällt es dir hier nicht?«

»Doch, schon. Ich mag es hier lieber als im Ruhrgebiet. Ich mag, dass die Menschen hier miteinander reden.«

Was Jonas da sagte, verstand Nina. Norderney war im Vergleich zu Bochum ein Dorf. Jeder kannte jeden, man lief sich immer wieder über den Weg. Ninas Magen zog sich zusammen. Ohne Frage würde sie auch Finn wiedersehen.

»Ich glaube, mit Bergen kann man nicht viel falsch machen. Vermutlich steigt ihr auf den ein oder anderen hoch, esst oben ein Butterbrot, und dann geht's wieder runter.« Nina zwinkerte Jonas zu und fuhr ihm mit einer halb liebevollen, halb neckenden Geste durchs Haar.

»Haha.« Der Junge verdrehte die Augen. Dann stand er auf. »Ich mach in der Küche weiter, wenn eine Kundin kommt, kannst du mich ja rufen.«

Nina verstand Jonas. Die Umstellung war wohl ein wenig viel. Die Mutter, die immerzu arbeitete, das neue Umfeld, neue Kinder. Da war so eine Klassenfahrt schon eine Herausforderung. Noch dazu, weil Jonas wohl eher ein sensibler, ruhiger Junge war. Allein seine Geduld mit dem Marzipan schien Nina bemerkenswert für sein Alter.

Nina reichte einer alten Dame gerade ein Cellophan-Tütchen mit Joghurtcreme-Pralinen, als die Klingel über der Ladentür schon wieder ertönte.

Eine Frau betrat die *Süßen Träume* und gab der Seniorin die Klinke in die Hand.

»Hallo.« Nina lächelte ihr entgegen. »Kann ich Ihnen helfen?«

Als die Frau sich die Mütze vom Kopf streifte, erkannte Nina sie sofort.

»Ist Jonas hier?«

»Guten Tag. Sie sind seine Mama, richtig? Er hat ein wenig von Ihnen erzählt.« Nina trat hinter dem Tresen hervor und reichte der Frau die Hand. »Er ist hinten in meiner kleinen Küche. Ein talentiertes Kerlchen haben Sie da.«

»Ich hoffe, er ist Ihnen nicht allzu sehr auf den Geist gegangen.« Das Gesicht der Frau war müde und grau. »Ich heiße Barbara Mooser, guten Tag.«

»Nina Köster.« Die zwei Frauen gaben sich die Hand. »Wie wäre es, wenn wir uns einfach duzen würden?«

Die zwei lächelten einander an. »Danke, dass Jonas heute kommen durfte. Ich rechne dir das hoch an.« Barbara steckte ihre Mütze in die Jackentasche. »Joni tut sich noch nicht so leicht hier.«

»Ich weiß.« Nina verschwieg, dass sie Jonas nicht eingeladen hatte, sondern dass der Junge von selbst gekommen war. »Er ist ein wenig schüchtern, oder?«

Barbara nickte und seufzte. »Ja, aber ich musste hierherziehen, wegen der Arbeit. Es gab keine andere Option, weißt du. Wenn man arbeitslos ist, ist man das denkbar schlechteste Vorbild für sein Kind. Das wollte ich nicht sein. Und da sein Vater … na, lassen wir das.« Die Frau sah zutiefst erschöpft aus.

»Möchtest du vielleicht einen Kaffee, Barbara? Du siehst echt müde aus.«

»Nenn mich Babsi. Und gern.« Ein dankbares Lächeln umspielte die Lippen der Frau.

Sie lehnte sich gegen die kleine Theke und nahm die Tasse entgegen, die Nina ihr befüllt hatte.

»Darf ich etwas sagen?« Ninas Ton war vorsichtig.

»Sag.« Irgendwie stimmte die Chemie zwischen den beiden Frauen. Und das schienen auch beide zu spüren.

»Also, wegen Jonas …«

»Ja? Was ist mit ihm?«

»Ich glaube, er ist zu viel allein.«

Babsi verschluckte sich an dem Kaffee und begann zu husten. Dann stellte sie die Tasse ab und rieb sich die Tränen aus den Augen. Nina wusste nicht, ob sie vom Husten oder von Weinen kamen. »Ich weiß.« Babsis Gesicht schien Nina noch eine Spur grauer zu werden.

»Aber wir haben nicht viel Geld. Einen Babysitter kann ich mir einfach nicht leisten. Ich meine, er könnte in die Kleine Robbe, aber dafür fühlt er sich zu groß. Bei den Kindern hat er noch nicht viel Anschluss gefunden – es macht mich alles ein wenig ratlos. Und ich muss einfach arbeiten. Es ist mir wichtig, auf eigenen Füßen zu stehen.« Die Kleine Robbe war eine Art Inselkindergarten, in erster Linie für Touristen ins Leben gerufen, wo man seine Kinder für mehrere Stunden oder sogar ganze Tage abgeben konnte. Allerdings hatte das, wie alles auf der Insel, natürlich seinen Preis.

»Hm. Ja, das mit der Arbeit versteh ich gut. Mir ist mein Geschäft auch heilig.«

Babsi nickte bei Ninas Worten, dann ergriff sie das Wort erneut. »Weißt du, ich will Jonas was bieten, aber – das geht eben nur bedingt. Mir ist klar, dass der Preis hoch ist.«

Babsi in ihrer Traurigkeit tat Nina so leid. Sie spürte, wie schwer es für sie war.

»Hm.« Sie schaute die Frau an, die ihre Tasse wieder aufgenommen hatte und einen weiteren Schluck davon trank. Dann hatte sie eine gute Idee.

»Sag mal, wie wäre es, wenn Jonas hierherkommt? Also, er muss ja nicht, aber – wenn er möchte, kann er mich gern regelmäßig hier besuchen. Ich würde mich ehrlich freuen über die Gesellschaft – und die Unterstützung.«

Babsi hätte nicht überraschter schauen können, wenn Nina plötzlich rosa Ohren gehabt hätte. »Ist das dein Ernst?«

Nina lachte. »Natürlich. Es ist mir sehr ernst.«

»Ich kann dich nicht bezahlen, das weißt du aber?«

»Natürlich. Er arbeitet sehr fleißig im Laden mit, wenn er kommt. Besonders gut ist er als Vorkoster.«

»Oh, das kann ich mir vorstellen.« Jetzt lachte auch Babsi. Zum ersten Mal, seit sie den Laden betreten hatte, wirkte sie weniger grau im Gesicht.

»Wirklich, ich hab Kinder gern. Er kann gern hier reinplatzen, wann immer er möchte.«

»Das wäre echt toll! Vor allem, weil er dich so sehr mag. Er redet so viel von deinen Leuchttürmen und dem Herstellungsprozess … Na ja, er ist ein wenig anders als die meisten Kinder, schätze ich.«

»Du hast einen tollen Sohn.« Nina meinte, was sie sagte. »Soll er dir mal zeigen, was er schon gelernt hat? Und dann sagst du ihm hochoffiziell, dass er mich in Zukunft besuchen kann, wann immer er möchte? Ich könnte mir vorstellen, dass er sich darüber freut.«

Barbara trank ihren Kaffee leer. »Beides sehr gern.«

»Jonas? Jonas, kommst du mal? Wir haben eine ganz besondere Kundin hier vorne!«, rief Nina in Richtung Küche.

»Komme.« Er war blitzschnell zur Stelle.

»Oh. Mama.« Jonas ließ beim Anblick seiner Mutter sofort den Kopf hängen. »Es tut mir leid. Ich wusste nicht … wohin, da hab ich dich angeschummelt. Ich kenne hier noch niemanden gut und …« Der Kleine fing an, sich um Kopf und Kragen zu reden, sich seiner Notlüge gegenüber seiner Mutter schmerzlich bewusst. Babsi ging überhaupt nicht auf seine Worte ein. Sie gab ihm ein Zeichen und er war still.

»Jonas, ich möchte einen hübschen Leuchtturm kaufen. Besonders gefällt mir der hier.« Sie zeigte auf den Turm von Borkum. »Welcher ist das denn?«

Jonas, blitzgescheit wie er war, verstand sofort. »Das ist der neue Leuchtturm von Borkum, mit Schokolade überzogen. Einer der wenigen, der mit Schoko ist.«

»Das klingt vielversprechend.« Babsi lächelte ihren Sohn an. Dann breitete sie die Arme aus. »Komm her, Großer.«

Mutter und Sohn umarmten einander und Nina verspürte wie so oft den bekannten kleinen Stich, den solche Bilder bei ihr verursachten. Aber gleichzeitig fand sie es auch schön. Jonas würde ab sofort häufiger Zeit bei ihr verbringen und sie freute sich sehr darauf, ein Kind in ihrem Leben zu haben. Irgendwie war das wie ein Stück Heimat zu finden, und das an einem rabenschwarzen Tag.

Kapitel 16

Nina stand alleine in ihrem Laden. Die Nacht war furchtbar gewesen, so furchtbar, dass sie schon ganz früh am Morgen ins Geschäft gefahren war. Antje war noch immer auf dem Festland, sodass Nina auch die Gesprächspartnerin fehlte, die gute Freundin. Sie hatte sich mutterseelenallein gefühlt und sich schließlich mit einer Familienpackung Eis im Bett verkrochen.

Ein verrückter kleiner Teil von ihr vermisste Finn und wartete auf den morgigen Tag. Dann würde er die nächste Ladung Leuchttürme abholen kommen, für seine Mutter, die das gesundheitlich nicht schaffte. Dabei war ihr durchaus bewusst, dass sie ihn ja eigentlich nie wiedersehen wollte. Gefühle waren wirklich das Allerletzte, was man brauchte, dachte Nina, verärgert über sich selbst.

Sie merkte, dass sie seit Minuten ins Leere starrte und die Kokoscreme, die sie gerade angerührt hatte, keinerlei Beachtung fand. Vorsichtig gab sie noch mehr Kokosflocken in die Masse, die noch etwas zu dünn geraten war. Sie musste sich konzentrieren, sonst wären die Kokosbällchen am Ende keine Bällchen, sondern irgendwelche verlaufenen Gebilde und keiner würde sie kaufen. Mit sanften Bewegungen rührte sie weiter und beobachtete, wie sich die Kokosmasse verdichtete. Gleich würde sie die Bällchen rollen können und diese anschließend mit der Bitterschokolade überziehen.

Ein lautes Klopfgeräusch riss Nina aus ihren Überlegungen und sie lief in den vorderen Raum. Wenn das Jonas war, dann war der Kleine ein ganz schöner Frühaufsteher.

Aber es war nicht Jonas. Draußen an der Tür stand Herr Aue und schlug mit seinem Gehstock gegen die Ladentür. Nina sperrte ihm auf.

»Herr Aue! Sie sind aber früh auf den Beinen.«

Der alte Herr schaute Nina aus seinen wachen, blitzenden Augen an. »Sie aber auch.«

»Na ja. Damit haben Sie ja wohl gerechnet, sonst wären Sie nicht hier, oder?« Nina lachte. Herr Aue grinste verschmitzt. »Kluges Mädchen.«

»Was kann ich für Sie tun?«

»Nun, wenn ich einen Moment reinkommen dürfte, vielleicht auf einen Marzipan-Otto-Turm?«

Der Pilsumer Leuchtturm fand erstaunlich guten Absatz. Er hatte Otto Waalkes in einem Film als Wohnung gedient. Vielleicht war er deshalb so beliebt bei der Kundschaft.

»Selbstredend. Und ich geb Ihnen noch einen mit auf den Weg.«

Als Zeichen des Dankes tippte sich Gustav an den weißen, etwas extravaganten Hut, den er heute zu seinem beigen Jackett trug, und kam mit humpelnden Schritten in den Laden.

»Mein Auftauchen hat einen Grund, werte Nina.«

»Oh, das habe ich mir gedacht.« Lächelnd reichte sie Herrn Aue einen Marzipanturm und eine kleine Serviette dazu.

»Danke, mein Kind, danke.«

Der alte Mann lehnte seinen Stock gegen den Tresen und sich selbst daneben.

»Ich habe recherchiert.«

Nina runzelte die Stirn. »Recherchiert?«

»Nun ja, unser Gespräch letztens hat mir keine Ruhe gelassen. Wo es um Jörn Forster ging, den Freund von Finn Schuette. Erinnern Sie sich?«

»Natürlich.« Finn. Der ihr zum Vorwurf gemacht hatte, dass sein Freund nicht mehr auf der Insel war.

»Nun ja. Ich war erschüttert von mir selbst, weil ich mich nicht an sein Mietgesuch erinnert habe.« Gustav Aue biss in den Turm. »Ein Hochgenuss. Sie sind eine Könnerin, wissen Sie das?«

»Danke. Aber wir waren bei dem Mietgesuch …«, lenkte Nina das Gespräch zurück.

»Ja, natürlich. Also es ist so …« Gustav biss erneut in den Turm, verdrehte die Augen, kaute genüsslich, schluckte. Er hatte Zeit, schien den Moment – oder die Süßigkeit – auszukosten. »Es ist so, dass ich dachte, ich werde langsam senil. Wirklich, unser Gespräch hat mich sehr erschreckt. Ich hatte augenscheinlich vergessen, dass Jörn sich um den Laden beworben hatte – dabei kenne ich den Jungen seit Kindertagen. Mehr noch, ich kenne die ganze Familie, alles sehr anständige Leute, muss ich sagen. Und Wenke, seine Frau, ist in meiner Nachbarschaft aufgewachsen. Nettes Mädchen, sehr nettes Mädchen, das muss man schon sagen.«

Gustav Aue schien sich wieder in seiner Erzählung zu verlieren, kam nicht auf den Punkt. Nina spürte, wie sie ungeduldig wurde und an die Kokosmasse dachte, die Arbeit, die Tatsache, dass sie ihr Geschäft bald aufsperren würde und noch nicht alles erledigt war.

»Also. Wo war ich?«

»Bei dem Mietgesuch«, half Nina Aue auf die Sprünge.

»Natürlich. Natürlich. Also. Was ich sagen wollte, ist, dass ich mit Jörns Eltern gesprochen habe und außerdem all meine Unterlagen von mir einer genauen Prüfung unterzogen wurden.«

»Ja?«

»Ja.« Gustav Aue stand jetzt stramm wie ein Soldat, mit voller Körperspannung, stolz aufgerichtet. »Und das Ergebnis ist, dass Jörn sich nicht bei mir um das Geschäft beworben hat. Ich kann das beweisen und …«

Aue sprach weiter, aber Nina hörte ihn nicht mehr. Alles um sie herum war nur mehr weißes Rauschen. Wenn Jörn sich nicht beworben hatte – warum war Finn dann so wütend auf sie gewesen wegen des Ladens und hatte sie so mies behandelt?

Sie konnte sich keinen Reim darauf machen. Sie verstand die Welt nicht mehr. Alles an Finn schien eine einzige Lüge zu sein. Sie war zuvor schon so massiv von ihm enttäuscht gewesen, aber jetzt, diese Neuigkeit, setzte der Sache die Krone auf. Er handelte wohl einfach so, wie er wollte. Nichts war ihm heilig. Vielleicht mochte er einfach keine Fremden?

Nina schüttelte den Kopf, sie konnte sich einfach keinen Reim auf die Sache machen.

»Und wissen Sie, was das Beste ist?«

»Nein, Herr Aue, was ist denn das Beste?« Nina war viel zu platt von der neuen Information, um klar denken zu können.

Gustav Aues Gesicht verzog sich zu einem triumphierenden Grinsen. »Dass ich demnach kein seniler alter Sack bin, sondern nur ein alter Sack.«

Unweigerlich musste Nina lachen. »Nein, von senil kann wohl wirklich keine Rede sein.«

Ich allerdings, dachte sie sich, verstehe langsam die Welt nicht mehr.

* * *

»Möchtest du noch mehr Marmelade, du süße Maus?« Maria Schuette bewegte sich durch den Frühstücksraum wie ein aufgescheuchtes Huhn, als Finn zurückkam, verschwitzt und ausgelaugt. Die letzten zwei Tage war er so viel mit dem Rad unterwegs gewesen wie noch nie. Und er war unendlich froh, dass Linda da war, seine kleine Linda. Eine bessere Ablenkung hätte er sich gar nicht wünschen können.

Linda saß mit marmeladeverschmiertem Mund am Tisch, vor sich eine riesige Tasse Kakao.

Finn zog sich einen Stuhl heran und setzte sich zu ihr. Nie war seine Tochter hübscher, als wenn ihre dunklen Haare zerzaust und ihr Gesicht bekleckst waren wie jetzt und sie so richtig Kind war.

»Hast du für deinen alten Vater auch noch ein Brötchen?« Finn lächelte Linda an und strich ihr eine Haarsträhne hinters Ohr, die in dem klebrigen Aufstrich ihres Brötchens zu versinken drohte.

Die Kleine schüttelte den Kopf. »Ich ess alles auf.«

»Alle … fünf … Brötchen?« Finn bemühte sich um einen entrüsteten Gesichtsausdruck und Linda nickte vehement, während sie eine Hand vor den Mund nahm, um ihr Kichern zu verbergen – das man mehr als deutlich hörte.

»Brauchst du noch einen Kakao, mein Engelchen?« Maria Schuette hatte ungefragt einen riesigen Pott Erdbeermarmelade angeschleppt, der so dringend benötigt wurde wie ein Kropf. Denn Linda war so mit ihrem Aprikosenmarmeladenbrötchen beschäftigt, dass nur eine Großmutter im Überengagement-Modus denken konnte, dass das Kind noch irgendein Lebensmittelbedürfnis haben könnte.

Linda schüttelte wie erwartet den Kopf und deutete auf ihre volle Tasse. »Danke, nein, Oma.« Sie war geradezu beängstigend höflich.

»Kann ich vielleicht einen Kaffee haben, Mama?«, bat Finn.

Sie schaute ihn an, als ob er von einem anderen Planeten käme. »Hol ihn dir doch selber, Junge, ich hab Rheuma.« Demonstrativ seufzend setzte sie sich neben Linda. »Brauchst du noch was, mein Schatz?« Sie strich dem Kind über die Wange, nahm eine Papierserviette und entfernte Marmeladespuren.

Finn lachte in sich hinein. Für seine Mutter war es ein absolutes Highlight, dass das Enkelkind auf der Insel war. Sie wollte keine Minute verpassen und genoss es sehr, dass Franziska gern ausschlief und sie so die ersten Stunden des Tages damit zubringen konnte, die kleine Linda nach Strich und Faden zu verwöhnen. Es bedeutete für seine Mutter einen regelrechten Energieschub, wenn Linda da war. Finn stand auf. »Möchtest du auch Kaffee, Mama?«, fragte er nachsichtig.

Sie lächelte ihn dankbar an und nickte, mit vor lauter Eifer ganz roten Bäckchen. Dann wandte sie sich auch schon wieder ihrem Enkelkind zu. Ein Glück, dass auch die anderen Gäste um diese frühe Tageszeit noch schliefen.

Finn stand auf, ging hinüber zu dem kleinen Frühstücksbuffet, das bereits vollständig angerichtet war, und goss aus einer der Thermoskannen zwei große Becher Kaffee ein. Dann balancierte er die randhoch gefüllten Tassen zurück zum Tisch.

»Und dann darfst du dir den größten Marzipanleuchtturm aussuchen, den es da gibt«, hörte Finn seine Mutter sagen – und sein Hunger nach Brötchen war ihm fürs Erste vergangen.

Er sah, wie Lindas Augen größer wurden. »Ehrlich? Da gibt es noch mehr Leuchttürme aus Marzipan? Solche wie auf meinem Kissen?«

Maria Schuette nickte. »Ganz viele. Du wirst schon sehen.«

Finn stellte seiner Mutter den Kaffee hin. »Hier, bitte.«

»Danke, mein Junge. Ich hab Linda gerade gesagt, dass ihr gleich nachher zum Leuchtturmladen dieser reizenden Nina geht.«

»Bitte, *was*?« Finn dachte, er hörte nicht richtig.

»Na, was meinst du, wie Linda das gefällt. Ein richtig großer Norderneyer Leuchtturm aus Marzipan – nicht so winzig, wie der auf dem Kopfkissen war.« Die Dimension, die Maria mit ihren Händen zeigte, war die reinste Utopie. Außerdem würde er einen Teufel tun.

»Ich glaube, sie geht lieber zum Weststrand auf den Spielplatz. Was meinst du, Linda?«, versuchte Finn sein Glück. Finn kannte kein anderes Kind, das einen so effektiven Flunsch ziehen konnte wie seine eigene Tochter.

»Bitte, Papi, gehen wir zum Schoko-Laden?«

»Nein.« Seine Stimme klang hart. Härter, als er gewollt hatte.

»Aber … Oma hat es mir versprochen.« Die Stimme des kleinen Mädchens bebte. Ihre Augen wurden verdächtig glasig.

»Dann könnte doch vielleicht Oma mit dir hingehen.«

Finn schaute zu seiner Mutter hinüber, die ihm einen zugleich überraschten wie entgeisterten Blick zuwarf. Kein Wunder. Sie wusste ja gar nichts von der ganzen Misere mit Nina. Er hatte nichts davon erzählt – zum Glück. Es reichte, wenn er bitter enttäuscht war. Seine Mama wartete schon so lange darauf, dass er wieder glücklich wurde, dass sie vermutlich noch enttäuschter von Ninas Verhalten gewesen wäre als er selbst.

»Finn, sag bitte nicht, dass du noch immer enttäuscht bist wegen Jörn. Du hast doch letztens auch die Türme dort abgeholt. Apropos, das könntest du gleich noch verbinden, wenn du hingehst.«

Finn schnaubte und schüttelte den Kopf. »Ich möchte da nicht hingehen. Kannst du das akzeptieren? Außerdem hast du gerade sehr fit ausgesehen, wenn ich das so sagen darf.«

Seine Mutter runzelte die Stirn.

»Da gibt es doch etwas, das ich nicht weiß.« Sie beugte sich über den Tisch in seine Richtung. Verdammt, sie kannte ihn einfach zu gut. Viel zu gut.

»Blödsinn. Ich finde nur die Leuchttürme eine sehr alberne Idee.«

»Natürlich.«

»Ich gar nicht«, meldete sich Linda zu Wort. »Ich möchte da hin.«

»Sicher, meine Kleine.« Oma Schuette tätschelte ihrer Enkelin die Hand. »Ich geh mit dir, wenn dein Papa nicht mitkommt. Das machen wir morgen, ja? Heute gehst du mit ihm zum Weststrand – da ist Piratenfest.«

Noch immer dieser prüfende Blick, unbemerkt von der Kleinen. Finn senkte die Augen und rührte in seinem Kaffee. »Danke.« Er sagte es ganz leise. So, dass seine Mutter es gerade so hörte.

»Gern. Aber irgendwann erzählst du mir die Geschichte dazu.«

Finn nickte und seufzte. »Irgendwann.«

Allein beim Gedanken an den Laden und Marzipanleuchttürme überfiel ihn eine tiefe Traurigkeit. Vor seinem inneren Auge sah er Ninas Lächeln, die Sommersprossen, ihren Bauch, die perfekte Rundung ihres Nabels und ihm wurde fast schlecht. Er vermisste Nina. Er konnte nicht fassen, dass er sich so getäuscht hatte, und er war unendlich niedergeschlagen, weil er jetzt wieder von vorne anfangen musste, schon wieder.

* * *

Wieder eine Nacht vorbei. Antje war am Abend noch da gewesen und hatte sie bemitleidet und die Freundinnen hatten gemeinsam über Männer geschimpft. Antje war ihrerseits ja schon ewig allein, genau genommen, seit sie in der Pubertät von ihrer Jugendliebe so schwer enttäuscht worden war. Nina hatte den Knaben nie gesehen. Aber Michael, ein Junge aus Bayern, hatte damals einen bleibenden Eindruck bei Antje hinterlassen – und es schien, dass sie seitdem ein gebranntes Kind war, das auf immer und ewig das Feuer scheute. Oder dass niemand an ihre Idealvorstellung von diesem Michael herankam, der vermutlich nicht halb so gut war, wie Antje ihn sich in ihren Gedanken ausmalte.

So war es ein Leichtes gewesen, Sanddornlikör zu schlürfen und sich gegenseitig das Leid ihrer einsamen Herzen zu klagen. Wobei bei Nina natürlich noch eine gehörige Portion Wut auf die Männer und der Schwur, sich nie wieder mit einem Kerl einzulassen, mit in den Topf kam. Sie konnte nicht fassen, wie leicht sie rumzukriegen war – ihr anfängliches Misstrauen gegenüber Finn war eindeutig gerechtfertigt gewesen. Von Peters Auftauchen und seiner Selbstüberschätzung wollte sie gar nicht reden.

Sie hatte das Gefühl, dass der Stachel des Misstrauens gegenüber der Männerwelt nie mehr verschwinden würde.

Und der Likör war ein wenig zu reichlich geflossen. Entsprechend wattig fühlte sich ihr Kopf heute an. Dabei stand ihr heute eine weitere Feuerprobe bevor. Familie Schuette würde ihre Leuchttürme abholen. Und vor dieser Begegnung hatte Nina einen Heidenrespekt. Die letzten zwei Mal hatte das nämlich Finn erledigt, also war es wohl seine Aufgabe. Nina hatte sich fest vorgenommen, einfach professionell aufzutreten, wie eine Ladenbesitzerin eben mit einem Kunden umgeht, aber einfach war das trotzdem nicht.

Als sie gerade ein paar Schokoladenherzen aus der Küche holte, klingelte die Ladentür. Ninas ganzer Körper reagierte mit Anspannung. Sie erschrak so sehr, dass ihr das Tablett mit den Herzen aus den Fingern rutschte und zu Boden glitt.

»Verdammte Scheiße!«

»Nina!« Die Entrüstung in der Stimme war echt. Als Nina von den auf dem Boden verteilten Herzen aufschaute, stand

Jonas vor ihr. »Man darf nicht so fluchen. Was soll da die Kundschaft von uns denken?«

Unweigerlich lachte Nina. »Hallo, Jonas. Du hast völlig recht.«

Er hielt eine Brötchentüte hoch. »Ich hab uns Croissants mitgebracht. Meine Mama hat mir extra Geld dafür gegeben.«

»Endlich mal ein Mann, mit dem ich gern frühstücke.« Nina bückte sich und legte die Herzen auf das Tablett zurück. Sie würde sie mit nach Hause nehmen und mit Antje verputzen. Dafür waren sie noch gut genug.

»Wie bitte?« Jonas schaute ganz bedröppelt drein.

»Ach, nichts. Komm, wir machen uns einen Kakao und genießen erst mal ein kleines Frühstück, hm? Ich glaube, wir können es gebrauchen.«

Jonas trat ganz nah an Nina heran und beugte sich zu ihrem Ohr hinunter. »Erst musst du kurz vor in den Verkaufsraum. Da sind eine Frau und ein ganz kleines Mädchen mit mir reingekommen. Die wollten aber zu dir.«

Nina flüsterte zurück. »Danke, dass du mir das sagst. Am Ende hätte ich noch zwei Kunden verpasst.« Sie zwinkerte Jonas zu und stand auf. »Du bist als Mitarbeiter wirklich unbezahlbar, das muss ich schon sagen.«

Jonas schien zu wachsen angesichts des Lobes seiner »Chefin«. »Ich mach den Kakao, während du bedienst. Das schaff ich.« Mit stolzgeschwellter Brust ging er in Richtung Kühlschrank.

»Sehr gut. Danke, Jonas«, warf Nina noch über die Schulter zurück, während sie lächelnd hinüber in den Laden ging. Als sie sah, wer da in die *Süßen Träume* gekommen war, gefror ihr das Lächeln auf den Lippen. Sie spürte, dass ihr die Farbe aus dem Gesicht wich, und ja, am liebsten wäre Nina einfach im Erdboden versunken.

»Den will ich, Oma! Können wir den nehmen?« Das kleine Mädchen mit den dunklen Locken, das an der Hand der alten Frau Schuette auf und ab sprang, deutete auf den größten Leuchtturm aus Marzipan in Ninas Sortiment. Natürlich war es der Turm von Norderney.

»Möchtest du dich nicht noch ein wenig umschauen, bevor du dich entscheidest? Schau mal, da ist der Turm von Schleimünde.« Frau Schuette kannte sich erstaunlich gut mit Leuchttürmen aus.

Nina stand hinter dem Tresen und sagte nichts. Sie beobachtete nur das Szenario, wie die Großmutter mit der Kleinen umging und die zwei so vertraut die einzelnen Süßigkeiten in dem Regal bewunderten.

»Nein, ich nehm Norderney.« Linda schien die Willensstärke ihres Vaters geerbt zu haben. Unter anderen Umständen hätte Nina die Kleine in ihrer roten Windjacke mit den weißen Punkten sehr niedlich gefunden. So aber suchte sie ihr Gesichtchen nach Ähnlichkeiten mit Finn ab und erkannte schon auf den ersten Blick seine Augen, seine geschwungenen Lippen, die hohen Wangenknochen. Das Kind war seinem Vater wie aus dem Gesicht geschnitten.

Erst jetzt drehte sich Frau Schuette zu Nina um, die noch kein Wort gesprochen hatte.

»Moin, Frau Köster.« Die alte Dame wirkte um Jahre jünger.

»Hallo, Frau Schuette.« Nina starrte noch immer auf das Kind, konnte die Augen nicht abwenden. »Wen haben Sie denn da dabei?«

»Das ist Linda, meine Enkeltochter.«

»Hallo, Linda.« Es fühlte sich an, als hätte die nette Dame Nina gerade einen kräftigen Schwinger in den Magen versetzt. Hatte ein fast unsichtbarer Teil von ihr noch gehofft, sie würde sich irren, so war dieser winzige Rest jetzt endgültig ausgelöscht.

Sie ermahnte sich mit dem letzten bisschen Fassung, das sie hatte, zur Professionalität. Sie konnte sich nicht erlauben, dass sich unter den Insulanern rumsprach, sie sei unfreundlich oder launisch.

»Bestimmt möchten Sie die Leuchttürme abholen, nicht wahr? Und du, Linda, magst du dir vielleicht eine Praline aussuchen?« Zitterte ihre Stimme oder bildete Nina sich das ein?

Die Kleine löste ihre Hand aus der ihrer Großmutter und trat an die Vitrine am Tresen. »Ich nehm so eine Rose.«

»Die mag dein Papa auch gern.« Die Worte rutschten einfach aus Ninas Mund. Wie hatte sie das nur sagen können? Ihr Hirn musste wirklich total blockiert sein. Erschrocken musterte Nina das Kind, aber der Kleinen fiel nichts auf. Zum Glück waren Kinder oft unbedarft.

»Tatsächlich? Finn mag diese Pralinen? Hat er die letzte Woche gekauft, als er meine Türme abgeholt hat?« Maria Schuette kam ebenfalls herüber, in der Hand einen der Norderneyer Marzipantürme, in einem hübschen, durchsichtigen Tütchen verpackt, das sie neben die Kasse stellte. Sie wirkte überrascht und interessiert.

Ninas Herz schlug bis zum Hals, sie wollte, genauer: Sie konnte der alten Dame nichts dazu sagen. »So ähnlich.« Wieder zwang sie sich zu einem Verkaufslächeln.

Schnell nahm sie eine kleine Zange und hob damit eine der Schokorosen aus dem Schälchen, in dem sie schön aufgereiht lagen. »Hier, probier mal.« Sie reichte sie Linda, die die ganze Praline auf einmal in den Mund steckte.

»Mmmh.« Mehr konnte sie nicht sagen, ihr ganzer Mund war voller Schokoladenmasse.

»Wollen Sie auch eine kosten?«

Ohne die Antwort abzuwarten, reichte Nina auch der alten Dame eine Praline, die noch immer ein Fragezeichen im Gesicht hatte. Hoffentlich würde die Süßigkeit sie ein wenig ablenken. Tatsächlich nahm sie das Schokoladenkunstwerk dankend entgegen und biss vorsichtig ein Stückchen davon ab. »Die ist wirklich gut.«

Plötzlich stand Jonas neben Nina. »Du, der Kakao ist fertig. Und ich hab die Croissants auf einen Teller gelegt.«

»Sehr gut, Jonas, danke. Aber ich muss erst noch fertig bedienen.« Nina lächelte dem Jungen zu und fuhr ihm durchs Haar.

»Oh, dann fassen wir uns jetzt kurz, wenn Sie frühstücken wollen.« Frau Schuette aß den Rest der Rose und griff in ihre Jackentasche, aus der sie ihr Portemonnaie hervorholte. »Was macht das, bitte?«

Nina war so dankbar, dass Jonas aufgetaucht war, dass sie vor Erleichterung tief ausatmete. Die Frage nach den Rosen und Finn war vom Tisch – zum Glück.

Sie nannte den Preis und Frau Schuette bezahlte.

»Die Türmchen kommen übrigens sehr gut bei den Gästen an, meine Liebe.« Frau Schuette war wirklich eine besonders nette Frau, wie sie Nina gerade anstrahlte, die ihr die hübsche Papiertüte mit den Leuchttürmen und dem zusätzlichen Norderneyer Turm reichte.

»Oma, darf ich den Marzipanturm daheim gleich essen?« Wie Kinder so waren, mischte sich auch Linda einfach in das Gespräch ein, ohne auf den richtigen Moment zu warten.

»Ja, Schätzchen, aber natürlich.« Maria Schuette beugte sich schwerfällig zu dem Kind hinunter und küsste die Kleine auf den Scheitel, bevor sie sich wieder Nina zuwandte. »Auf Wiedersehen, bis nächste Woche.«

»Wiedersehen, Frau Schuette. Tschüss, Linda!«

Die Kleine drehte sich um und winkte.

»Die ist aber süß. Wenn die mal in meinem Alter ist …« Nina hatte Jonas ganz vergessen, der noch immer neben ihr stand. Jetzt musste sie angesichts seines Kommentars lachen.

»Ich glaube, das einzig Süße, was du jetzt brauchst, ist ein Kakao, du kleiner Casanova.«

Nina wuschelte dem Jungen durch die Haare und dirigierte ihn kopfschüttelnd nach hinten.

Ihre Gedanken waren noch bei Frau Schuette. Natürlich hatte Finn ihr nichts von ihrem Date im Leuchtturm erzählt – oder überhaupt davon, dass sie sich näher kannten. Wie auch? Er war schließlich mit einer anderen Frau zusammen. Warum, zur Hölle, war das Wissen um seinen miesen Charakter nicht ausreichend dafür, dass ihr Schmerz nachließ? Sie musste sich darauf einstellen, dass sie ihm immer wieder einmal über den Weg laufen würde. Oder er ihr. Auf Norderney blieb das nicht aus. Konnte sie damit umgehen, Finn ständig zu begegnen? Konnte man das lernen? Nina seufzte. Eines war klar: Einfach würde es nicht werden. Finns Spuren überzogen die Insel wie ein Netz. Und zum ersten Mal seit ihrer Ankunft auf Ney war sie nicht sicher, ob es die richtige Entscheidung gewesen war, so eine kleine Insel als Heimat ausgewählt zu haben.

Kapitel 17

Finn kam gerade von der Aussichtsdüne zurück. Er war genervt. Jemand hatte dort ein Picknick gemacht und seinen ganzen Müll liegen gelassen. Er mochte seinen Job als Inselhausmeister wirklich, aber als Müllmann verstand er sich absolut nicht, obgleich er natürlich alle Verpackungen weggeschmissen und die Pfandflaschen mitgenommen hatte.

Er litt seit Kurzem auch ein wenig an Verfolgungswahn. Seine ständige Angst war, irgendwo auf der Insel über Nina und »ihren Peter« zu stolpern, obgleich er wusste, dass Nina sich ja eigentlich in ihrem Laden aufhielt. Dennoch – er konnte diese Angst nicht einfach abschalten. Jetzt, zu Hause, freute er sich auf Linda. Er würde mit ihr Memory spielen. Sie hatte gerade eine sehr intensive Memory-Phase und er stand ihr gern als Spielpartner zur Verfügung.

Als Finn in die Küche kam, stand seine Mutter am Herd und brutzelte Schnitzel.

»Finn! Du kommst genau zum richtigen Zeitpunkt.« Sie deutete vage mit ihrem Wender in Richtung Tisch. »Setz dich, der Kartoffelsalat ist schon fertig.«

Es war sicher kein Zufall, dass es Lindas Lieblingsessen gab. Finn grinste.

Auf dem Tisch stand eine Tüte von *Süße Träume*. Natürlich, die Leuchttürme. Er nahm sie und stellte sie hinüber auf die Anrichte.

»Ach, da wollte ich dich eh noch fragen.«

»Hm?«

»Du magst Schokorosen, habe ich mir sagen lassen.«

Finn fluchte innerlich.

»Stimmt das denn?«, hakte seine Mutter nach.

Finn nickte, zögerlich und verärgert, weil Nina das hatte ausplaudern müssen. Was sie wohl noch gesagt hatte?

»Wann hast du sie gekostet?« Die Frage klang lauernd. Wusste Maria Schuette mehr? Und was genau? Eine Notlüge war keine Option, wie es Finn schien.

»Ich … Himmel, ja, wir haben uns mal getroffen.«

»Wie bitte?«

Mist! Die Überraschung im Tonfall seiner Mutter gab eindeutig zu erkennen, dass sie weniger wusste, als er gedacht hatte. Und jetzt war die Katze aus dem Sack.

»Ich hab sie in den Leuchtturm eingeladen, aber – sie ist nicht an mir interessiert.« Finn versuchte, nicht an die Stelle zu spüren, die ihn schmerzte, und seinen verletzten Stolz auszublenden.

»Du hast sie in den Leuchtturm eingeladen?« Maria Schuette stand da, ihren Wender in der erhobenen Hand.

»Die Schnitzel, Mama.« Finn zeigte auf die Pfanne.

»Ach so, ja.« Sie wendete ein Schnitzel. »Aber lenk nicht ab, erzähl deiner Mutter von deinem Techtelmechtel.«

Techtelmechtel. Das Wort konnte wirklich nur jemand über fünfundsechzig verwenden, ohne dass es seltsam klang.

»Genau das war es, Mama. Ein kurzer Flirt. Aber wie gesagt. Nina ist nicht an mir interessiert.« Er konnte einfach nicht verhindern, dass man sein Wundsein hörte.

»Warum?« Frau Schuette klang ehrlich erstaunt.

»Weil … Ich weiß es nicht. Okay? Ich habe keine Ahnung. Vielleicht fällt ein Leuchtturmputzer einfach nicht in ihr Beuteschema.« Diese Bitternis, wie eklig sie schmeckte. Finn fuhr sich durchs Haar.

Seine Mutter wendete ein weiteres Schnitzel und es zischte laut. »Ich kann mir das nicht vorstellen, Finn.«

Er wollte aufhören, an Nina zu denken, er wollte wirklich damit aufhören. »Mama, könnten wir das Thema einfach fallen lassen?«

»Aber …«, schnappte seine Mutter.

»Bitte. Sie findet einen anderen Kerl besser. Okay? Können wir es dabei belassen?« Sein Blick schien etwas in ihr zu berühren, denn sie ließ tatsächlich davon ab, ihren Satz zu Ende zu sprechen.

»Na gut.« Maria Schuette ging zum Kühlschrank und holte eine riesige Flasche Ketchup heraus, die sie auf den Tisch knallte. »Aber verstehen tu ich es nicht.«

»Ich auch nicht, in Ordnung?« Finns Ton hatte etwas Flehendes. Er wollte wirklich nicht weiter darüber reden, erst recht nicht, wo er sah, wie sehr auch seine Mutter davon getroffen war, dass ihr Sohn schon wieder eine innere Verletzung davongetragen hatte.

Sie stand vor ihm, strich ihm über die Wange, wie sie es schon getan hatte, als er ein kleiner Junge gewesen war.

»Das wird wieder, das weißt du?«

Verrückterweise war diese Geste das Tröstlichste, was er in den letzten Tagen erfahren hatte. Er nickte. »Ich weiß. Danke.«

Seine Mutter nickte ebenfalls. »So, und jetzt isst du das größte Schnitzel, das ich gebraten habe.«

* * *

Es ging zu wie immer. Zwei Discounter waren in der Hauptreisezeit einfach sehr wenig. Die Schlangen an den Kassen waren unübersehbar und man durfte froh sein, wenn man alles bekam, was man kaufen wollte. Heute war das Obst schon so ausgesucht, dass Nina leise vor sich hin schimpfte. Weiter vorn stand ein Wagen mit nicht ausgepackten, in Plastik gewickelten Produkten und sie sah, dass dort genau das war, was sie suchte: Plattpfirsiche. Sollte sie einfach selbst Hand anlegen und sich bedienen?

Eigentlich war das nicht ihre Art. Aber weit und breit war niemand vom Verkaufspersonal zu sehen und sie wollte die drei letzten angeschimmelten Früchte einfach nicht haben – noch dazu, wenn sich eine Ladung Frischobst direkt vor ihrer Nase befand.

Nina trat an den riesigen Turm Obstkisten heran und versuchte, das Plastik auf Höhe der Plattpfirsiche aufzureißen. Sie fluchte, als ihr ein Fingernagel einriss, und steckte ihn sich in den Mund, dann arbeitete sie weiter daran, ans Ziel zu kommen. Sie kam sich ein wenig wie eine Jägerin auf Großwildjagd vor. Plötzlich hörte sie auf der anderen Seite der Palette ein gezieltes, schnelles Ratschen und trat einen Schritt zurück. Sie konnte nicht über den Turm sehen. Vielleicht war das ein Mitarbeiter, der ihr helfen konnte, ohne weitere Blessuren ans Ziel ihrer Träume zu kommen.

Entschlossen lief sie um das Obst und Gemüse herum. »Entschuldigung, können Sie mir eben zu einer Packung Plattpfirsiche … Oh.«

Ninas Herz stand für einen Moment still. Sie starrte den Mann an, der ihr gegenüberstand.

»Hallo.« Seine warme Stimme, seine Augen. Der Schmerz, den Nina verspürte, durchdrang sie bis in die Fingerspitzen.

»Hi.« Sie wollte sich umdrehen und wegrennen. Sie wollte stehen bleiben und mit ihm reden. Sie wollte, sie wollte … sie stand stocksteif da und konnte sich gar nicht dafür entscheiden, was sie wollte. Sie wusste nichts. Ihr Hirn war leer, bis auf die unterschiedlichen Emotionen, die an ihr rissen. Da war die Verärgerung, die Enttäuschung, die Traurigkeit, aber auch ihre Sehnsucht, ihr Unglaube und ihre verlorene Liebe.

Finn starrte sie an, erst verwirrt, dann gingen bei ihm sofort die Schotten hoch. Sein Gesicht war eine starre, ernste Maske.

»Kaufst du deinem Peter ein leckeres Stück Obst?« Oh, diese Kälte in seiner Stimme! Nina spürte sie bis tief ins Mark. Doch ja, das hatte sie gesagt. »Mein Peter.« Sie hatte ihn treffen wollen und das war ihr gelungen.

»Und du?« Sie deutete auf die Bananen in seiner Hand. Wie unfassbar schlagfertig sie doch war. Sie konnte nicht mal aussprechen, dass er eine Tochter hatte, sie konnte es ihm nicht mal vor den Latz knallen, weil die Worte laut zu hören ihr zu weh getan hätte und sie nicht im Supermarkt vor all diesen Leuten weinen wollte, weil Finn eine Familie hatte und sie sich wie ein kleines, billiges Flittchen fühlte.

»Ich finde verdammt schade, dass du mich belogen hast.« Finn hatte ganz offenbar keine Angst vor klaren Worten. Sie sprudelten ihm einfach so über die Lippen, selbst zwischen Bananen, Touristen und Nektarinen. Ganz so, als wäre alles ganz normal. Nina spürte, wie sich ihr Mix aus Gefühlen langsam formte und eine klare Gestalt annahm. Da war sie, die blanke Wut. Und da waren plötzlich auch Worte.

»Dich ärgert, dass *ich* gelogen habe?« Nina tippte sich mit dem Finger gegen die Brust, stemmte die andere Hand in die Hüfte, ihr ganzer Körper war eine einzige, wütende Geste.

»Ich glaube, du verkennst da ein wenig die Tatsachen, mein Lieber!« Nina war lauter geworden, als sie es beabsichtigt hatte. Sie senkte ihre Stimme zu einem Zischen. »Du bist ja die Ehrlichkeit in Person, nicht wahr?«

Finn verschränkte die Arme vor der Brust. »Ich habe dich nicht aktiv angelogen.«

»Aktiv, hm?« Allein seine Wortwahl brachte Nina noch mehr auf die Palme. Seit wann, bitte sehr, gab es aktive und passive Lügen? Sie sah wirklich rot. »Jetzt sag ich dir mal was. Ich weiß, dass du mich wegen deines besten Freundes und meines Geschäfts angelogen hast. Du schaffst es ja nicht mal, bei Kleinigkeiten die Wahrheit zu sagen. Du lügst sogar ohne jeden triftigen Grund. Keine Ahnung, was dir diese Nummer bringen sollte. Stehst du auf Mitleidsficks? Ist es das? Na, dann hast du ja bekommen, was du wolltest. Herzlichen Glückwunsch!« Nina war eigentlich keine Freundin derber Sprache, aber gerade taten ihr die Worte gut, so gut. Und sie wollte Finn wehtun, sie wollte, dass er spürte, was sie spürte, die Traurigkeit, die Einsamkeit, die Enttäuschung – einfach alles.

»Vermutlich *hast* du gar keinen besten Freund«, setzte sie hinterher. »Mich jedenfalls würde das nicht wundern, wenn jemand wie du keine Freunde hat.« Finn starrte Nina an. In seinem Blick lag ein undefinierbarer Ausdruck, den Nina nicht zu deuten vermochte. Er sagte nichts mehr, starrte sie nur an.

»Habe ich es mir doch gedacht, jetzt fällt dir nichts mehr ein, hm?« Nina grinste verächtlich. Was war Finn nur für ein Blender!

»Und jetzt entschuldige mich. Ich habe Wichtigeres zu tun. Ich werde jetzt noch ein paar völlig nutzlose Dinge einkaufen. Weil einfach alles mehr Sinn hat, als meine Zeit mit dir zu verschwenden.«

Nina machte auf dem Absatz kehrt und ging, mit rasendem Herzklopfen, am Brotregal vorbei und in Richtung Kühltheke. Sie konnte nicht mehr denken, all ihre Energie schien aus ihr gewichen zu sein. Sie wollte sich festhalten, irgendwo, oder sich einfach auf den Boden setzen. Ihre Augen brannten, gleich würde sie weinen.

»Nina? Hey, Nina!« Finns Stimme traf sie wie ein Schwert. Aber sie drehte sich nicht um. Sie reagierte gar nicht. Sie lief einfach weiter in Richtung Kasse, mit leeren Händen, ohne auch nur einen Blick in die Supermarktregale zu werfen. Scheiß auf Plattpfirsiche, scheiß auf Essen generell. Hauptsache, sie war schnell aus dem Geschäft draußen und so weit weg von Finn, wie dieses vermaledeite Eiland es zuließ. Nina spürte, dass ihr eine Träne über die Wange lief. Sie wischte sie nicht weg. Sie ging weiter, drückte sich an der Kassenschlange vorbei und hinaus auf den Parkplatz, wo ihr Fahrrad stand. Sie tastete nach dem Schlüssel, fand ihn nicht gleich, schließlich aber doch, in der Innentasche ihrer Jeansjacke, und schloss auf. Dann schwang sie sich auf das Rad und fuhr davon. Nie wieder. Sie wollte Finn wirklich nie wiedersehen. Allein, wie er ihren Namen gerufen hatte mit seiner schönen Stimme. Wie konnte dieser Arsch auch noch so eine schöne Stimme haben? Und warum, zur Hölle, spürte sie noch etwas an der Stelle, die sie sich seit Tagen zu betäuben versuchte? Was konnte sie noch unternehmen, um aufzuhören, etwas für Finn Schuette zu spüren? Nina trat wie blind in die Pedale, fuhr einfach immer weiter.

Sie schluchzte erst auf, als sie in Richtung Nordstrand fuhr, die Emsstraße hinauf. Sie war so verwundet wie nie zuvor in ihrem Leben.

* * *

Finn starrte hinter Nina her. Was für ein Auftritt! Dabei hatte *sie* ihn doch betrogen! Was sollte das alles? Er verstand die Welt nicht mehr. Er, ein Lügner und Betrüger? Mitleidssex? Sein Kopf schwirrte von den wenigen Worten, die Nina an ihn gerichtet hatte und die ihn umso mehr trafen. Er hatte nachfragen wollen, als er sich ein wenig gefasst hatte, aber sie war einfach weitergegangen, ohne ihm Beachtung zu schenken.

Was meinte sie nur damit, dass er bei Kleinigkeiten log? Er fühlte sich konsterniert. Jörn hatte nun mal das Geschäft nicht bekommen, das war eine Tatsache. Wie kam sie nur darauf, dass er log? Gedankenverloren ging Finn mit den Bananen, die er für Linda besorgt hatte, in Richtung Kassenschlange. Jörn war gegangen, das war nun mal sicher. Und Gustav Aue hatte ihm den Laden nicht vermietet, weil er sich wohl – aber das war jetzt eine Vermutung – die junge Nina besser als Mieterin vorstellen konnte, was möglicherweise an ihren blonden Haaren und den unwiderstehlichen Sommersprossen lag – und an ihrem falschen Lächeln, mit dem sie Männer umgarnte.

Finn legte die Bananen so unsanft auf das Kassenband, dass er Druckstellen befürchtete. Vielleicht würde es Sinn haben, der Sache irgendwie auf den Grund zu gehen. Er lief zu seinem Rad, holte den Schlüssel zielsicher aus der rechten Hosentasche und sperrte das Schloss auf. Ja, das wollte er klären. Er würde dem alten Gustav einfach einen Besuch abstatten. Dann hätte er zumindest den Beweis dafür, kein Lügner zu sein. Es kratzte an seiner Ehre, dass Nina ihm unterstellte, ein verlogener Mistkerl zu sein. Denn nichts anderes hatte sie letztlich gesagt und jedes ihrer Worte hatte ihn getroffen, auch wenn er hoffte, dass sie es in seinem Gesicht nicht hatte lesen können.

Aue lebte in einer Wohnung in der Nordhelmstraße – und genau da würde Finn jetzt rasch hinfahren, entschied er. Linda würde ein paar Minuten länger auf ihre heiß ersehnten Bananen warten müssen.

»Finn, mien Jung, was treibt dich zu mir? Komm rein, komm rein. Ich hab hier wunderbare Orangenschokolade, direkt aus meinem Geschäft.« Aue kicherte. Finn war eher übel bei der Erwähnung der Schokolade. Nina war überall, einfach überall.

Er betrat die Wohnung und setzte sich an den Küchentisch, den mittig ein Häkeldeckchen zierte, auf dem eine zarte Glasschale mit Pralinen positioniert thronte.

»Komm, setz dich, Junge.« Finn kam sich tatsächlich in Gegenwart Gustav Aues ein wenig wie ein Kind vor. Er kannte den alten Mann von klein auf. Früher war er Grundschullehrer auf der Insel gewesen, was bedeutete, dass er Generationen Norderneyer Bürgern das Schreiben und Lesen beigebracht hatte.

»Nimm dir von der Schokolade.« Ganz automatisch folgte Finn der Aufforderung, griff zu und steckte sich eine Praline in den Mund. Sie schmeckte unverschämt lecker, auch wenn Finn das angesichts der Tatsache, wer sie gefertigt hatte, niemals zugegeben hätte.

»Und jetzt zu dir. Kommst du einfach nur einen alten Mann besuchen oder kann ich dir irgendwie helfen?«

»Nun ja. Ich weiß nicht genau. Es geht um *Süße Träume.*«

Aue runzelte die Stirn.

»Ihren Laden.«

»Natürlich. Ich bin alt, aber nicht senil.« Wenn Gustav Aue für einen Moment verwirrt gewesen war, ließ er es sich nicht anmerken.

»Nein. Das würde ich nie behaupten.« Finn wurde rot. Warum wurde er bei seinem alten Lehrer immer zum Kind, wenn er ihm begegnete? Manche Dinge schienen sich nie zu ändern.

»Gut.« Aue nickte. »Und jetzt raus damit, was bedrückt dich?«

»Ich komme wegen Jörn. Meinem Banknachbarn und Freund, Sie wissen schon.«

Aue nickte. »Ja, blitzgescheiter Kopf, nicht wahr? Ein Rotschopf, wenn ich nicht irre? Ich hab erst neulich über ihn gesprochen.«

»Haben Sie?«

Gustav Aue nickte. »Ja, das war eine lustige Geschichte. Frau Köster hat mich auf ihn angesprochen. Sie dachte, er habe sich auch um den Laden beworben. Und sie hat sich bei mir bedankt, weil ich einer Auswärtigen trotzdem eine Chance gegeben habe.«

Finn nickte ebenfalls. »Ja.«

Eine kurze Pause entstand. »Warum haben Sie denn einer Auswärtigen eine Chance gegeben, anstatt einen Einheimischen wie Jörn dabei zu unterstützen hier ein Geschäft zu eröffnen? Sie kennen ihn doch schon seit Kindertagen und wissen, dass er ein zuverlässiger Mensch ist.« Finn konnte den Vorwurf nicht aus seiner Stimme verbannen.

Gustav Aue griff nach einer Praline und hielt sie sich zunächst unter die Nase, bevor er die Augen schloss und die süße Köstlichkeit in den Mund steckte. »Mmmh.«

Finn spürte, wie seine Ungeduld an ihm nagte. Endlich sprach Aue wieder weiter.

»Na, ich habe einer Zugereisten eine Chance gegeben, weil kein Einheimischer sich beworben hat.«

»Wie bitte?« Finn verstand kein Wort. Jörn war schließlich hier geboren.

»Na, ich habe nach dem Gespräch mit Frau Köster meine Unterlagen kontrolliert, weil ich mich nicht an Jörns Bewerbung erinnern konnte. Ich habe das Schlimmste befürchtet.«

Finn hob fragend die Augenbrauen.

»Na, dass ich langsam senil werde und alles vergesse. Das ist eine meiner größten Ängste, musst du wissen.«

»Ah.« Zwar konnte Finn diese Befürchtung verstehen, aber gleichzeitig wusste er auch, dass gerade Aue diese Befürchtung nicht haben musste, so blitzscharf wie sein Verstand noch arbeitete.

»Jedenfalls habe ich die Bewerbungsunterlagen der anderen Kandidaten alle aufgehoben – falls es nicht klappt mit Frau Köster oder sie pleitegeht. Man weiß das ja nie, heutzutage.«

Finn nickte.

»Und Jörn war nicht unter den Kandidaten. Sonst hätte ich es natürlich mit ihm versucht. Schließlich müssen wir Insulaner zusammenhalten, was?« Aue schob sich schon die nächste Praline in den Mund. »Wobei ich sagen muss: Nina Köster ist ein echter Glücksgriff. Ihre Schokoladen werden zwar dafür sorgen, dass ich auf meine alten Tage fett werde, aber dafür sind sie ein Hochgenuss.«

Gustav kam ins Plaudern, erzählte von dem Geschäft und von früher, wo sein Vater es als kleine Bäckerei betrieben hatte. Aber Finn hörte nicht mehr richtig zu. Er glaubte Aue, was er da sagte. Zumindest glaubte er, dass Aue glaubte, was er da sagte.

Und das ließ ihn tief verwirrt zurück. Gedankenverloren nahm er sich eine weitere Schokolade und biss hinein.

Dann stand er auf. Jörn. Jetzt galt es, mit Jörn zu telefonieren, um die Sache weiterzuverfolgen. »Ich glaube, ich muss nach Hause. Meine Tochter ist im Moment zu Besuch und …«

Aue stand ebenfalls auf und reichte Finn die Hand. »Danke, dass du da warst, mien Jung. Es ist manchmal etwas einsam die Tage, da freut sich ein alter Mann über Besuch.«

Finn lächelte ihn an und Gustav Aue erwiderte den freundlichen Blick. »Grüß mir deine Kleine, unbekannterweise. Schön, dass sie hier ist.«

Finn nickte. »Oh ja. Sie ist ein tolles Mädchen.«

»Wenn sie nur halb so klug ist wie ihr Vater, dann bin ich mir da ganz sicher.« Aue klopfte Finn auf die Schulter. Wieder fühlte er sich wie ein kleiner Junge – aber dieses Mal wie einer, der gerade eine dicke Eins in sein Heft geschrieben bekommen hatte.

Kapitel 18

»Und dann?«

»Bin ich weggegangen. Ich verschwende meine Zeit doch nicht mit – dem.« Nina sagte es verächtlich und zog dazu die Mundwinkel nach unten.

Die beiden Freundinnen hatten sich nach Feierabend in Antjes kleinem Reich getroffen. Sie bewohnte das Dachgeschoss des großen Ferienhauses, eine verwinkelte, kleine Mansardenwohnung mit Blick bis aufs Meer, wenn man sich auf dem Balkon ein wenig auf die Zehenspitzen stellte. Jetzt saßen die zwei Frauen auf ebendiesem und genossen den überraschend lauen Sommerabend. Nina hatte gerade von ihrer Begegnung mit Finn berichtet und von allem, was sonst noch so passiert war.

»Okay.«

»Ehrlich, gegen die Verlogenheit von Finn wirkt Peter plötzlich fast schon angenehm ehrlich.« Nina war noch immer wütend.

Antje nippte an ihrem Aperol Spritz und nahm sich ein paar Salzstangen. »Ich weiß nicht recht. Ich meine, ich kenne beide Männer nicht gut, versteh mich nicht falsch, aber ich dachte eigentlich, Finn wäre in Ordnung. Auf der Insel hat er einen guten Ruf.«

»Wusstest du denn, dass er ein Kind und eine Frau hat?«

»Nein«, gab Antje zu. »Kann es denn nicht sein, dass du dich da irrst.«

Nina schüttelte vehement den Kopf. »Seine Mutter war da. Das Kind hat sie Oma genannt und Frau Schuette war sehr stolz auf ihr Enkelkind. Es war alles mehr als eindeutig.«

»Hm.« Antjes Gesichtsausdruck spiegelte ihre Ratlosigkeit wider. »Vielleicht – ach, ich weiß auch nicht.«

Nina nahm einen großen Schluck aus ihrem Glas. »Und wie soll das jetzt weitergehen?«

»Was meinst du?« Antje konnte den Gedankengang ihrer Freundin offensichtlich nicht nachvollziehen.

»Na, hier auf der Insel ist alles so ... so verdammt eng, weißt du. Jedes Mal, wenn ich Finn sehe, zerreißt es mich fast.« Sie spürte, wie sich ihr Hals zuschnürte, selbst jetzt, wo sie nur über ihn sprach und er ihr nicht einmal gegenüberstand.

»Hm.« Antje war heute wirklich nicht besonders eloquent.

»Ich verliebe mich immer in die falschen Kerle und hier auf der Insel kann ich ihm nicht einmal ausweichen. Er lebt schließlich hier. Seine Mutter bestellt bei mir Leuchttürme, er ist am Surfstrand oder kauft mir im Supermarkt die Bananen weg.« Nicht dass sie Bananen hatte kaufen wollen, da ging es ums Prinzip.

»Na, du wirst irgendwann damit klarkommen, schätze ich.«

»Schätzt du?«

»Es ist schwer, das versteh ich schon«, gab Antje zu.

»Es ist verdammt hart, weil jeder Platz hier, obwohl wir nur so kurz zusammen waren, mit ihm verknüpft ist. Ich meine, der Leuchtturm, der Deich, sogar der Tonnenhof. Weißt du, ich hatte bisher ausnahmslos das Gefühl, diese Enge hier auf der Insel gibt mir Heimat und Geborgenheit. Aber jetzt gerade kommt es mir eher so vor, als würde sie mich ersticken.«

Antje nickte. »Ja. Ich meine, ich weiß genau, wie sich das für dich anfühlt. Manchmal ist die Insel ein wenig eng. Für mich ist sie aber trotzdem meine Heimat, einfach der Ort, wo ich hingehöre.«

»Das hatte ich mir auch erhofft. Endlich wo hingehören. Aber – na, gerade habe ich zum ersten Mal die Befürchtung, dass es vielleicht doch ein Fehler war, hierherzukommen und ein neues Leben anzufangen«, gab Nina zu.

Der Tag heute war hart gewesen. Glückliche Urlauber, glückliche Insulaner, glückliche Kinder: Jeder einzelne Kunde, der den Laden betrat, hatte glücklicher gewirkt, als sie sich gefühlt hatte. Dazu kam, dass Jonas den ganzen Tag nicht aufgetaucht war. Die Tage davor war er verlässlich zu ihr ins Geschäft gekommen und sie hatte sich so sehr an seine Anwesenheit gewöhnt, dass ihr echt etwas fehlte ohne den Jungen – beziehungsweise, dass ihre Gedanken zu wenig beschäftigt waren und daher immer wieder zurück zu Finn wanderten, unaufhaltbar. Und immer, wenn sie das taten, fühlte sie Wut und Schmerz. Heute war Nina richtig froh gewesen, als sie die Tür ungewohnt pünktlich gleich nach Geschäftsschluss zugesperrt hatte, um nach Hause zu ihrem Treffen mit Antje zu gehen.

Die beiden Frauen schwiegen und knabberten Salzgebäck. Schließlich hatte Antje eine Idee. »Sag mal, wie wäre es denn, wenn du Landurlaub machst?«

»Landurlaub?«

»Ja, fahr doch ein paar Tage weg, nach Wuppertal. Besuch alte Freunde, mach es dir schön, hol Luft. Dann geht es bestimmt wieder leichter.«

Nina war skeptisch. »Aber ich hab den Laden doch gerade erst eröffnet. Ich meine, wie soll ich das denn machen – jetzt schon in den Urlaub gehen?«

»Es soll ja nicht für ewig sein. Mach ein langes Wochenende draus. Und – es läuft doch gut? Glaubst du, dass es wegen vier oder fünf Tagen Schließzeit plötzlich nicht mehr läuft?«

Dieses Argument war nicht zu entkräften. Sicher hatte Antje recht. Nina dachte an Wuppertal – und an Peter. Aber der Gedanke an ihn löste, seit sie ihn rausgeworfen hatte, keine größeren Schmerzen mehr aus. Sie war mit ihm durch, keine Frage.

Und sie konnte bestimmt für ein paar Tage bei einer Freundin unterschlüpfen.

»Ich weiß nicht …«

»Aber ich.« Antje prostete Nina zu. »Dann weißt du auch wieder, was du an der Insel hast. Ich glaube nämlich, du bist hier genauso zu Hause wie ich.«

Nina zuckte mit den Schultern. Sie spürte es gerade nicht. Sie spürte fast nichts. Außer dem Wunsch nach Flucht und Heilung. So gesehen war Antjes Idee, Ney für ein paar Tage den Rücken zu kehren, womöglich gar nicht so schlecht.

»Vielleicht stimmt das, was du sagst. Ich glaub, ich mach das wirklich. Morgen lass ich noch offen und dann ist eh schon Wochenende. Ich sperr zu und mach ein paar Tage Urlaub.«

Antje nickte begeistert. »Sehr gut. Das ist echt ein super Plan. Und dann kommst du wieder, mit frischen Gedanken und neuen Ideen.«

»Vor allem frische Gedanken kann ich gebrauchen. Das wäre schon was, wenn man seine Gedanken einfach austauschen könnte.« Nina lächelte Antje tapfer zu, war aber innerlich den Tränen nah. In diesem Augenblick wünschte sie sich von Herzen, dass sie Finn Schuette niemals begegnet wäre.

* * *

Finn war nach seinem Besuch bei Gustav Aue auf direktem Weg nach Hause gefahren, um zu telefonieren – dann jedoch fiel ihm ein, dass Jörn jetzt bei der Arbeit war und deshalb mit Sicherheit wenig begeistert gewesen wäre, wenn Finn ihn gestört hätte. Also schickte er ihm nur eine kurze Sprachnachricht, dass er später noch mit ihm telefonieren wolle.

Jetzt musste er ohnehin gleich nach den Strandkörben am Hochzeitsstrand sehen. Die Standesbeamtin hatte ihn extra darum gebeten. Wie es aussah, hatten ein paar Jugendliche dort in der Nacht gefeiert. Seiner Erfahrung nach würde er vermutlich wieder einmal ein paar leere Flaschen und Chipstüten wegräumen müssen. Also hatte er daheim nur die Bananen für Linda abgeben wollen. Die Kleine war jedoch sofort Feuer und Flamme dafür gewesen, ihn zu begleiten, als Finn erklärte, dass er jetzt zum Strand müsse. Die Erlaubnis von Franziska war rasch eingeholt, denn wie immer auf Ney genoss sie es, auch mal Zeit für sich zu haben.

Mit den Bananen im Rucksack war für Proviant gesorgt und kurzerhand entschloss Finn sich, seiner Tochter noch den Tonnenhof zu zeigen und dann gemütlich über den Deich zu laufen. Später würde er den Ausflug mit einem Eis abrunden. Er durfte gar nicht daran denken, dass Linda und Franzi bereits übermorgen abreisen würden. Kein Wunder, dass seine Tage von dem Gefühl begleitet waren, immer nur zu verlieren. Er verlor seine Tochter, er hatte seinen Vater verloren, er verlor die Frau, bei der er bereit gewesen wäre, ihr sein Herz zu schenken und alles für sie zu tun. Finn umschloss die Hand seiner Tochter ein wenig fester.

Als sie am Weststrand ankamen, beim Badewagen und den Strandkörben, setzte er Linda in einen der Strandkörbe, gab ihr eine Banane und begann aufzuräumen. Er rechte den Sand sogar ein wenig, damit es hübscher aussah. Das Wetter war großartig, das wären nachher ideale Hochzeitsbedingungen – immerhin hatten wenigstens andere Leute Glück in der Liebe. Er lächelte traurig, schaute zu Linda, die ihm vergnügt zusah, und arbeitete weiter. Als er sein Handy in der hinteren Hosentasche vibrieren spürte, war er fast fertig.

Ein Foto von Jörn füllte das Display aus und wie immer bei dem Anblick musste Finn grinsen.

»Moin, Alter.« Jörn war bester Stimmung.

»Moin. Na, wie geht's?«

»Och. Läuft. Und selbst?« Die Kommunikation zwischen den beiden Männern lief in seit Jahren gleichen Bahnen.

»Na ja.« Finn spürte im Gespräch mit seinem Freund, dass er müde war, wirklich müde vor Erschöpfung. Seine ganzen aufgestauten Emotionen brachen über ihn herein, als er die Stimme seines besten Freundes hörte.

»Erzähl.« Das war Jörn. Bei ihm gab es nur Direktheit. Finn mochte das, hatte es immer gemocht.

»Also. Ich hab doch diese Frau kennengelernt.«

»Ja, genau.«

»Erst mal lief es ganz gut, aber … Na ja. Wir haben einen ziemlichen Clinch.« Das war die Untertreibung des Jahrhunderts. Aber Finn wollte nicht näher auf die Umstände eingehen – besonders nicht mit Lindas Ohren in der Nähe. Also fuhr er fort. »Die Geschichte ist lang und kompliziert. Jedenfalls hat sie mir vorgeworfen, ich sei ein Lügner.«

»Du?« Jörns ungläubiges Lachen zu hören tat gut. »Im Leben nicht.«

»Na ja, sie hat etwas gesagt, das mich verunsichert hat.«

»Und jetzt willst du von mir hören, dass du ein toller Kerl bist? Bist du.«

»Jörn, hör mir erst mal zu, okay?« Finn merkte selbst, dass er gereizt klang.

»Ich bin ganz Ohr.« Der Freund war jetzt ernst geworden.

»Die Sache ist die, dass sie meinte, ich hätte wegen des Ladens gelogen. Wir haben da, als wir uns gerade kennengelernt hatten, mal drüber gesprochen. Sie meinte, du hättest dich gar nicht um das Geschäft beworben und dass Aue ihr das erzählt hat. Jetzt war ich selbst bei dem alten Herrn, weil ich das nicht auf mir sitzen lassen wollte, und – nun ja, er hat die Sache bestätigt.«

Am anderen Ende der Leitung war es still. Dann räusperte sich Jörn.

»Ja.«

»Ja, was?«

»Finn, sei jetzt nicht sauer, okay?«

»Warum denn sauer?«

»Na, weil Wenke und ich nicht auf der Insel geblieben sind.«

»Das war ja nicht eure Schuld.«

»Na, doch, irgendwie schon. Weil es stimmt, was der alte Gustav sagt. Wir haben uns nicht um das Geschäft beworben. Es war viel zu klein und na ja – ein Spezialgeschäft für Farben ist wohl nicht gerade das, womit man auf Norderney ein Vermögen erwirtschaften kann.«

Finn verstand gar nichts. »Aber warum? Ich meine …«

Sein Kopf konnte nicht verarbeiten, geschweige denn einordnen, was er da hörte.

»Ich … oh, verdammt, das ist jetzt echt schwer, Finn.« Jörn hörte sich ganz kleinlaut an.

»Sag es einfach, okay?«

»Also gut. Es ist so. Damals hat Aue das Geschäft ausgeschrieben, kannst du dich erinnern?«

»Na, so lang ist es ja auch noch nicht her.«

»Ja. Und Wenke und ich hatten da schon Pläne geschmiedet. Es war klar, dass meine Geschäftsidee auf der Insel scheitern würde. Ein Farbenfachgeschäft, das setzt sich doch nicht durch auf Norderney. Nicht in dem Ausmaß, das wir zum Leben brauchen. Aber du warst so euphorisch und meintest, das wäre perfekt für uns … Ich hab es einfach nicht übers Herz gebracht, dir zu sagen, dass Wenke und ich aufs Festland wollen, noch dazu, wo du solche Schwierigkeiten mit der Fähre hast.«

Finn schwieg. Jetzt überschlugen sich seine Gedanken. Kein Wunder, dass Nina ihn für einen Lügner hielt. Er war von seinem besten Freund hintergangen worden! Wut schwappte in ihm auf.

»Du hast mir nicht zugetraut, dass ich mich für euch freue?«

»Hättest du das denn?« Jörns Skepsis war unverkennbar.

»Um ehrlich zu sein, weiß ich das nicht so genau«, antwortete Finn wahrheitsgetreu. »Aber du bist mein bester Freund. Ich hätte einfach von dir erwartet, dass du mir die Wahrheit sagst. Jetzt denkt Nina, ich hab sie angelogen, und Aue – keine Ahnung, was der denkt, aber zum Glück ist mir das nicht so wichtig.«

Finn beobachtete Linda, die gerade dabei war, mit ihrer Schaufel genau da zu graben, wo er vorher alles glatt gerecht hatte. Aber es war ihm in diesem Moment völlig egal. Er hatte ganz andere Sorgen.

»Und ich dachte, wir wären richtig gute Freunde und ich könnte mich auf dich verlassen.«

»Das kannst du auch, aber …«

»Ja, genau, *aber.*« Finn war verbittert. Selbst sein bester Freund belog ihn. Unweigerlich stellte sich bei ihm das Gefühl ein, dass alle ihn nur belogen und betrogen, wohin er auch schaute.

»Finn, bitte! Versteh mich doch! Ich wollte dich nicht enttäuschen. Ich dachte, du würdest mir nie verzeihen, wenn ich freiwillig aufs Festland ziehe und du auf der Insel bleiben musst.«

»Ich bin gern auf der Insel.« Finn hörte seinen eigenen Trotz. »Und ich würde auf keinen Fall weggehen!«

»Du könntest auch nicht weggehen – weil du es nicht auf die Fähre schaffst. Davor bist du ständig mit deinem Board in der Weltgeschichte herumgereist. Weil du es konntest! Und erzähl mir jetzt nicht, dass du das nicht genossen hast. Mein Gott, es hat nicht viel gefehlt und du hättest als Profi von deinem Sport gelebt!«

Finn wusste, dass Jörn recht hatte.

»Aber …« Er wollte etwas einwenden, sich rechtfertigen.

»Da gibt es kein Aber. Du hast mit dem Tod deines Vaters ein großes Stück Freiheit verloren. Ob es möglich gewesen wäre, dass du etwas dagegen getan hättest, kann ich nicht beurteilen. Aber auf jeden Fall bist du seitdem an Norderney gefesselt.«

Finn erinnerte sich an die vielen Gespräche mit Jörn, wie er versucht hatte, ihn auf die Fähre zu kriegen, wie er mitgegangen war, um den Freund zu unterstützen, wie Finn gescheitert war und wie er schließlich vor sich selbst kapituliert und akzeptiert hatte, dass es ab sofort nur noch die Insel für ihn gab.

Natürlich hatte er seiner Karriere nachgetrauert. Aber seine Angst war ein fieses, glutäugiges Monster, gegen das es keine Mittel zu geben schien.

»Finn, bist du noch da?«

»Ja.«

»Kannst du verstehen, warum ich so gehandelt habe?«

Ja. Finn wollte Ja sagen. Niemand sollte an die Insel gefesselt sein. Er hasste es ja auch an manchem Tag. Gerade, weil er die Freiheit kannte und genossen hatte, bevor sein Vater verunglückt war. Aber – auf der anderen Seite war er echt wütend und fühlte sich betrogen.

»Ich bin echt wütend. Lass mich einfach mal die nächsten Tage in Ruhe.«

»Finn? Finn!« Aber Finn antwortete nicht mehr. Er drückte auf den roten Knopf, der auf seinem Handydisplay aufleuchtete. Dann steckte er sein Telefon weg. Linda war ganz vertieft in ihr Spiel. Sie grub gerade ein Loch, mitten auf den Platz, wo später die Hochzeit stattfinden würde. Finn war so sauer, dass er gegen das Polster des Strandkorbs schlug, in den er sich zum Telefonieren gesetzt hatte. Das dumpfe Geräusch ließ Linda aufschauen und Finn lächelte bemüht in ihre Richtung. Linda strahlte ihn an und ein kleiner Teil seiner Wut verflüchtigte sich. Trotzdem: Es schmerzte, dass Jörn ihn genauso hintergangen hatte wie Nina, und er fragte sich, wem er überhaupt noch vertrauen konnte.

* * *

Finn schaffte es, nach Hause zu gehen. Er schaffte es, unterwegs ein Eis mit Linda zu essen und sich die Geschichte über lila Pandabären anzuhören, die sie erzählte. Er schaffte es auch, ihr ein Stück weit in ihre Welt zu folgen, denn es ging um eine Thematik, die Erwachsenen normalerweise unnachvollziehbar verborgen bleibt: Lila Pandabären sind wahnsinnig süß und können, im Gegensatz zum klassischen Panda, fliegen.

Finn bestätigte nickend, fragte an den richtigen Stellen nach und wischte den Kindermund mit einer Serviette halbwegs sauber.

Sie gingen durch die Fußgängerzone und vorbei an der Schule. Trotz der Tatsache, dass gerade Ferien waren, sah er den Jungen, der neulich im Laden von Nina gewesen war, auf dem Pausenhof in Richtung des dortigen Spielplatzes laufen.

Als sie zu Hause ankamen, rannte Linda mit den Muscheln, die sie am Strand gefunden hatte, hinauf in das Zimmer, das sie mit ihrer Mutter teilte, um Franziska ihre Schätze zu präsentieren, und erst jetzt, in der Küche, mit einer Tasse Kaffee aus der Thermoskanne, konnte Finn sich ganz in seine Gedanken fallen lassen.

Er saß am Tisch, den Kopf in die Hände gestützt, von seinen Emotionen verwirrt und zerrissen, und starrte auf die schwarze Flüssigkeit. Wie kam es nur, dass alle Menschen um ihn herum verlogen waren? Was dachte Jörn von ihm, wenn er es nicht wagte, Finn die Wahrheit über sich und sein Leben zu sagen? Sie kannten sich seit frühester Kindheit! Kannten. Jedenfalls hatte Finn das gedacht. Jetzt musste er annehmen, dass sein bester Freund nicht viel mehr war als irgendein Bekannter, beinahe ein Fremder.

Finn nahm einen Schluck Kaffee, lauwarm und bitter, ein wenig schal und zu dünn. Er schmeckte, wie sich seine Freundschaft mit Jörn gerade anfühlte.

»Na, Finn, welche Laus ist dir über die Leber gelaufen?« Maria Schuette stand im Raum, beide Hände in die Seiten gestützt. »Oh je. Dir ist ja wirklich eine Laus über die Leber gelaufen.« Sofort zog seine Mutter einen Stuhl heran und setzte sich.

Finn schnaubte nur und trank erneut.

»Hast du noch immer Frauenprobleme?« Frau Schuettes mitfühlender Ton traf mitten in Finns Herz.

Er schüttelte den Kopf, aber dann besann er sich des Kreises, den seine Problematik für ihn zog. »Doch, irgendwie hab ich auch Frauenprobleme, wenn du es so sagen willst.«

»Erzähl!« Maria nahm sich ebenfalls von dem lauwarmen Kaffee. Als sie den ersten Schluck genommen hatte, verzog sie das Gesicht.

Finn schaute seine Mutter an. Dann begann er zu erzählen. Er berichtete von Nina, ihren Dates, der Rettungsaktion beim Surfen, sogar von seiner Verliebtheit und wie die Begegnung mit diesem Peter ihm den Boden unter den Füßen weggezogen hatte.

»Weißt du, ich wollte ihr von Linda erzählen an dem Tag, ich wollte sie ganz in mein Leben lassen«, erklärte Finn. Maria nickte nur, hörte zu, fragte an den entscheidenden Stellen nach.

»Und dann war da dieser Kerl, der nichts anhatte als Boxershorts. Es war ganz offensichtlich, dass er aus ihrem Bett gekrochen war.« Finn trank einen großen Schluck kalten Kaffees. Er schmeckte nichts, so sehr war er in Gedanken vertieft. Nina, wie sie roch. Nina, wie sie lachte. Nina, wie sie dagestanden war, die wirren Haare, als sie die Tür geöffnet hatte, der Augenblick, in dem er sie so unwiderstehlich schön gefunden hatte, und gleich darauf dieser Kerl hinter ihr, dieser Kerl, der wie aus dem Nichts plötzlich hinter ihr gestanden war, sodass sich sein Wunsch, Nina einfach in die Arme zu schließen und sie für immer zu beschützen, bei ihr zu sein, jäh in wütende Fassungslosigkeit gewandelt hatte.

»Kannst du dir vorstellen, was das mit mir gemacht hat?«

Maria nickte mitfühlend. »Ich hätte das nie von ihr gedacht. Sie wirkt so …« Maria suchte nach den Worten. »Bodenständig. Ja, genau. Ich finde, sie wirkt sehr bodenständig und natürlich.«

»So kann man sich täuschen. Offenbar machen ein paar Marzipanleuchttürme und Schokorosen noch keinen zuckersüßen Charakter.«

»Und jetzt hast du Liebeskummer«, stellte Maria fest.

»Na ja. Das auch.«

»Was ist denn noch?«

»Ich habe Nina zufällig getroffen und sie hat mich einen Lügner genannt.« Er erzählte von ihrer Begegnung, seinem Besuch bei Aue, dass er mit Jörn telefoniert hatte und wie das Gespräch ausgegangen war.

»Verstehst du, er ist mein bester Freund. Und hat mich belogen. Angeblich, um mich zu schützen. Ha! Schöner Freund ist das, der so tut, als würde er gern in meiner Nähe bleiben, und in Wahrheit plant er sein Leben ohne mich. Ehrlich, als ob ich nicht genug mitgemacht hätte in den letzten Jahren. Verdiene ich da nicht jemanden, der zu mir hält?«

Finn merkte, er würde gleich in seinem Weltschmerz versinken. Er fühlte sich so verraten, so wütend.

»Es ist schwer, dir die Wahrheit zu sagen.« Der Satz seiner Mutter ließ ihn aufhorchen.

»Wie bitte?«

»Na, es ist schwer. Man weiß nie, wie du reagierst, und oft willst du die Wahrheit auch nicht hören.« Finns Mutter schaute ihm direkt ins Gesicht.

»Wie? Nicht hören?«

»Wie oft wollte ich mit dir schon über Papa reden?«

»Wie kommst du denn jetzt auf Papa? Das hat überhaupt nichts mit ihm zu tun.«

»Doch, Finn. Alles hat mit ihm zu tun. Der Bootsunfall hat dich ...«

»Ich will nicht über den Unfall reden.« Besonders mit seiner Mutter nicht. Er konnte einfach nicht mit ihr darüber sprechen, das tat so weh, viel zu weh, besonders mit seiner Mutter, der er den Ehemann genommen hatte, ihren Partner. Seine Eltern waren immer glücklich gewesen, soweit Finn das beurteilen konnte. Und *er* hatte dem ein Ende gesetzt mit seinem Mangel an Wissen und Kompetenz.

»Du solltest aber. Du musst mit mir darüber reden, Junge.«

»Für mich ist eh ein Wunder, wie du so gut klarkommst ohne Papa, ich meine ... Ich ... hab ihn dir genommen und wer sitzt mit mir am Küchentisch, wenn meine Welt einstürzt? Du!« Finn war kurz davor, in Tränen auszubrechen.

»Weil ich weiß, wie dein Vater verunglückt ist, und ...«

»Hör auf.« Finn schlug mit der flachen Hand so kräftig auf den Tisch, dass seine Handfläche brannte. Die Kaffeetassen tanzten und Wellen bildeten sich auf dem schwarzen Gebräu.

»Ich kann das nicht hören, ich kann einfach nicht.« Er wollte aufstehen, aber seine Mutter griff nach Finns Hand. Sie hatte mehr Kraft, als man hätte meinen können. Sie hielt ihn wie ein Schraubstock.

»Finn. Komm zur Ruhe. Du wirst mich jetzt anhören – dieses eine Mal.« Sie meinte es ernst. Finn wusste: Ihr Ton ließ keinen Widerspruch zu.

Und gerade war eh schon alles egal. Es konnte nicht noch schlimmer werden. Es konnte nicht noch mehr wehtun.

»Dann rede.« Er lehnte sich in seinem Stuhl zurück und verschränkte die Arme zu einer stoischen Geste.

»Also. Dein Vater – war schon eine ganze Weile krank.«

Finn wusste, er würde sich gleich übergeben.

»Was? Warum?«

»Er hatte Krebs.«

Finn starrte seine Mutter an.

»Krebs?«

»Ja. Er war unheilbar krank.«

»Und du hast mir das verschwiegen?«

Maria Schuette zuckte mit den Schultern. »Dein Vater wollte es so. Er meinte, du würdest es nur schwer verkraften und es reiche, wenn du es nach seinem Tod erfährst. Aber dann – na, du warst so außer dir. Du hattest plötzlich diese Ängste und ich wollte hinter dir stehen. Du hättest nicht zugelassen, dass ich mich um dich kümmere, hättest du alles gewusst. Außerdem habe ich deinem Vater versprochen, dichtzuhalten. Aber wo ich dich jetzt so sehe … Es ist wohl an der Zeit, aufzuräumen – und dich gleichzeitig um Entschuldigung zu bitten.«

»Welche Art von Krebs?«

»Es war ein hochaggressiver Tumor. Nicht operabel.« Maria Schuette trieb die Erinnerung Tränen in die Augen. »Wir haben viel zusammen geweint, dein Vater und ich.«

Finn war bestürzt. »Und mich habt ihr außen vor gelassen und mir nichts gesagt.«

Maria nickte zögerlich. »Dein Vater wollte es so. Er dachte, dass du dir Sorgen machen würdest, dass du ihn nicht mehr arbeiten ließest und … Na ja. Er wollte normal mit dir umgehen, sein Leben weiterleben bis zum Schluss. Na, und nachdem du so verstört warst nach dem Unfall – es gab nie die Gelegenheit, dir alles genauer zu erläutern.«

»Die Gelegenheit?« Finn starrte seine Mutter entgeistert an. »Und jetzt bittest du um Entschuldigung?«

»Finn. Bitte. Versteh mich doch. Sowohl Jörn als auch ich wollten dich nicht aufregen.«

»Nicht aufregen?«

»Du warst so aufgelöst nach dem Unglück.«

»Es war kein Unglück. Ich habe alles falsch gemacht, deshalb ist Vater tot«, rief Finn aus, viel lauter, als er es gewollt hatte.

Seine Mutter schüttelte den Kopf. »Nein. Ich glaube nicht, dass es so einfach ist.«

Finn schnaubte aus und unterbrach sie. »Nichts daran ist einfach.«

»Stimmt. Aber jetzt hörst du mir mal bis zum Ende zu, in Ordnung? Und fällst mir nicht mehr ins Wort.«

Widerstrebend nickte Finn.

»Also. Dein Vater hatte einen Gehirntumor. Die Wahrscheinlichkeit, dass er deshalb ohnmächtig wurde, ist relativ hoch. Möglicherweise hättest du ihn retten können, ja. Aber höchstwahrscheinlich auch nicht. Ich kann das nicht beurteilen – aber du auch nicht. Es bleibt jetzt also dir überlassen, es zurechtzulegen, wie du möchtest. Aus meiner Sicht musst du dich jedenfalls nicht für den Rest deines Lebens mit Schuld beladen.«

Finn konnte nicht mehr klar denken. Er spürte nur noch Verwirrung und wütende Verzweiflung. Alle, wirklich alle, hatten ihn hintergangen, inklusive seines toten Vaters.

»Ich konnte es dir einfach nicht eher sagen. Ich habe es deinem Papa versprochen.« Maria schien seine Gedanken zu erraten und legte ihre Hand auf seine. Finn wollte seine wegziehen, aber seine Mutter hielt ihn fest. »Finn. Bitte! Ich hab ein paar Mal versucht, mit dir zu sprechen, aber du hast dich mit Händen und Füßen dagegen gewehrt. Dann noch dein Zustand … Aber als ich dich da sitzen sah und du mir von dieser Nina und von Jörn erzählt hast – da wusste ich, dass du das alles unbedingt erfahren musst.«

Finn wusste nichts zu sagen.

»Schau, Jörn wollte dich nur nicht verletzen, das ist alles. Er ist ein guter Freund, hm? Und was diese Nina angeht …« Maria Schuette drückte seine Hand noch eine Spur fester. »Ich glaube, du solltest zumindest mit ihr sprechen. Ich war bei ihr im Laden, mit Linda. Vielleicht fand sie das auch irgendwie komisch? Ich meine, du hast gesagt, sie wusste nichts von der Kleinen? Am Ende hast du sie auch mit deinem Schweigen verletzt, so wie ich dich? In jedem Fall hat es doch immer Sinn, das Gespräch zu suchen und sich der Sicht des Anderen nicht zu verschließen.«

Finn musste zugeben, dass die Worte seiner Mutter Sinn ergaben. Schon allein, um in Ruhe mit der Sache mit Nina aufzuräumen und abzuschließen.

»Na gut«, sagte er zögerlich.

»Na gut?«

»Ja. Ich rede mit Nina. Und auch mit Jörn.«

Ein breites Lächeln zeigte sich auf Maria Schuettes Gesicht. »Das ist ja wunderbar!« Sie gab ihrem Sohn einen dicken Schmatz auf die Wange, den er gedankenlos entgegennahm.

»Dann warte nicht. Mach dich gleich auf den Weg.« Maria stand auf und Finn tat es ihr nach. »Na los!« Sie schob ihren Sohn in Richtung Tür.

Finns Gedanken waren noch immer unkontrolliert und wirr. Bevor er zu Nina ging, musste er sich sortieren, das stand außer Frage.

Sein Vater war tot. Aber – am Ende war das gar nicht seine Schuld. Diese Erkenntnis veränderte sein Denken so tief greifend, dass er all die Impulse gar nicht zu ordnen vermochte.

Er trat hinaus an die frische Luft. Höchste Zeit, ans Meer zu gehen und all das zu sortieren, was in den letzten beiden Tagen passiert war.

Kapitel 19

Nina blickte sich um. Die Pralinen waren in der Kühlung, alles war ordentlich aufgeräumt und an seinem Platz. Zum ersten Mal seit sie auf Norderney war und die *Süßen Träume* betrieb, nahm sie sich die Zeit, um alles in Ruhe zu betrachten. Sie hatte wirklich etwas geschafft und konnte stolz darauf sein, auf ihr eigenes Süßigkeitengeschäft – das noch dazu ein Kassenschlager geworden war und das bereits innerhalb weniger Wochen. Zumindest die finanzielle Zukunft sah gut aus. Nina kramte ihren Schlüssel aus der Handtasche, um abzuschließen.

Gerade als sie die Ladentür öffnete, lief sie Jonas in die Arme.

»Hi, Nina. Was machst du da? Du hast doch gerade erst geöffnet?« Der Junge runzelte die Stirn.

»Moin, Jonas.«

»Wo willst du hin?«

»Ach, weißt du, ich mach ein paar Tage Urlaub.« Sie zeigte auf das Schild an der Ladentüre. »Ich hab deiner Mutter eigentlich schon eine Nachricht geschickt – hat sie dir nichts gesagt?«

»Nee, die ist heute schon ganz früh los.« Er wirkte ein wenig geknickt.

»Du, ich bin echt nicht lange weg.«

»Warum fährst du denn überhaupt weg, mitten unter der Woche?« Die Kritik in Jonas' Stimme war nicht zu überhören.

Nina fuhr ihm mit der Hand durchs Haar. Die Geste hatte sich zwischen ihr und dem Jungen irgendwie eingebürgert. »Das ist eine lange Geschichte.«

»Erzählst du sie mir?« Der flehende Blick des Kindes berührte Nina. Sie dachte fieberhaft darüber nach, was und wie sie es Jonas erzählen konnte, ohne dass sie weinte oder den Kleinen überforderte.

»Sagen wir so: Ich bin im Moment ein wenig traurig auf dieser kleinen Insel. Ich brauche ein wenig Abwechslung, damit ich wieder fröhlicher werde, weißt du. Mal was anderes um mich rum. Drum besuch ich alte Freunde.«

Jonas nickte ernst. »Das verstehe ich gut. Ich hatte einen Freund in der alten Schule, der hieß Paul. Den vermisse ich auch.«

»Ja, und deshalb fahre ich für ein paar Tage weg.«

Ein weiteres Nicken von Jonas. »Okay.«

Er war so ernst und so verständig, dass es Nina immer wieder überraschte, das bei einem Neunjährigen zu erleben. Manchmal wirkte er auf sie wie ein alter Gelehrter.

»Na, dann mach es mal gut. Ich denke, du solltest Kap Hoorn eine Chance geben, weißt du. Es ist echt schön dort und immer was los. Irre viele Kinder gehen da zum Spielen hin. Bestimmt ist eins dabei, das du magst.«

Jonas zuckte mit den Schultern. »Wenn du meinst.«

»Ja, das meine ich wirklich.«

Nina wuschelte erneut durch Jonas' Haare. »Mach's gut, Joni. Du weißt, dass ich dich sehr gern habe?«

Der Junge nickte.

»Sehr gut.«

Nina schaute auf die Uhr und setzte sich in Bewegung. Sie würde in Ruhe packen und dann am Nachmittag starten. Als sie ein paar Schritte gegangen war, drehte sie sich um. »Tschüss, Jonas!«

Unter seiner Schirmmütze war sein Gesichtsausdruck fast nicht zu sehen. Nina winkte ihm zu und er erwiderte ihre Geste. Dann war sie auch schon ums Hauseck und lief in Richtung Damenpfad, um ihr Zeug zusammenzusuchen und mit Antje einen Abschiedskaffee zu trinken.

* * *

Finn war am Meer gewesen. Und jetzt radelte er zu Ninas Laden. Ja, er würde mit ihr reden. Zumindest würde er ihr Bild von ihm als Lügner geraderücken. Diese Unterstellung ging ihm hart gegen die Ehre. Und er wollte ihr seine Meinung hinsichtlich dieses Peters kundtun. Schließlich war sie es, die gelogen hatte, während er selbst belogen worden war. Das Gefühl, von allen hintergangen worden zu sein, brannte noch immer nach. Er würde auch mit Jörn und mit seiner Mutter noch so manches Gespräch führen müssen – aber bei reiflicher Überlegung verstand er ihre Motive. Sie hatten aus Liebe zu ihm gehandelt und deshalb kam es ihm verzeihlich vor. Nina hingegen war auf seinen Gefühlen einfach nur rumgetrampelt und hatte ihn damit verletzt. Er trat kräftig in die Pedale. Jetzt, wo er sich entschieden hatte, konnte er das Gespräch mit Nina kaum erwarten.

Als er bei dem beliebten Fischrestaurant *Neptun* um die Kurve bog, musste er plötzlich ganz scharf bremsen. Wie aus dem Nichts war ein paar Meter vor ihm auf der Straße ein Junge aufgetaucht, die Baseballkappe tief ins Gesicht gezogen. Mit einem Quietschen brachte Finn das Fahrrad zum Stehen. Als der Junge Finns Bremsgeräusch hörte, schaute er kaum auf.

»Entschuldigung«, murmelte das Kind fast unhörbar und schlurfte mit hängendem Kopf weiter.

»Hey!«, rief Finn ihm hinterher. »Dich hab ich doch schon mal gesehen.«

Der Junge blieb stehen.

»Ich kenn dich doch! Du bist der Kleine, der bei Nina im Laden war!«

»Ja.«

»Wie heißt du noch mal?«

»Jonas. Ich hab das gern gemacht, im Geschäft arbeiten.«

»Du hast da gearbeitet?«

Jonas nickte. »Wenn meine Mutter so lang in der Arbeit war, hab ich öfter bei Nina ausgeholfen. Ich bin super im Marzipankartoffelndrehen.«

»Marzipankartoffeln, hm? Ich würde die wahrscheinlich alle aufessen.« Finn grinste und Jonas zeigte ein schmales Lächeln. Aus dem Restaurant duftete es nach Bratkartoffeln, für die es berühmt war. Finns Magen knurrte, als ihm einfiel, dass er den ganzen Tag noch nichts gegessen hatte. Dann konzentrierte er sich wieder auf den Jungen.

»Und heute hast du was anderes vor? Heute gehst du nicht zu Nina?«

Der Junge schüttelte den Kopf. »Nee. Ich hab nichts vor. Das ist es ja. Ich wollte zu Nina, aber …«

»Na, dann könnten wir gleich zusammen hin. Ich fahre nämlich auch zu den *Süßen Träumen.*«

»Eben nicht.« Er klang, als wäre Finn total begriffsstutzig.

»Warum nicht?«

»Nina ist weg.«

»Wie bitte?« Finn konnte nicht glauben, was er da hörte.

»Sie hat gesagt, sie will weg von der Insel. Hier ist es ihr zu eng und sie braucht Abwechslung.«

Das klang nicht so, als hätte ein Kind es erfunden, nein, das klang sehr nach einem Erwachsenensatz. Finn schluckte trocken.

»Hat sie dir auch gesagt, warum?«

»Nein. Sie meinte, es sei alles kompliziert.«

Auch das klang nach einer Erwachsenenaussage.

Finn, der sein Fahrrad schon die ganze Zeit am Lenker festgehalten hatte, lehnte es gegen eine Hausmauer und sich selbst daneben. »Oh Mann.«

Plötzlich fühlte er sich leer und wund. Sein Herz schlug hart bis zum Hals. Ihm wurde in diesem Augenblick erst klar, *wie* wichtig es ihm gewesen war, mit Nina zu sprechen. Und dass da nicht nur der Wunsch nach Klärung ihn angespornt hatte, nein, da war auch einfach der Wunsch gewesen, sie zu sehen, ihre Sommersprossen, die Stupsnase und das Lächeln. Ein Funke Hoffnung, dass alles wieder gut würde. Und jetzt hatte sie, nach so kurzer Zeit, der Insel den Rücken gekehrt.

Natürlich konnte er ihr eine WhatsApp schicken, aber angesichts der Art, wie sie auseinandergegangen waren, kam ihm das falsch vor. Manche Dinge musste man von Angesicht zu Angesicht klären – und das hier war so eine Situation.

Finn rutschte an der Hausmauer hinunter und stützte seinen Kopf in die Hände, wie schon am späten Vormittag am Küchentisch. Der kleine Jonas setzte sich neben ihn und tat es ihm nach.

»Sie war toll, oder?«, fragte der Kleine schließlich und Finn schaute auf. Jonas sah ihn unverwandt an.

»Ja, irgendwie schon«, gab Finn zu. Erstaunlich, wie einfach das Leben für Kinder war. Wie wenig sie sich darum scherten, ihre Emotionen auf der Zunge zu tragen, und wie ehrlich sie waren.

»Wann ist Nina weg?«

»Heute Morgen schon, ganz früh.« Jonas schniefte. »Und jetzt weiß ich gar nicht, was ich mit den restlichen Ferien anfangen soll. Sie meinte, ich soll zu Kap Hoorn gehen. Aber – ich bin eher so der Typ für Schokolade.«

Finn musste lachen, obwohl er so traurig wegen seiner verpassten Chance war.

»Vielleicht versuchst du es trotzdem mal? Ich meine, du würdest vielleicht ein paar nette Kinder kennenlernen.«

»Das hat sie auch gesagt.«

»Na, siehst du. Und sie ist toll, das hast du selbst gesagt.« Finn stand auf und reichte dem Jungen die Hand, um ihn hochzuziehen. »Na komm!«

Widerwillig stand Jonas auf. »Und was machst du?«

Finn war von der Frage überrascht. Er musste zugeben, dass er keine Ahnung hatte.

»Ich glaube, Erwachsene machen gern Strandspaziergänge, wenn sie traurig sind.« Jonas runzelte die Stirn. »Jedenfalls macht meine Mama ab und zu einen Strandspaziergang.«

Finn schaute diesen weisen Jungen, der so anders war als die etwa gleich alten Kinder, die er kannte, erneut prüfend an. »Ja, ich glaube, ein Strandspaziergang ist eine gute Idee.« Er verschwieg, dass er gerade erst am Strand gewesen war.

Aber wenn er darüber nachdachte, kam ihm ein weiterer Besuch des Strands gar nicht so verkehrt vor. Allerdings würde er einfach sein Surfboard holen und sehen, ob die Wellen zumindest ein bisschen was hergaben – windig genug dafür war es immerhin.

Er wandte sich erneut an Jonas. »Weißt du was? Ich geh zum Strand und du versuchst es mit dem Abenteuerspielplatz. Und wenn wir uns das nächste Mal über den Weg laufen, erzählen wir uns, ob es geholfen hat. Wie wäre das?«

Jonas nickte, noch immer skeptisch. »Na gut.«

Finn kramte in seiner Hosentasche und brachte ein Zweieurostück zum Vorschein. »Hier, das reicht locker für einen Schokoriegel. Dann kannst du deinem Typ gut gerecht werden.«

Endlich zeigte sich auf Jonas' Gesicht ein dickes Grinsen. »Danke.«

»Gern geschehen.«

Finn setzte sich auf sein Fahrrad und fuhr wieder los, zurück in die Fischereisiedlung, um sein Board zu holen. Er dachte an Nina, verpasste Gelegenheiten und daran, wie dämlich es war, wenn man sich seinen Schwierigkeiten nicht gleich stellte – denn jetzt würde er vielleicht nie mehr die Chance haben, mit Nina zu klären, was zwischen ihnen schiefgelaufen war. Und die Tatsache, dass sie einfach gegangen war, hinterließ eine klaffende Lücke, die größer war, als Finn das für möglich gehalten hätte.

* * *

»Finn, sei so gut und fahr mir eben noch Rosenbaums zur Fähre, ja?«

Er war gerade ins Haus gestürmt, hatte eigentlich nur sein Surfbrett schnappen und dann gleich wieder losschießen wollen. Sport bedeutete Ablenkung. Der Fähranleger dagegen war immer ein Ort voller Gewusel und mit einem Übermaß an Menschen.

»Seit wann reisen die am Nachmittag ab?«

»Seit sie den Nachtzug nach Hause nehmen.« Finns Mutter saß an ihrem Platz am Küchentisch und spielte mit Linda »Mensch ärgere dich nicht«.

Linda würfelte schon zum vierten Mal, aber ihre Oma merkte es nicht – oder tat erfolgreich so als ob. Kuchenduft lag in der Luft – mit Sicherheit hatte Superoma Marmorkuchen gebacken, Lindas Lieblingssorte.

»Nachtzug, hm?«

»Ja. Wärst du so lieb? Bitte! Wir spielen gerade so schön.«

Linda nickte eifrig, als ihre Großmutter das sagte. »Ich habe Omi gerade geschmissen.«

Finn hielt seiner Tochter die Hand hin, damit die einschlagen konnte. Sie holte aus und tat es mit einer kräftigen Bewegung.

Finn wollte trotzdem nicht zur Fähre. Er brauchte dringend seine Ruhe, wollte seine Wunden lecken, sich nicht mit professioneller Freundlichkeit aufhalten und den lächelnden Chauffeur spielen. Aber das Bild von Linda mit ihrer geliebten Omi … Er fluchte leise, fast unhörbar.

»Na gut. Wann?«

»Oh, du bist ein Schatz!«

Er verdrehte die Augen. »Schon gut. Also wann?«

»In einer Viertelstunde.«

»Okay. Dann mach ich mich eben fertig, ja?« Finn wartete die Antwort nicht ab, sondern verließ einfach den Raum, nachdem er seine Tochter auf den Scheitel geküsst hatte. Hinter ihm jubelte Linda, weil sie »eeendlich« eine Sechs hatte.

Er konnte nicht anders: Er musste einfach lächeln. Dieses Kind war und blieb sein ganz persönliches Wunder.

Als er zehn Minuten später hinaus auf den Hof trat, waren Rosenbaums natürlich schon geschniegelt und gestriegelt bereit, die Heimreise anzutreten. Frau Rosenbaums Kopf zierte eines der diesjährigen Norderney-Käppis, der Gatte trug als Pendant das dazu passende T-Shirt.

»Ach, Finn, so schön war es wieder hier bei Ihnen.« Herr Rosenbaum versuchte, den mächtigen Koffer seiner Frau zu bewegen. Er rührte sich kein Stück und Finn fragte sich insgeheim, wie der ältere Herr das gewaltige Ungetüm später im Nachtzug an Ort und Stelle verfrachten würde. Er griff zu und gemeinsam wuchteten sie das Ungeheuer in den Kofferraum von Finns Wagen.

»Das freut mich. Dann dürfen wir uns im nächsten Jahr wieder auf Sie freuen?«, fragte er keuchend.

»Mit Sicherheit. Die Insel ist für uns ja das zweite Zuhause. Wir kommen schon unser ganzes Leben lang her. Unsere Tochter hat sogar hier geheiratet, in der Hochtiedsstuv.« Na wunderbar. Genau, was Finn nicht hören wollte. Geschichten von glücklichen Lieben.

Tatsächlich war es so, dass viele Urlauber die Insel als ihr zweites Zuhause empfanden. Sie kamen Jahr für Jahr nach Norderney und erholten sich hier von Arbeit und Alltag in ihrer Heimat. Rosenbaums waren immer ganze drei Wochen da – mindestens.

Das Ehepaar mietete keine Fahrräder, sondern stieg in den Inselbus und verbrachte seine Tage für gewöhnlich am FKK-Strand. Herr Rosenbaum war begeisterter Saunagänger und die Strandsauna dort war sein erklärter Wohlfühlort.

Frau Rosenbaum reichte Finn noch eine Reisetasche, die zum Glück wesentlich leichter als der große rosa Koffer war. Er verstaute sie und hielt anschließend die Beifahrertür für Frau Rosenbaum auf, die mit einem geschmeichelten Lächeln einstieg.

Am Fähranleger ging es zu wie immer. Finn bekam mit Mühe und Not einen Parkplatz, in den er den Wagen quetschen konnte. Dann lud er das Gepäck aus. Es wuselte und wurlte, Autos standen Schlange, um auf die Fähre fahren zu dürfen, eine Menschentraube hatte sich am Anleger gebildet. In der Hauptsaison war es wirklich übervoll auf der Insel, eigentlich zu voll, wenn es nach Finns Geschmack ging.

Er schüttelte den Rosenbaums die Hand zum Abschied und beteuerte, dass er sich schon sehr auf das kommende Jahr freue, wenn sie wieder anreisen würden. Insgeheim dachte er daran, dass Frau Rosenbaum zu den eher komplizierteren Gästen gehörte, mit ihrem Earl Grey Tea und dem Anspruch, dass es Sanddornmarmelade zum Frühstück geben musste, weil man schließlich auf der Insel war. Dass sich diese Logik mit ihrer Teevorliebe biss, fiel ihr selbstverständlich nicht auf. Finn zog jeden Friesentee einem Earl Grey vor. Aber natürlich nickte seine Mutter freundlich und servierte den britischen Tee, ohne mit der Wimper zu zucken.

Als er den Koffer aus dem Auto gewuchtet hatte, beobachtete er, wie das Ehepaar langsam in Richtung Anleger ging, das rosa Koffermonster auf Rollen hinter sich herziehend, und schließlich mit der Menschenmenge verschmolz, die es gar nicht erwarten konnte, auf die Fähre zu kommen. Für ihn war, wie immer, schon der Anblick der *Frisia* schwierig.

»Hey, Finn.«

Er drehte sich um. »Antje!«

»Na, dann ist es ja gut«, sagte sie und grinste ihn triumphierend an.

»*Was* genau ist gut?« Finn verstand nicht, was Antje ihm sagen wollte. Er runzelte die Stirn. Gerade fuhren die Autos von der Fähre, die in Norddeich aufgefahren waren, langsam kam Bewegung in die wartenden Fahrzeuge, Motoren wurden angeworfen, das Hafengelände wurde noch betriebsamer. Und auch die ersten Passagiere stiegen jetzt schon auf die *Frisia 3*, eine wallende Menge in Bewegung.

»Dass du … Moment.« Antje schenkte ihm einen fassungslosen Blick. »Bist du nicht wegen Nina hier?«

»Ich … nein, ich habe Gäste gebracht. Nina ist doch schon lang weg.« Es laut zu sagen tat so weh, so verdammt weh. Er liebte Nina. Ja, das tat er. Und das so klar für sich formulieren zu können, es zu *wissen*, war angesichts der Umstände nicht schön. Es machte ihn noch einsamer, er hörte seinen Schmerz, als er seine Stimme hörte.

Die Menschentraube wurde schon kleiner, verschwand im Bauch des Schiffes.

»Das kommt jetzt drauf an, wie man es sieht«, meinte Antje.

»Wie man was sieht?« Er verstand einfach nicht, was sie ihm sagen wollte.

»Na, jetzt ist sie auf der Fähre. Vermutlich draußen am Bug, wie immer.« Antje lächelte. »Da ist ihr Stammplatz.«

Langsam fiel der Groschen. »Willst du mir sagen, du hast Nina gerade hergebracht?«

»Ja, wen denn sonst? Sie wollte weg, Abstand gewinnen. Weg von der Insel. Weil du, du ...« Antjes Augenbrauen zogen sich zusammen und ihr sonst so sonniger Gesichtsausdruck verfinsterte sich zu waschechter Gewitterstimmung. »Ach, lassen wir das. Sonst werde ich nur wütend. Gerade habe ich jedenfalls für einen Moment gedacht, du wärst wegen ihr hier. Aber ich hätte es besser wissen müssen.« Antje drehte sich weg, wollte ihr Auto aufsperren, aber Finn war mit einem Satz bei ihr und hielt sie am Ärmel fest.

»Ist sie noch da? Steigt sie gerade ein?« Finn hatte jetzt wirklich keine Zeit für lange Erklärungen. Er konnte nicht warten, er musste es wissen, damit er im Zweifelsfall noch eine Chance hatte, Nina zu erreichen, bevor sie außerhalb seiner Reichweite verschwand.

Antje schaute Finn prüfend an. Dann antwortete sie. »Ja, sie ist irgendwo dort drüben im Touristenrummel. Keine Ahnung, ob sie schon auf der Fähre ist.«

Finn schloss sie impulsiv für eine Sekunde in die Arme. »Danke, Antje. Echt.«

Als er losließ, war es Antje, die nach seinem Arm griff und ihn festhielt, quasi die spiegelverkehrte Geste zu seiner. »Wehe, du verletzt sie noch mal so sehr! Das verdient sie nicht.«

»Ich weiß, dass sie das nicht verdient hat. Und glaub mir bitte, dass ich ihr niemals wehtun wollte.« Und dann rannte Finn. Er raste auf die Menschentraube zu, die auf das Schiff drängte. Er überwand die hundert Meter zum Anleger in Bestzeit.

Keuchend kam er zum Stehen. Da waren nicht mehr viele Menschen. Finn ließ seinen Blick blitzschnell von einem zum anderen wandern. Da war eine Frau, deren Statur passte. Er presste sich durch die Menschenmenge, bat um Entschuldigung, drückte sich weiter nach vorne, ignorierte ärgerliche Blicke, total auf diese blonde Frau fokussiert.

»Nina!« Die Frau reagierte nicht auf sein Rufen.

»Nina!«

Als er sie endlich erreichte, ihr an die Schulter fasste, wusste er im gleichen Moment, in dem sie sich umdrehte, dass das nicht Nina war, sondern irgendwer. Die Größe stimmte nicht genau, die Form des Hinterns. Sein Verstand hatte so sehr gewollt, dass die Frau Nina war, dass er ihm einen Streich gespielt hatte. Mist! Wo war sie?

Er rang nach Atem, entschuldigte sich, drängte zurück, hinaus aus der Menge, um sich einen Überblick zu verschaffen. Aber die Traube wurde zusehends kleiner, die Leute stiegen auf das Fährschiff – und keine von ihnen war Nina Köster. Sie war nirgends.

Finn fluchte. Dann ließ er sich einfach da, wo er stand, auf den Boden fallen und saß auf dem Asphalt, der von der Sonne erwärmt war. Und nun? Was sollte er, verdammt noch mal, jetzt tun? Zwischen ihm und Nina lagen vielleicht fünfzig Meter Luftlinie – aber diese fünfzig Meter waren für ihn eine so weite Distanz, dass sie genauso gut am Nordpol hätte sein können.

Finn fluchte erneut. Er tastete nach seiner Gesäßtasche. Aber da, wo normalerweise sein Handy war, stieß er auf – nichts. Mist, es lag zu Hause neben der Kaffeemaschine, er erinnerte sich genau, wie er es dort abgelegt hatte. Finn konnte Nina also auch nicht anrufen, um sie aufzuhalten. Klar, genau heute vergaß er sein Telefon, wo er es ein einziges Mal brauchte. Was für ein Idiot er doch war!

Was sollte er jetzt nur tun? Er spürte, wie alles in ihm in Aufruhr geriet, die unterschiedlichen Mächte in ihm sich erhoben und den Kampf aufnahmen. Und Finn lauschte in sich hinein. Wer würde gewinnen?

* * *

Nina stand am Bug der *Frisia 3*, die Sonne schien ihr ins Gesicht. Sie dachte daran, wie sie vor drei Wochen hierhergekommen und voller Hoffnung angelandet war, tief überzeugt, es werde nun alles bald besser sein, und wie sie sich jetzt fühlte – kein Stück besser als damals. Sie dachte an Peter, den Schmerz, den er ihr zugefügt hatte, und an Finn, der es ihm nachgetan hatte. Der Schmerz wegen Peter war sehr groß gewesen, aber unerklärlicherweise tat die verlorene Liebe zu Finn noch viel mehr weh. Sie schaute über den Deich in Richtung Weststrand, wo sie entlanggeradelt waren in Richtung des Tonnenhofs. Die leichte Sommerbrise tat ihr gut, erfrischte die Haut, nahm jedoch rein gar nichts von der brennenden Enttäuschung in ihr. Neben ihr stand ein altes Ehepaar an der Reling, ihre Hand lag liebevoll auf seiner, ganz sanft und frei. So, dass er seine Finger jederzeit hätte entwinden können, er tat es aber nicht, sondern genoss in stillem Einvernehmen die Berührung. Die Frau trug ein Kopftuch und er eine dieser beigen Windjacken. Zärtlich strich er mit seinem Daumen über die Rückseite ihrer Finger. Das hatte Nina sich gewünscht. Das hatte sie gewollt. Alt mit jemandem werden, nicht alleine sein, sondern zweisam. Sie hatte sich ein emotionales Zuhause gewünscht, einen Ort, an dem sie sie selbst sein durfte, einen Menschen, dem sie genügte. Als die alte Frau ihren Kopf gegen die Schulter des Mannes lehnte, zog er seine Hand unter der ihren hervor und legte den Arm um seine Frau. Und die Sehnsucht in Nina nahm beinahe überhand. Tränen traten in ihre Augen und sie wischte sie energisch weg. Nein, Peter hätte ihr diese emotionale Heimat nie geben können, Finn genauso wenig und keiner der beiden Idioten war auch nur eine einzige ihrer Tränen wert.

Sie würde in Wuppertal ihre Freundin Janine treffen, das wildeste Huhn, das Nina kannte, und dann würden sie gemeinsam auf die Piste gehen, sie würden sich sinnlos betrinken und die einzige Karaoke-Bar der Stadt besuchen, um dort herumzugrölen und bis in die Morgenstunden zu versacken. Und am nächsten Abend würden sie, nicht ganz so motiviert, das Prozedere wiederholen. Janine würde schon für die nötige Stimmung sorgen. Sie war eine Partyqueen vom Feinsten.

Der alte Herr neben ihr hatte die Augen geschlossen, das Gesicht der Sonne zugewandt. Seine Frau hatte ein entrücktes Lächeln im Gesicht, das ihr eine gewisse Alterslosigkeit verlieh.

So, genau so hätte … Aber was half »hätte, täte, könnte, vielleicht« – nichts. Der Knoten in Ninas Hals war noch immer ein hartes, festes Gebilde, das sich nicht einfach durch Schlucken entwirren ließ. Erneut wischte sie wütend über ihre Wangen. Wenn sie zurück auf der Insel war, würde sie sich nur noch auf ihr Geschäft konzentrieren. Sie würde einfach weitermachen, wie sie immer weitermachte. Schließlich und endlich würden die Plätze, an denen die Erinnerungen an Finn hingen, mit anderen Bildern übermalt sein und der traurige Schleier, der jetzt alles zu bedecken schien, würde sich heben. Es konnte nicht so schwer sein, nicht wahr? Sie war eine Kämpferin und würde es immer sein. Alles was sie brauchte, war Zeit.

Jetzt konnte sie den Tapetenwechsel allerdings kaum erwarten. Die Idee mit der Auszeit war genau richtig gewesen.

Wieder wanderte ihr Blick zu dem Paar neben ihr. Der alte Mann küsste seine Frau auf den Scheitel, jedenfalls auf die Stelle, wo Nina unter dem Kopftuch den Scheitel vermutete. Und das war zu viel. Etwas in ihr brach, das letzte bisschen Beherrschung vielleicht.

Das Gefühl, nie genug wert zu sein, nahm überhand. Sie war nicht mal Ehrlichkeit wert. Sie war die ewige Nummer zwei, diejenige, die man belog und betrog. Die, mit der man alles machen konnte, die Fußmatte, auf der man genüsslich die Füße abstreifen konnte – und niemand würde sie je genug lieben, um sie nach einem gemeinsamen Leben auf den Scheitel zu küssen und einfach nur für sie da zu sein. Nur da. Und der sie in den Arm nahm und wärmte, wenn der Wind auffrischte. Jemand, der für sie gab und nicht nur nahm. Jemand, der Risiken auf sich nahm und bei ihr blieb, wenn die Welt unterging. Aber diesen Jemand gab es nicht. Es gab nur Peters und Finns und sie selbst. Nina konnte den Anblick des glücklichen Paares nicht mehr ertragen. Sie konnte dieses Exempel Liebe-bis-dass-der-Tod nicht eine Sekunde länger aushalten. Nina versuchte gar nicht mehr, mit dem Weinen aufzuhören. Sie kapitulierte vor sich selbst.

Und sie wollte nichts mehr sehen. Das Meer nicht, die sanften Wellen nicht, *ihre* Insel nicht, das Paar nicht. Sie wollte allein sein und überall waren Menschen, dabei war das Bedürfnis, sich zu verkriechen, übermächtig.

An der hintersten Bank, unter dem Fahrerhaus, war noch ein Platz frei. Nina ging dorthin und quetschte sich in die Ecke, zog die Beine zur Brust und legte den Kopf auf ihre Knie. Das war alles, was sie für ihre Unsichtbarkeit tun konnte. Sie betete darum, dass die Fahrt so schnell wie möglich vorübergehen würde. Und sie hoffte nichts mehr, als dass das Leben irgendwann wieder weniger wehtun würde als in diesem Moment.

* * *

»Finn, bist du in Ordnung?«

Er schaute auf, direkt vor ihm stand Erik, einer der Männer, die auf der Fähre arbeiteten. Es war immer Eriks Traum gewesen, das wusste Finn. Und Erik, drei Jahre jünger als er selbst, hatte ihn sich am Ende erfüllt und arbeitete jetzt bei der Schifffahrtsgesellschaft.

»Ja, danke.«

»Bist du sicher?«, fragte Erik besorgt nach.

»Ja. Ich denke.« Finn lächelte schief und stand auf. »Da ist jemand auf dem Schiff.«

»Da sind eine ganze Menge Leute auf dem Schiff.« Erik lachte sein dröhnendes Lachen, das so ansteckend war.

»Ja. Natürlich. Aber da ist auch eine Frau und – na, sie ist speziell und …« Finn hörte, dass alles, was er sagte, sehr unlogisch klang. Eine Möwe flog haarscharf über seinen Kopf hinweg und er duckte sich.

Er wollte auf die Fähre. Er wollte hinter Nina her. Aber der Gedanke, das Schiff zu betreten … Finn begann zu zittern, Schweiß brach ihm aus wie aus dem Nichts.

»Beruhig dich mal, hm.« Erik war noch nicht zurück zur *Frisia* gegangen, er stand noch immer neben Finn und wartete. Er war einer dieser großen, schweren Männer mit Engelsgeduld und riesigen Händen, die zupacken konnten. Einer dieser lebenspraktischen, geradlinigen und ruhigen Männer, die es nicht oft gab und die so herrlich angenehm um sich zu haben waren.

»Ja.« Finn raufte sich die Haare, trat ein paar Meter näher an das Schiff heran, hörte die Motoren, ging einen Meter rückwärts.

»Willst du mit auf die *Frisia*?«

»Nein – oder vielleicht doch.« Himmel! Warum war das nur so schwer? Die Angst bäumte sich in ihm auf, wehrte sich gegen seinen Verstand, der ihm sagte, dass er getrost auf das Fährschiff steigen konnte, dass es mit Sicherheit nicht untergehen werde, dass nichts passieren werde, dass er vielleicht sogar keine Schuld am Tod seines Vaters trug, dass alles ganz anders gewesen sein konnte, als er jahrelang gedacht hatte – aber die neuen

Informationen waren noch nicht verdaut, noch nicht in seinen Verstand eingesackt. Der begriff das noch nicht, reagierte noch nicht, hatte noch nicht mit irgendwelchen Umbaumaßnahmen im Kopf begonnen. Da war es ein Leichtes für seine Angst, die Oberhand zu behalten.

»Ich weiß es nicht genau«, gab Finn zu, als er Eriks fragenden Blick sah.

»Du weißt es nicht?«

Finn holte tief Luft. Niemand auf der Insel, außer seiner Mutter und Nina, wusste von seinem Dilemma – Jörn noch, aber der war nicht hier. Vielleicht war es an der Zeit, aufzumachen, ehrlich zu sein, sich nicht mehr zu verstecken.

»Ich habe Angst vor Schiffen, seit der Sache mit meinem Vater. Das bedeutet, dass ich auf die Fähre möchte, weil ich dieser Frau folgen will. Und es bedeutet, dass meine Knie vor Angst so zittern, dass ich es vermutlich nicht auf das Schiff schaffe.« Als er ausgesprochen hatte, was ihn so bedrückte, fühlte er sich plötzlich viel leichter. Es war, als würde Erik jetzt ein kleines Stück seiner Last tragen.

Eriks Gesichtsausdruck verriet Ernst und Entschlossenheit. »Ich glaube, dann solltest du jetzt mit mir an Bord gehen.« Die letzten Passagiere waren schon auf dem Schiff, bestimmt würde es gleich ablegen.

Finn trat ein paar Schritte näher, kehrte wieder um, wiederholte den Prozess. Seine Hände zitterten. Er wischte sich den Schweiß von der Stirn.

Ein weiterer Fährmitarbeiter schrie herüber. »Hey, Erik! Können wir?«

»Momentchen.«

Erik wandte sich an Finn. »Also? Was meinst du denn nun?«

Finn wusste es nicht. Die Angst schien ihm jeden klaren Gedanken zu rauben. Er schaute das Schiff genau an, jedes Fenster, das Heck, den Eingang in den Schiffsbauch, der die

Passagiere einfach zu verschlingen schien, dann nach oben in Richtung Bug.

Und da stand sie. Er sah sie. Genau wie Antje prophezeit hatte. Sie lehnte an der Reling und blickte hinaus aufs Wasser. Da – stand – sie. Und sie war so schön, fast schon entrückt, wie sie, die Sonnenbrille auf, das Meer beobachtete, ganz ernst, ohne Regung.

Er wollte zu ihr. Er wollte so dringend zu ihr. Da war der Gedanke an ihren ersten Kuss, der Gedanke an die Stunden im Strandkorb, Sex auf der Düne, dieser einzigartige, besondere Sex, der Gedanke, wie er sie beim Surfen gerettet hatte, alle Erinnerungen droschen förmlich auf ihn ein. Er schnappte nach Luft. Mächtige Argumente, die alle geradezu danach schrien, dass er auf das Schiff ging, waren es allesamt.

»Nina!« Er rief ihren Namen, aber die Motoren der Fähre heulten auf. Sie drehte sich nicht einmal um, nahm nicht einmal einen Hauch seiner Anwesenheit wahr.

»Verdammt!« Finn hätte am liebsten wie Rumpelstilzchen mit dem Fuß aufgestampft.

»Finn?«

»Ja?« Es fiel ihm schwer, seinen Blick von Nina abzuwenden und sich Erik zu widmen.

»Du weißt doch, das mit mir und Mette?«

Mette und Erik waren schon so lange ein Paar, dass Finn nicht wusste, wie sie ohne einander waren. Beide lebten auf der Insel.

»Ja?«

Erik zuckte mit den Schultern. Er wirkte plötzlich verlegen, rieb sich mit dem Handrücken über das Kinn. »Mette mag den Rummel. Also diese wilden Karussells, diese Fahrgeschäfte, weißt du?«

Finn nickte, obwohl er den Zusammenhang nicht ganz verstand.

»Achterbahnen – so wild, wie es geht. Das mag sie, meine Mette. Sie ist eine Abenteurerin im Herzen, das ist sie.«

Finn runzelte fragend die Stirn.

»Na, ich nicht. Ich hab eher Angst, dass ich aus den Sitzen dort nicht mehr rauskomme mit meinem breiten Arsch. Mir wird schlecht, wenn es über Kopf geht.«

»Und?« Finn konnte sich einfach nicht konzentrieren auf das, was Erik sagte.

»Na«, der Koloss von einem Mann zuckte mit den Schultern, »ich habe ihr den Heiratsantrag im Europapark gemacht. In dieser wahnwitzigen Achterbahn. Die, die dafür sorgt, dass mir beim Hingucken schon übel wird. Mein Magen hat sich angefühlt, das kannst du dir nicht vorstellen. Ich war danach drei Tage krank. Aber – es ging um Mette, oder? Und manchmal muss ein Mann dann eben tun, was ein Mann tun muss.« Er zuckte mit den Schultern.

Tun, was man tun muss. Die Worte hallten nach, formten sich zu einem Entschluss, ließen die Bilder, die durch seinen Kopf schossen wie Gewehrkugeln, zur Ruhe kommen. Ja, er würde das tun, was er tun musste, so einfach war das – theoretisch. Er schaute wieder hinauf, aber Nina war verschwunden. Er wollte sie sehen. Er wollte bei ihr sein. Nichts war je so klar gewesen.

Erik grinste ihn an und schenkte ihm ein aufmunterndes Nicken. »Na komm. Wir kriegen dich auch ohne Ticket an Bord.«

Gemeinsam überwanden die Männer die wenigen Schritte zum Schiff. Dann: den Fuß auf die Brücke setzen, den zitternden Fuß. Die Angst in Schach halten, das Schwitzen ignorieren. Finns Beine bebten, ihm wurde schwarz vor Augen, als der Schiffsbauch sich um ihn herum schloss und er hörte, wie die Landungsbrücke mit einem metallischen Geräusch eingezogen wurde. Er war gefangen, verloren, spürte die Todesangst an sich zerren. Er wollte weg, der Instinkt, einfach ins Wasser zu springen und zurück an Land zu schwimmen, war fast übermächtig.

Erik klopfte ihm auf die Schulter, als ihm schwarz vor Augen wurde und die Angst ihn fast besiegt hatte. »Achterbahn«, raunte Erik ihm mit seiner tiefen Stimme zu.

Er hielt Finn die Hand vors Gesicht, an deren Ringfinger ein schlichter goldener Ehering blitzte, der an dieser riesigen Hand winzig und fragil wirkte.

Dieses eine Wort und der Anblick des schmalen Rings genügten, dass Finn weiterging. Er musste hoch an Deck. Er hatte eine Mission, ein Ziel. Und er würde es schaffen und Nina noch einmal treffen. Er würde mit ihr sprechen und wenn er dabei noch so sehr nach Luft schnappte und vor Panik zitterte. Aber er würde – mit – ihr – sprechen. Er stakste die Sitzreihen unter Deck entlang, stieg, sich ans Geländer klammernd, die Treppe empor, die hinauf zu den Außensitzplätzen vorne führte. Früher war er so oft hier gefahren, nie hatte er sich Gedanken darüber gemacht, dass etwas passieren könnte. Er war mit der Fähre groß geworden wie andere Leute mit dem Vorortzug. Das Fährschiff war ein Transportmittel gewesen, sonst nichts. Etwas, das wenig Beachtung finden musste. Etwas, das einfach existierte. Noch heute kannte er alle Wege auf dem Schiff wie im Schlaf.

Erst seine Angst hatte ihn dazu gebracht, die *Frisia* als eine Art Monster wahrzunehmen, als Bedrohung für seine geistige und körperliche Gesundheit.

Sein Atem ging schwer und pfeifend, als wäre er im Höchsttempo mit dem Rad durch die Dünen gerast. Dabei stieg er nur eine verdammte Treppe hinauf. Überall waren Menschen, lachten, unterhielten sich. Als Finn sich umschaute, war Erik weg und er war allein, umgeben von fröhlichen Touristen, die auf die Insel zeigten oder einfach nur ihr Gesicht in den Wind streckten.

Die Alarmanlage eines Autos ging los, als die *Frisia* ablegte. Früher war das immer ein Grund zum Belächeln des Fahrers gewesen, der sie nicht ausgeschaltet hatte. Heute zuckte Finn zusammen und krallte sich am Treppengeländer fest. Große Schweißflecken hatten sich unter seinen Achseln gebildet, als er an Deck war, endlich an Deck war. Er wandte sich hinüber zu der Stelle, wo Nina gestanden hatte, aber dort befand sich nur ein altes Ehepaar, das sich im Arm hielt. Finn musste, trotz seiner Angst, kurz lächeln bei ihrem Anblick. Das war es, was er sich immer gewünscht hatte. Diese Art von Ankommen, wie seine Eltern es auch miteinander gehabt hatten. Und in diesem Augenblick verstand Finn das Handeln seiner Mutter, verstand, warum sie seinen Vater nicht verraten und ihn, Finn, nicht in das Schicksal des Vaters eingeweiht hatte. Sie hatte ihren Mann geachtet, seinem Wunsch Respekt gezollt und war für ihn da gewesen, wie er es sich von ihr erhofft hatte, mit aller Verlässlichkeit und dem Rückhalt, den er sich von ihr erwartet hatte.

Er stand einen Augenblick ganz still angesichts dieser Erkenntnis, die ihm jede Wut auf seine Mutter nahm. Es gab keinen Grund, ihr böse zu sein. Sie war in ihrer Liebe loyal gewesen. Das war alles. Sie hatte zu ihrem Mann gehalten und war gleichzeitig für ihren Sohn da gewesen und hatte ihn durch seine schlimmsten Tage begleitet.

Als das Paar sich voneinander löste, er den Arm von ihrer Schulter nahm, kam Finn zu sich. Nina. Wo war Nina? Sie war nirgends zu sehen, die Reling war von Menschen bepflastert, es gab keine freie Stelle – und keine Nina weit und breit. Wo also war sie hingegangen?

Er drehte sich um die eigene Achse, während das Schiff Fahrt aufnahm. Kurz überrollte ihn eine weitere Welle Angst.

Dann sah er sie. Da! Im hintersten Eck hatte sie sich verkrochen. Ninas Anblick berührte Finn tief. Sie saß da, hatte die Arme um die Beine geschlungen, den Kopf auf den Knien und sah aus, als ob sie verschwinden wollte. Trotz der vielen Menschen um sich herum wirkte sie völlig verloren, ja, wie ein kleines Kind, das seine Mutter nicht mehr fand.

Der Impuls, einfach zu ihr zu laufen und sie in die Arme zu schließen, ließ Finn in ihre Richtung rennen. Er wollte ihr so gern die Geborgenheit schenken, die ihr so offensichtlich gerade fehlte. Erst als er direkt vor ihr stand, blieb er stehen.

»Nina, hey, Nina!«

* * *

Sie konnte es nicht glauben. Es konnte nicht wahr sein. Sie wollte den Kopf nicht heben, um dann enttäuscht zu sein. Den Kopf, der ihr mit Sicherheit gerade einen Streich spielte. Das war bestimmt nur Wunschdenken.

Doch da war die Stimme wieder, Finns tiefe, warme Stimme. »Nina.«. Aber hatte er nicht gesagt, dass er nicht auf Fähren gehen konnte, weder auf große noch auf kleine Boote, nicht in Flugzeuge steigen? Dass er auf der Insel gefangen war, sozusagen?

»Nina.« Sie hätte diesen Klang unter tausenden erkannt.

Langsam hob sie den Kopf. Erst sah sie nur Beine, die in einer Jeans steckten, Sportschuhe. Dann sein Shirt, klatschnass geschwitzt. Darüber ein kreidebleiches Gesicht.

»Finn! Wie siehst du denn aus?«, rief Nina erschrocken aus.

Er schaute an sich hinunter und zuckte mit den Schultern.

»Ich dachte, du kannst nicht auf Schiffe?«

»Kann ich auch nicht.« Er brachte ein schiefes Grinsen zustande. »Schau mich an. Ich zerfließe gleich.« Tatsächlich hatten sich große Flecken unter seinen Achseln gebildet, auf seiner Stirn standen Schweißtropfen.

»Aber …«

»Aber?«

»Aber du bist auf diesem Schiff. Wie geht das?«

Nina verstand nichts.

»*Du* bist auf diesem Schiff, Nina. Ich habe Antje am Pier getroffen und sie meinte, du würdest wegfahren.«

»Ja.«

Der Kapitän machte seine Durchsage, aber Nina und Finn hörten sie nur als Hintergrundrauschen.

»Ich konnte dich nicht einfach gehen lassen. Ich wollte dir so dringend noch was sagen. Ich wollte dir sagen, dass ich das mit Jörn nicht wusste. Ich meine, er hat mir gesagt, dass er sich um den Laden beworben hat. Es gab keinen Grund, ihm das nicht zu glauben.«

Nina hörte zu. Sie hörte einfach zu. Wartete und ließ Finn reden.

»Ich habe dich nie angelogen. Ich habe geschwiegen. Aber gelogen habe ich nicht.«

»Nein?«

»Nein.«

Nina stand auf. Sie spürte ihre Wut aufwallen.

»Und deine Tochter? Was ist damit? Mit deiner Familie?«

* * *

Finn sah den Schmerz in ihrem Blick. Er sah, dass sie geweint hatte, und es tat ihm in der Seele weh.

»Ich hätte dir von Linda erzählen sollen.«

»Ja. Und von deiner Frau.«

»Meiner Frau?« Ihm dämmerte etwas. »Du meinst Franziska?«

»Wenn sie so heißt.« Ihr Ärger war nicht zu überhören.

»Sie war nie meine Frau, Nina. Wir hatten einen One-Night-Stand, eine Tatsache, auf die ich nicht stolz bin. Aber das

Resultat, auf das bin ich stolz. Meine kleine Tochter ist mein Augenstern.«

Nina traten Tränen in die Augen, ließen die offene Wunde sehen, in die seine Worte flossen. Was hätte er darum gegeben, die Tränen aus ihrem Gesicht wischen zu können, einfach seine Hände um ihr Gesicht zu legen, sie zu beschützen. Sie war so nah da und so weit weg zugleich.

»Ja, du hättest mir von ihr erzählen sollen. Aber – wer will schon eine Frau in seinem Leben, die keine Kinder kriegen kann, noch dazu, wenn man weiß, wie gern man Kinder mag, nicht wahr?« Die Verzweiflung in ihrer Stimme traf Finn mitten ins Herz. Erst verstand er nicht. Aber dann war es wie eine Offenbarung, zum zweiten Mal innerhalb von fünf Minuten. »Du dachtest, ich erzähle dir nicht von Linda, weil du mir nichts wert bist?« Er lachte auf.

Auf Ninas Stirn bildete sich eine steile Falte. »Sehr witzig.«

»Aber Nina, das ist so abwegig. Ich habe bereits eine Tochter und ich kann mich wegen meiner Angst viel weniger um sie kümmern, als sie es verdient und braucht. Außerdem würde ich viel lieber eine Frau finden, die zu mir passt, als an weitere Kinder zu denken. Dein Wert hängt doch nicht von deiner Fruchtbarkeit ab. Das ist total bescheuert. Was denkst du denn, was ich für ein mieser Kerl bin?«

Finns Stimme war weich geworden. Er ging vor Nina in die Hocke.

»Und als du mir gesagt hast, dass du keine Kinder bekommen kannst – deine Traurigkeit war so unüberhörbar, da hatte ich Angst, es verletzt dich, dass ich eine Tochter habe. Als ich dann so weit war, dir von ihr zu erzählen, warst du ja mit deinem Peter zugange.« Ja, auch er spürte plötzlich Wut. Sie züngelte mit dem Aussprechen von Peters Namen einfach hoch wie eine Stichflamme. Finn stand wieder auf. Sein Shirt konnte man mittlerweile mit Sicherheit auswringen und er fragte sich, wie er später zurück nach Norderney kommen sollte, ohne komplett zu dehydrieren.

»Ich wollte dir eh nur sagen, dass ich nicht gelogen habe. Das war mir wichtig, für meine Ehre. Und jetzt bist du mich los und kannst mit deinem Peter was-weiß-ich-was machen.« Finn drehte sich um und ging. Er musste Erik finden, brauchte ein riesiges Glas Wasser und musste außerdem weg von Nina, so weit weg, wie es nur ging. Ihre Nähe tat weh, viel zu weh. Sie hielt ihn für einen Scheißkerl. Er hielt es einfach nicht mehr aus.

* * *

Finns Rücken, die wackeligen Beine, die Art, wie er sich bewegte … Nina wollte nicht, dass er ging. Sie wollte, dass er blieb. Mit jeder Faser ihres Körpers wollte sie, dass er nicht aus ihrem Blickfeld verschwand.

Er hatte sie nicht angelogen. Sie glaubte ihm. Er war extra auf die Fähre gekommen, hatte seine Angst niedergekämpft, nur um ihr das zu sagen. Es musste stimmen.

Und sie war ihm ihre eigene Wahrheit schuldig. Nina sprang auf und lief hinter Finn her. Auf der Treppe stolperte sie, fand gerade noch ihr Gleichgewicht wieder und stürmte weiter. Unten am Treppenabsatz holte sie ihn ein.

»Finn!«

»Ja?« Er drehte sich so schnell um, als ob er gehofft hätte, dass sie ihm nachkäme.

Sie standen einander gegenüber, die Welt um sie herum versank.

»Peter ist mein Ex. Er hat mich ausgenutzt und mich betrogen, nachdem er erfahren hat, dass ich keine Kinder bekommen kann. Ich war ihm nichts mehr wert. Es hat sich angefühlt, als ob ich nur noch eine halbe Frau wäre. An dem Tag, als er bei mir auf der Insel aufgetaucht ist, habe ich dich mit deiner Tochter und dieser Franziska am Strand gesehen – ich war so außer mir, dass ich es nicht geschafft habe, ihn hochkant sofort wieder rauszuwerfen.« Sie zupfte an ihrem Ärmel herum. »Und dann habe ich seine Anwesenheit schamlos ausgenutzt, um dich zu verletzen, weil ich so verletzt war.«

Nina traute sich nicht, ihren Blick zu heben. Sie schämte sich für sich selbst. Schon wieder stiegen ihr Tränen in die Augen.

Doch dieses Mal spürte sie Finns Zeigefinger unter ihrem Kinn, der ihren Kopf nach oben dirigierte, sie zwang, ihn anzusehen.

Er schaute ihr in die Augen, tief, innig. Sie spürte den Blick tief in sich drinnen als warmes Leuchten. Dann grinste Finn Nina an und der Zauber verlor seine Wirkung.

»Ich glaube, wir wären dann quitt.«

»Quitt?«

»Ja. Ich meine, wir könnten doch einfach noch mal von vorne anfangen, oder? Natürlich kann ich dich nicht bitten, zurück nach Norderney zu kommen, aber …«

»Warum sollte ich denn nicht zurück nach Norderney kommen?«, fragte Nina überrascht.

Finns Gesichtsausdruck zeigte die gleiche Überraschung wie ihrer. »Kommst du denn zurück?«

»Natürlich. Ich besuche nur eine Freundin übers Wochenende. Ich wollte ein wenig Abstand gewinnen. Wer hat denn jetzt schon wieder Quatsch erzählt?«, fragte Nina gespielt entrüstet.

Finn dachte nach. »Ich glaube, niemand. Ich habe wohl einfach nur Jonas falsch verstanden, als er sagte, du seist weg.«

Nina lachte. »Ja. Scheint so.«

Seine Erleichterung darüber, dass sie wiederkam, war unübersehbar, und die Freude, die Nina darüber spürte, hätte sie nicht beschreiben können.

Der Motor des Schiffs brummte laut, während es ruhig und gleichmäßig an der Insel entlangfuhr.

»Wie wäre es, wenn wir von vorne anfangen, einfach ganz von vorne?«, fragte Finn schließlich.

Nina las seine Gesichtszüge, prägte ihn sich ein, nahm jedes Detail wie durch eine Lupe wahr.

»Ja, das möchte ich auch«, sagte sie schließlich.

»Na gut.« Finn strich ihr ganz sanft mit dem Zeigefinger über die Wange, beugte sich vor und gab ihr auf genau die Stelle, über die eben noch sein Finger getanzt war, einen zarten, ganz zarten Kuss.

»Dann sehen wir uns auf Norderney.«

Bevor Nina darauf antworten konnte, verschwand er unter Deck und Nina blickte ihm staunend hinterher.

Sie hätte schwören können, dass die Stelle, wo Finn sie geküsst hatte, sich viel wärmer anfühlte als die Haut, die sie umgab.

In diesem Moment spürte Nina, dass sie noch nie in ihrem Leben so glücklich gewesen war.

Epilog

Finn hatte sich den Bart ordentlich gestutzt, trug eine Windjacke, Jeans und Sneaker und versuchte, nicht zurechtgemacht auszusehen, sondern einfach nur normal.

Auf dem Zettel an ihrem Laden stand »Vorübergehend geschlossen«, eine genaue Angabe, wann sie wieder öffnete, hatte Nina nicht gemacht. Also war er die letzten drei Tage mehrfach an den *Süßen Träumen* vorbeigeradelt, aber von Nina war nichts zu sehen gewesen. Heute, endlich, hatte Licht gebrannt.

Er war nach Hause gestrampelt, hatte sich umgezogen und war zurückgerast, um neu anzufangen und es dieses Mal besser zu machen.

Die Ladenglocke klingelte hell beim Öffnen der Tür und als er eintrat, umfing ihn ein unwiderstehlicher Schokoladenduft. Nina kam aus dem hinteren Raum des Ladens, wo eine Art Küche sein musste. Sie wischte sich die Hände an ihrer Schürze ab.

»Oh. Hallo. Du bist mein erster Kunde seit meiner Rückkehr.«

»Sehr gut. Dann habe ich alles richtig gemacht.« Sie zu sehen, sie endlich wiederzusehen, war unbeschreiblich schön. Es waren nur vier Tage gewesen – aber vier lange Tage. Besonders nachdem auch noch Linda abgereist war, hatten sie sich gezogen wie Kaugummi.

»Und was kann ich für Sie tun?« Nina stand jetzt genau vor ihm, Sommersprossen, Strahleaugen und dieser Mund, den zu küssen er sich so sehr wünschte.

»Ich bräuchte bitte einen Marzipanleuchtturm. Ich habe gehört, Sie würden die ganz wunderbar nachbilden, richtige kleine Kunstwerke sollen das sein.« Er stieg auf ihr Spiel ein, lächelte, schlenderte hinüber zu den Leuchttürmen.

»Oh ja. Besonders beliebt auf der Insel ist natürlich der hiesige Turm.« Sie zeigte ihm eine Auswahl unterschiedlich großer, perfekter Norderneyer Leuchttürme.

»Die sehen ja wirklich toll aus.«

»Danke schön.«

»Ich glaube, ich nehme den hier.« Er zeigte auf ein mittelgroßes Exemplar.

»Sehr gute Wahl.«

Nina nahm den in Folie verpackten Turm vorsichtig aus dem Regal.

»Mögen Sie Leuchttürme?«, fragte Finn, ganz so, als ob er es nicht wüsste.

»Ja, das kann man so sagen. Seit meiner Kindheit schon.«

»Ach.« Finn grinste, während Nina den Leuchtturm hinter dem Tresen in eine kleine pinke Papiertüte verpackte.

»Vielleicht hätten Sie ja mal Lust, den Norderneyer Turm ganz aus der Nähe zu sehen? Ich könnte Sie zu einem Picknick oben in der Galerie einladen.«

Nina kam hinter dem Tresen hervor, die Tüte baumelte an ihrem kleinen Finger.

»Oh, tut mir leid. Aber das wird leider nichts.«

Finn fühlte sich wie vor den Kopf geschlagen. »Wie, das wird nichts?«

»Na ja, Sie müssen wissen, ich habe einen Freund.« Ihr Gesicht hatte einen bedauernden Ausdruck angenommen. Sie trat noch näher, so nah, dass sie nur noch eine Handbreit trennte.

»Und mein Freund ist eifersüchtig, sehr, sehr eifersüchtig.« Finn verstand. Zwischen ihren beiden Mündern war fast kein Abstand mehr. Er spürte ihren Atem auf der feinen Haut seiner Lippen.

Und da konnte er nicht mehr anders, er hielt es einfach nicht mehr aus. Finn beugte sich vor und küsste Nina stürmisch, riss sie zu sich, hielt sie in seinen Armen und wollte sie nie wieder loslassen.

»Ich beneide Ihren Freund«, sagte er schließlich keuchend, als sie beide geraume Zeit später nach Luft schnappten, und grinste Nina an.

»Ja?«

»Ja. Er hat sich die tollste Frau auf der Insel geangelt.« Finn beugte sich erneut vor und küsste Nina, dieses Mal zärtlich, ganz sanft, nur mit der Spitze seiner Zunge, mit der er ihre Lippe anstupste.

Finn küsste sie wieder. Nina spürte seine Lippen auf ihren als federleichte Berührungen. Sie wollte mehr davon, mehr, mehr, mehr.

Die Tüte mit dem Leuchtturm rutschte aus Ninas Hand und fiel auf den Boden. Sie ignorierte es. Sie wollte küssen. Einfach nur küssen. Und sie wollte für alle Zeiten das Gefühl behalten, das sie gerade bis in den letzten Winkel ihres Körpers ausfüllte.

Finn. Für Nina war in diesem Augenblick alles Finn.

Und sie hatte endlich das Gefühl, nach Hause zu kommen.

Printed in Poland
by Amazon Fulfillment
Poland Sp. z o.o., Wrocław

88056650R00143